你个骗子

白芥子·著

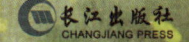

长江出版社

图书在版编目（CIP）数据

你个骗子 / 白芥子著. — 武汉：长江出版社，2023.12
ISBN 978-7-5492-8755-0

Ⅰ.①你… Ⅱ.①白… Ⅲ.①长篇小说-中国-当代
Ⅳ.①I247.5

中国国家版本馆CIP数据核字(2023)第057024号

你个骗子 白芥子著
NI GE PIANZI

出　　版	长江出版社
	（武汉市解放大道1863号 邮政编码：430010）
市场发行	长江出版社发行部
网　　址	http://www.cjpress.cn
责任编辑	李剑月
印　　刷	北京盛通印刷股份有限公司
	（地址：北京市大兴区亦庄经济技术开发区经海三路18号）
版　　次	2023年12月第1版
印　　次	2023年12月第1次印刷
开　　本	880mm×1230mm 1/32
印　　张	10
字　　数	336千
书　　号	ISBN 978-7-5492-8755-0
定　　价	42.80元

版权所有，侵权必究。如有质量问题，请与本社联系退换。
电话：027-82926557（总编室）027-82926806（市场营销部）

目录

01 第1章	06 第2章	11 第3章	16 第4章
21 第5章	27 第6章	32 第7章	37 第8章
42 第9章	47 第10章	52 第11章	58 第12章
63 第13章	68 第14章	73 第15章	78 第16章
83 第17章	89 第18章	95 第19章	100 第20章

○ ○ ○

106 第21章	111 第22章	116 第23章	120 第24章
135 第25章	138 第26章	144 第27章	149 第28章
154 第29章	159 第30章	161 第31章	163 第32章
166 第33章	173 第34章	177 第35章	179 第36章
184 第37章	189 第38章	195 第39章	199 第40章

目录

205 第41章	211 第42章	216 第43章	222 第44章
228 第45章	233 第46章	239 第47章	244 第48章
250 第49章	255 第50章	260 第51章	266 第52章
270 第53章	274 第54章	279 第55章	283 番外一 前世
289 番外二 考研	294 番外三 上学	300 番外四 寻墓	304 番外五 工作日常

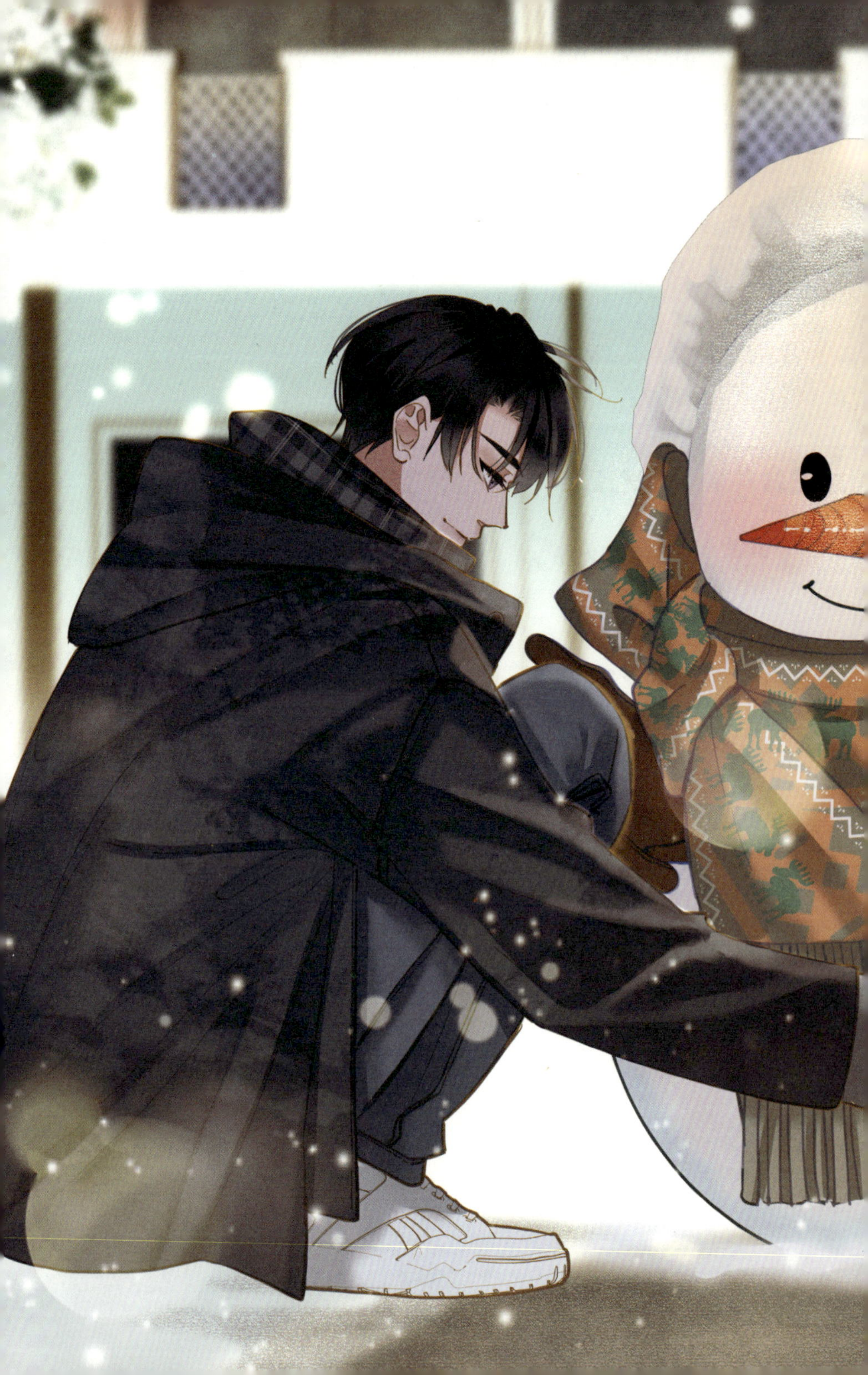

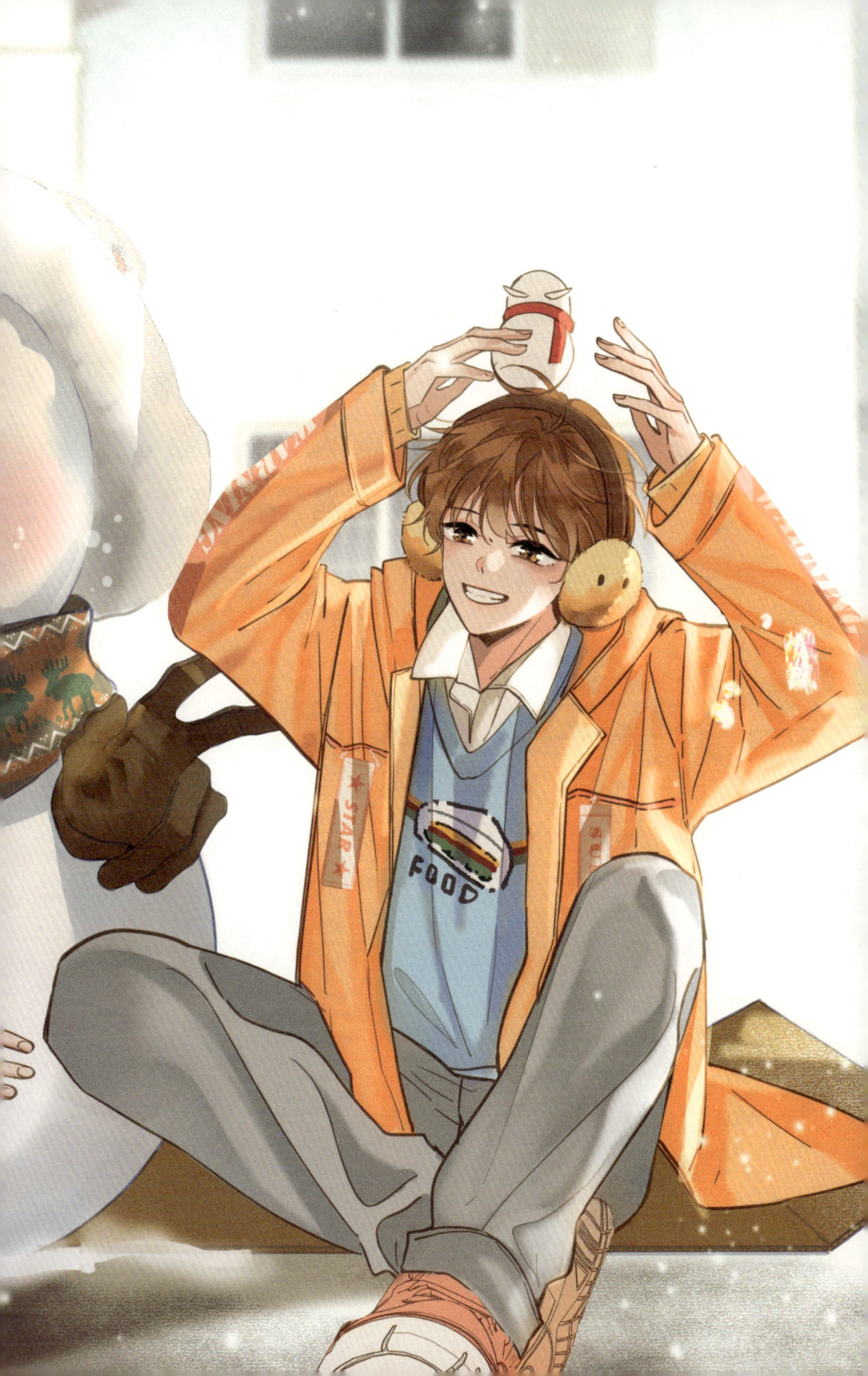
STAR
FOOD

只是在梦里，他仿佛又回到了当年。

在那座望舒台上，日夜中，他指着那界上最亮的星，问那个人好不好看。

那人走上前，与他并肩，一起看了一夜那璀璨星河。

第1章

凌颂躺在被子里，竖起耳朵听房门外的动静。

怦怦的心跳声，在黑暗中异常清晰。

他蹑手蹑脚地下床，摸索到书桌边，费了老大的劲，摁开台灯。

灯亮的瞬间，凌颂下意识地咽了咽口水，伸手过去，小心翼翼地触碰那灯泡，微热的触感让他心惊，赶紧收了手，又搓了搓手指。

这里的一切都让他觉得不可思议。

他是五天前来的这个地方。

喉咙里还留有毒酒留下的灼热痛感，他再睁开眼时，他已来到了这个光怪陆离的异世界。

他没想到他还能活着，且还能见到他早逝的父皇、母后和太子哥哥，虽然他们衣着打扮完全变了，说的话奇奇怪怪，甚至不认识他。

凌颂想，如果不是他们疯了，那就是他自己疯了。

接下来的五天，他小心翼翼地观察周围人的一言一行，不动声色地记下那些他从未见过的稀奇东西的用法，不论心里有多震惊的胆怯，面上都努力维持着镇定，没叫人看出来。

他做了五年的皇帝，装模作样这个本事学了个七八成，勉强够用。

深吸一口气，借着那点灯光，凌颂环顾四周。

这间房远不如他从前的寝殿金碧辉煌，但他的寝殿里不会有这一摁就能开的灯，尤其是头顶上的那盏，比夜明珠还要亮得多，实在很稀奇。

这里还有很多他不认识的东西。

但这些不是最重要的。

凌颂的目光落到墙角的书柜上，走过去，从上往下扫了一遍。

这里的字和他认识的不太一样，又差不太多，连猜带蒙，意思能看明白个大概，就是里面的内容……

随手抽出一本《时间简史》，翻了两页后，凌颂面无表情地把它搁回去。

最后，他看到了书架最下头一排，足足二十几册的《华夏通史》。

在其中的《华夏通史·成》上停了两秒，凌颂抽出了这两册。

这里的书都是从左往右的横行排列，他有些不习惯，但现在不是纠结这个的时候。

　　上册书里写的都是成朝前头几代的事，凌颂大致翻了翻，细节处与他知道的有些出入，大体上没什么问题。

　　他拿起下册，翻到最后，终于看到了关于他这位永安帝的记载。

　　原来他是亡国之君。

　　他死后摄政王大开杀戒，几乎屠尽了凌氏嫡系。

　　最后起义军攻入京包围皇宫，摄政王手持他的御剑，只身走上宫门城楼，被万箭穿心而死。

　　凌颂吸了吸鼻子，竟不知该说是他更惨些，还是那位摄政王更惨些。

　　发呆几秒后，他又抽出后面的史书，继续看下去。

　　原来这个地方不是异世界，是距离他那个时代的四百多年以后。

　　这个地方没有皇帝，只有政府。

　　所有的一切，早已天翻地覆。

　　四百多年的时光倏忽而逝。

　　永安帝成了史书上微不足道的一笔，彻底被掩盖在滚滚历史尘埃中。

　　凌颂缩在书柜下沉沉睡去，身边散落一地的书。

　　他在浑浑噩噩的梦里，梦到那双时时凌厉冰冷的双眼，吓得一再往后退，却无处可退。

　　霍然睁开眼，天光大亮。

　　阳光透过没有拉拢的窗帘洒落进来，梦里的那些确实只是梦而已。

　　凌颂爬起身，扭着酸痛的脖子，发现自己出了一身黏腻的热汗。

　　敲门声响起，是他哥的声音："小颂你起来了吗？我进来了。"

　　不等凌颂回答，房门已从外头推开。

　　凌颉进门来，笑看着他："怎么在地上睡的？你竟然在看书？"

　　凌颂抓了抓脸，有一点讪然，不知该说什么。

　　凌颉走过来，揉了揉他的脑袋："赶紧去洗个澡吧，妈让我来叫你起床吃早餐。"

　　凌颂胡乱点头："好。"

　　走进浴室带上门，他淡定地脱去衣服，打开淋浴。

　　别的不说，四百年后的这些稀奇好东西是当真好，这里人过的日子，都不比他这个皇帝过得差。

　　当年的一切只当一场噩梦，隔了四百年，他再不要回去了。

　　当他洗完澡下楼时，一家人都已坐在餐桌前等他。

　　他的父皇、母后、太子哥哥、太子妃嫂嫂和皇侄儿都在。

第1章

他已接受了自己来到四百年后这个事实,凌颂忽然觉得,老天爷待他不薄,不但让他再活了一回,还将他的家人都还给了他。

哪怕他们都不记得从前。

但不记得,也好。

凌母担忧看着自己的小儿子:"小颂,你的头还疼吗?有没有想起点什么?"

凌颂只能笑,有一点心虚。

他不知道之前这里的凌颂是怎样的,只能说自己什么都不记得了,好在他的家人没怀疑他。

凌父打断凌母:"慢慢就能想起来了,你别把小颂逼太紧。"

凌颂也安慰凌母:"医生都说了是暂时性的,妈你别太担心了,没事的。"

嫂子笑吟吟地给凌颂夹菜,让他多吃些,说他病了这么一场,小脸又瘦了一圈,都瘦脱相了。

小侄子将自己不想吃的鸡蛋扔到他碗里,冲他做鬼脸:"小叔是笨蛋,只有笨蛋才会掉进水里。"

凌颂低了头,没让他们看到自己微微红了的双眼。

回房之后,凌颂继续看他昨晚没看完的史书。

凌颉上来提醒他:"明天周一,你要回学校去,记得把书包收拾一下。"

凌颂茫然眨眼,去学校……念书吗?

见他一副呆愣模样,凌颉笑问他:"真什么都不记得了?你不会是因为不想上学,故意这么说的吧?"

凌颂镇定回答:"真不记得了。"

"行吧,记不记得明天都得去学校。"

凌颉离开后,凌颂才终于后知后觉想起自己现在的身份,他是个学生,他得念书。

念书不难,上辈子他做了皇帝也得每日跟着太傅们念书。

可是,这里的学生学的是什么?

将书包里的书本全部倒出来,凌颂一本一本拿起来看。

最后他两眼发直,呆坐地上,开始思考现在跟人坦白他的真实来历,有用吗?

还是算了……

窗外的风吹得窗帘哗哗作响,凌颂回过神,抹了把脸,起身去关窗。

他见过他妈关过,试了试,还挺容易。

不经意地抬眼,他注意到对面那栋楼的二楼房间里有人坐在书桌前,正在看书。

　　离得远,只有一个侧脸,看不太清楚,瞄了一眼,凌颉赶紧将窗户关上,拉上窗帘。他拍了拍胸口,惊魂未定。竟差点以为看到那个人了。

　　呸!那人埋在地下的骨头只怕都化成渣了!

　　周一清早。
　　凌颉开车送凌颂和自己的儿子去学校。
　　他俩的学校只隔了一条街。
　　凌颂端坐进汽车里,他始终觉得这样东西十分神奇,没有马自己就能跑,且跑得飞快,叫他一坐上来就兴奋。
　　虽然他并不敢表现得太明显。
　　他的身上穿着整齐的灰蓝色衣服,一头短发不过耳。
　　出门前他对着那清晰得吓人的镜子看了半天,他的长相跟从前一模一样,就是这打扮……
　　丑便丑吧,反正这里人都这样,至少方便。
　　汽车刚发动时,有人从隔壁的院子出来,骑着那种两个轮子的车子从他们车边疾速而过。
　　凌颂只看到对方一个远去的背影。
　　那人穿着与他一样的校服,校服被风吹得往后鼓起。
　　神气。
　　凌颂心想,以后有机会他也得试试那个。
　　先送了小侄子,之后到凌颂学校,凌颉陪着他一起进去,去见了他的班主任。
　　几天前凌颂在学校的后湖落水,幸亏及时得救,送医之后身体没什么大毛病。
　　但是他失忆了。
　　连医生都说不出个所以然,只让家属多注意,密切观察。
　　凌颉把凌颂的情况和他的导师马国胜说了一遍,导师态度十分好,不停说会多关注凌颂,让家长放心。
　　人是在学校里出的事,家长不追究学校的责任,他身为导师都不好意思。
　　哪怕凌颂是个让人头疼的问题学生,他也不计较了。
　　凌颂却在盯着他的导师发呆。
　　马、马太傅?

上辈子那个天天耳提面命地，撺掇他夺摄政王权的马太傅，这辈子成了他的导师？

他的目光落到导师油光瓦亮的脑袋上，默默无言。

太傅上辈子就时常为了岌岌可危的头发发愁，恐怕这辈子依然如此……

凌颉离开后，马国胜又仔细问了问凌颂的情况，凌颂神游天外，一问三不知，马国胜拿他没法子，只能算了。

上课铃响，他领着凌颂回去教室。

凌颂一个星期没来学校，一走进门，就有很多同学朝他投去目光。

但碍于跟他一块进来的班主任，没人敢吭声，都拿起了书本。

马国胜拍了拍凌颂的肩膀，提醒他："你的座位在那边，过去坐下。"

凌颂走到教室最左边那排的最后，那里有全班唯一的空位。

他的同桌微低着头，垂着眼帘，支着的手臂遮住了半边脸，像是在打瞌睡。

莫名的古怪感涌上心头，凌颂心道老师都来了，这人竟然全无反应。

太荒唐了。

他一步步走近，那个人缓缓抬眼，那双与凌颂的噩梦里如出一辙的凌厉双眼就这么望向他。

凌颂停住脚步，心猝然提到了嗓子眼。反应过来后，他立刻转过身，拔腿要跑。

讲台上的马国胜皱眉问："凌颂，你做什么呢？还不赶紧坐下。"

凌颂出了一头的冷汗，僵在原地，走也不是，留也不是。

真是活见鬼了。

第 2 章

　　磨蹭了整整半分钟，凌颂不得不走回座位上，战战兢兢地坐下，身体往右侧倾，尽量远离身边那位。

　　他能察觉到对方睨向他的目光，但他不敢回视，只是不错眼地盯着前方的黑板。

　　直到那人收回视线不再看他，凌颂过快的心跳才稍稍平复。

　　心头的焦虑却不减半分。

　　别人都不记得，他会记得吗？

　　万一他记得呢？

　　记得又能怎样？现在是四百年后了，他还能再毒死自己一回不成？

　　可摄政王本事那么大，他想再弄死自己一次，很容易的吧？

　　要不自己先下手为强，先发制人弄死他？

　　一二节是马国胜的语文课。

　　凌颂天人交战、胡思乱想了整整两节课。

　　马国胜在讲台上说了什么，他一句没听进去。

　　其间马国胜几次看他，见他笔直端坐、盯着黑板，十分满意。

　　这小孩好像比以前听话了，挺好。

　　下课铃响时，马国胜布置完作业，离开了教室。

　　刚才还鸦雀无声的教室瞬间闹哄起来，三三两两的学生推搡着出门去，余的人四处窜找人玩。

　　身旁人站起身，凌颂又紧张起来，脊背紧绷住，直到那人走出教室后门，他的心神才骤然松下。

　　四五个同学围在凌颂桌边，叽叽喳喳地同他说话。

　　"老大，听说你在医院住了好几天？怎么回事？这么严重啊。"

　　"你怎么会突然掉湖里了？我们听到后都吓了一跳。"

　　"我说海哥今天怎么看起来对你格外和蔼可亲，原来是照顾伤患。"

　　"你怎么不干脆在家再多休息一周，马上月考了，正好逃过一劫多好。"

　　凌颂不太不习惯和这些人勾肩搭背，他上辈子是皇子、皇帝，从未有人敢在他面前这般放肆。

主要是这些人，他一个都不认识。

不对，还是有一个他认得的。

他愕然看着左手边那个笑眯眯的小个子男生，脱口而出："小德子？"

那个男生抱怨："老大，你怎么又这么喊我，说好了不许叫的。"

小德子是他上辈子的贴身内侍，太监。

"你，叫什么名字？"怕人误会，他又添上一句，"我掉湖里，失忆了。"

但没人信他："你当你演戏啊，还失忆。"

"我真失忆了，"凌颂一本正经，"不信你们问太……班主任。"

众人面面相觑，看向他的眼里逐渐生出了怀疑。

凌颂点头："是真的。"

几位同学一一自报家门。

原来小德子名叫王子德，这名字还挺好，至少比马太傅的名字好听些。

凌颂问了两个问题："你们为什么叫我老大？你们说的海哥是谁？"

"老大，你怎能忘了我们，你好无情，好残忍。"

王子德一阵干号，其他人这下都信了，凌颂是真失忆了，大家七嘴八舌地解释。

为什么叫他老大？因为那是他自封的。

海哥是谁？班主任马国胜呗，没看他那'地中海'造型吗？

"那个……地中海是什么？"

得，这是真什么都不记得了。

众人的目光里带上了隐隐的同情，一个个拍他肩膀："放心，不记得了没关系，以后我们罩着你。"

凌颂皱眉，没有计较这些"刁民"的无礼，问出了他最想知道的那个问题："我同桌，他叫什么名字？"

几个人面面相觑，神情忽然变得微妙起来，对着凌颂流露出了更多的怜爱和怜悯。

王子德试探问他："老大，你连他都忘了啊？"

凌颂不解："我该记得他什么？"

他前桌同学张扬拍拍他的脑袋："没事，忘了也好，好弟弟，看开点儿吧。"

什么意思？

凌颂一纠结，甚至直接忽略了这个人对他的称呼和他大不敬的举动。

上课铃响时，有人扔下句"你同桌那位叫温元初"，大家一哄而散。

他的同桌踏着铃声进了教室，走回他身边坐下。

那种紧张压迫感跟着回来，凌颂正襟危坐，目不斜视。

数学老师进门，全班同学跟随班长的喊声起立，喊过"老师好"便坐下。

等到老师开始讲课，凌颂翻开书，听了一耳朵，半句听不懂，很快心神又跑偏了。

摄政王姓温单名一个"彻"字，跟这个人名字不一样，凌颂心想，这人应该很有可能不记得上辈子的事情。

不记得最好，这人要是记得，这里他就彻底没法待了。

他是被摄政王叫人送来的一杯毒酒毒死的。

他这个皇帝本也是摄政王力推上去的。

他十四岁那年，他的一个皇叔造反，杀了他父皇、母后和太子哥哥，逼得太子妃嫂嫂抱着他七岁大的侄儿跳井，最后只留下他一人，后被人救下，侥幸苟活。

摄政王那时还不是摄政王，是驻守边关的将军，带兵打回京，斩杀了谋反的逆王，将他推上皇位，自封摄政王，从此挟天子令诸侯，权倾朝野。

他做了五年的傀儡皇帝，十九岁时，在太傅撺掇下，设计想要夺回摄政王手中的权力，被摄政王反杀。

再之后，他成了这四百年后，另一个十七岁的凌颂。

凌颂低了头，深觉自己十分倒霉，怎么过了四百年，还能见到这个人，当真是阴魂不散。

讲台上的数学老师忽然点名："温元初，你上来，把这题做一遍给大家看。"

凌颂一个激灵坐直身，他身边人已站起来，迈着长腿走上讲台。

一串串凌颂看不懂的字符，自那人手下流畅而出，凌颂眼睁睁地看着，再次肯定，这个人和自己不一样，他是属于这个世界的。

他是温元初，不是温彻。

思及此，凌颂终于意识到他是真的一点儿听不懂，也看不懂这位数学老师教的东西，哪怕他上辈子学过九章算术，但也只学了个皮毛。

怎么办？

温元初很快写完答案，从讲台上下来，他一转身，凌颂立马低了头，不去看他。

数学老师声音愉悦地夸奖温元初，把他的解题思路说了一遍，凌颂一个字都没听进去，他的脑子里正嗡嗡作响。

刚才温元初走过他桌边时，弯腰顺手捡了他滚落地上的笔，搁回他桌子上。

温元初的手伸过来的那个瞬间，他极力克制，才忍住没跳起来。

最后二十分钟，数学老师说要做随堂检测，一共三道大题。

教室里一片呜呼哀哉。

凌颂咬住笔头，别说是答题，他连这里的笔都不太会用。

啊……他太难了。

小心翼翼地斜眼看向身边的温元初，这个人已十分轻松地开始作答。

数学老师在教室里来回走动，路过凌颂身边，看了眼他空白一片的答题纸，又见他一脸纠结的苦瓜相，小声说了句："你这次可以不做。"

想来是马国胜已把他的情况，交代给了一众任课老师。

凌颂松了口气。

这节课很快结束了，一听有随堂检测便蔫了的同学再没心情来围着凌颂说笑，温元初也没再出门，就坐在位置上，不出声地看书。

凌颂又瞅了一眼，全是外文，他一个字母都看不懂。

要是温彻肯定不屑学这番邦语言。

这人一准不是温彻。

对了，温彻比他还大五岁来着，这人分明跟他是同龄人。

凌颂渐渐放下心，为了更确定些，他犹豫再三，壮着胆子试探问："同、同学，你叫什么名字？我们能认识一下吗？"

温元初握着笔的手一顿，转眼看向他。

被温元初的目光盯上，凌颂下意识地腿软，强迫自己冷静，不断在心里默念，他不是温彻、他不是温彻、他不是温彻。

"我前几天落水，失忆了，谁都不记得，所以才问你……"

"温元初，"温元初开口，声音并非凌颂记忆里的那般深沉，只有略带慵懒的清朗，他又一次重复，"我叫温元初。"

张扬正竖起耳朵听他们对话，听到这句差点没惊趴下，温元初这是转性了？他竟然理凌颂了？

温元初的眼神平和，甚至称得上友好，确实与那位凶神恶煞的摄政王大不一样，凌颂彻底放心，与他笑了笑："哦，你这名字挺好听。"

温元初的眸光动了动："你觉得好听？"

"是啊，好听得很。"

只要不叫温彻，叫啥都好听。

温元初点点头，没有再说，继续去看书。

凌颂自在了许多，虽然他其实看这位同桌不太顺眼，毕竟他与那摄政王长一个模样。

不过算了，只要不是那厮本人，他大度一点，就不迁怒了。

明显感觉到身侧的人绷了一个上午的神经放松下来，温元初捏着笔，无意识地在手下稿纸上图画，杂乱的心绪逐渐平静。

第3章

上午最后一节课是英语。

凌颂一整节课都呈现呆滞状态，好不容易熬到下课铃响，他崩溃趴到桌子上，连吭都没力气吭了。

……朕太难、太难了。

温元初的目光移过去，落到他毛茸茸的头顶上，刚要开口，王子德过来，风风火火地拽着凌颂："走走，老大吃饭去。"

张扬也站起身，和王子德一左一右架起凌颂。

温元初到嘴边的话咽回去，默不作声地收拾东西。

王子德和张扬拖着凌颂走出教室。

其他几个一起玩的同学家在附近，中午回去吃，就他们仨在学校里解决，一直是饭搭子。

刚下楼，凌颂揣在左裤子口袋里的手机就响了。

他手忙脚乱地拿出来，回忆着昨晚他妈教的怎么接电话，摁下接听键。

凌母的声音在那头响起："小颂放学了吗？"

"嗯，刚下课，现在去吃饭。"

凌颂一边回答，一边内心震惊，这个世界竟真能做到千里传音，真神奇。

凌母叮嘱了他一堆有的没的，像是十分担心自己失忆了的儿子在学校会出问题。

凌颂嗯嗯啊啊地回答，说了几句，宽慰他妈的心，挂断电话。

"你竟敢带手机来学校，你小心被海哥看到。"张扬提醒他。

这么好用的东西，为什么不能带？

凌颂理直气壮："我失忆了，我爸妈担心我，一定要带这个。"

好吧，失忆可真是个万能的借口。

王子德嘿嘿笑："老大，我也带了手机来，一会儿吃完饭来两盘，带小弟上分？"

凌颂："上分何意？"

王子德噎住。

算了，当他没说过。

他们没去学校食堂，直接出了校外，学校西门出去是一条美食街，两边有各样的小馆子。

凌颂挑挑拣拣，嫌这家不干净，那家人太多，最后他们进了间新开张的、门庭冷清的饺子馆。

凌颂兴致勃勃地研究菜单。

这么一间小馆子，做饺子的花样竟然还挺多。

王子德和张扬已一人点了一碗，又叫了几个小菜，凌颂最后选了紫菜虾仁饺。

烫碗碟时，王子德顺嘴问他："老大，你真什么都不记得了啊？不是骗人的吧？"

"我骗你们做什么，不记得就是不记得了。"

张扬挤眉弄眼："连温大'校草'都不记得了？"

凌颂没听明白："温大'校草'是谁？"

"温元初呗，"王子德摇头晃脑，"你之前很崇拜他的，天天追着人跑，上周还约人家放学后一起吃饭，结果人压根儿没理你，看都没看你一眼就走了。你那天下午气得海哥的课都没回来上，后头就掉湖里去了，把我们吓了一跳，说真的，我们还以为你是想不开……"

凌颂："这……"

我不是，我没有，那不是我。

所以原来的凌颂与温元初有过这样的渊源，伤心失意下跳河自杀才变成了他？这也太……

得亏温元初不是温彻，不然他宁愿选择再死一次算了。

看到凌颂脸上一言难尽的表情，他俩松了口气。

看来凌颂这失忆真不是假的，没准他当时真是一时想不开，做了傻事，这下忘了看开了反倒好些。

要说那温元初除了长得帅、成绩好、家里有钱也没别的了，怎么那些女生一个个的就都瞎了眼，迷他迷得不行。

他们正说着温元初，那小子就突然出现，一个人走进这饺子馆，在他们斜后边那桌坐下。

王子德和张扬同时闭嘴。

凌颂十分不自在，怎么哪儿都能看到这个人。

张扬压低声音问："同学一场，让他一个人坐那里，是不是不太好？"

王子德也点头："好似显得我们不关心同学，不近人情。"

第3章

他们一起看向凌颂。

凌颂扯了扯嘴角,哪怕温元初不是温彻,他这会儿也尴尬极了,毕竟在其他人甚至温元初眼里,一直崇拜他的那个是自己。

如果不表现得大度一点,别人会不会当他还在意这事?

那可太丢人了。

"我都可以。"凌颂故作不在意地丢出这句。

于是张扬招呼了温元初一声:"温元初,过来一起坐呗。"

其实无论是张扬还是王子德,都没觉得温元初会理他们,这人一贯神鬼不近,谁都不搭理,独来独往惯了,能跟他们一起坐才怪。

反正他们招呼了,他不肯来那是他的事。

但他们没想到,张扬的话刚问出口,温元初已起身走过来,在凌颂身边坐下。

张扬和王子德沉默地看着他们。

凌颂也没想到他真会过来,这俩不是说他对自己爱答不理,看都不看一眼的吗?

怎么回事?

温元初坐下了,不说话,安静地吃起东西。

但他的存在感实在太强,其他人也跟着不说话了。

凌颂看到桌上的调料,学着张扬和王子德的,加进自己碗里。

温元初忽然出声,提醒他:"那是辣椒油,很辣的,你别加那么多。"

对面两人一脸见了鬼的表情,温元初并不在意他们,只看着凌颂。

凌颂尴尬"哦"了一声,收了手。

后面又不说话了。

四人默默无言地吃完了一顿饺子。

再一路默默无言地回到学校。

路过教室办公室,凌颂被马国胜叫进去。

马国胜问他早上上课觉得怎么样。

凌颂想了想,决定实话实说:"我听不懂。"

"听不懂?"

"除了语文课,其他都听不懂,一点都听不懂。"

马国胜无言以对。

竟然失忆得这么彻底!

马国胜扶了扶眼镜,有些艰难地说:"你这情况也不知道会持续多久,要不你试着先看看以前的书,重新再学一遍?我会跟你家长说这个情况。"

凌颂"唔"了一声，点头："好，谢谢老师。"

马国胜拍拍他肩膀："你要是有心学，肯定能追上进度。"

凌颂以前就不是个爱学习的，迟到早退是常态，还经常在外惹是生非，现在失忆了，反而有心向学了，说不定还是件好事。

他又说："你的同桌温元初同学十分关心你，早上课间时还特地来找我问你的情况，他成绩好，你要是有不懂的，也可以问问他。"

其实马国胜也觉得稀奇，温元初那个学生成绩确实好，但性格实在太孤僻了，跟谁都不亲近，这还是他第一次见那小孩主动关心同学。

要是温元初和凌颂能互相帮助，一个提高学习成绩，一个能变得开朗些，那就再好不过。

"我知道了。"

凌颂嘴上答应，没往心里去。

温元初虽不是温彻，但他看到他就别扭，更别提一直崇拜他的这个事，他傻了才凑上去。

下午的三节课，一节物理、一节化学、一节生物。

到了第四节自习课时，凌颂又趴到了桌子上，陷入自我厌弃中。

以前太傅们总夸他聪明，他现在才发现，他其实一点不聪明，一点都不。

一张字条递到了手边，凌颂诧异看过去，字条是温元初给他的。

温元初垂着眼，仿若无事人一样正在写作业。

凌颂愣了愣，展开字条。

"你有不懂的可以问我，我教你。"

咦？

这跟张扬、王子德他们说的不一样啊，那两人真没欺君？

难不成这人也怀疑他是自杀，所以心生愧疚，想要补偿？

凌颂盯着那张字条看了三秒，揉进手心里。

他低下脑袋，重新趴回桌上，睡了过去。

朕乏了，念书的事情，改日再说吧。

天花板上的电风扇吱呀地转，睡着了的凌颂无知无觉，头顶的碎发轻轻颤动，他面色红润、生机勃勃。

下课铃一响，凌颂瞬间惊醒。

看到同学们陆续地起身离开，他也赶紧收拾书包，出了教室。

他哥早上说，家里司机会来接他，让他一放了学就出校门，不要磨蹭。

等红绿灯时，凌颂趴在车窗边，看外头车水马龙，高楼林立，惊叹不已。

才四百多年，这个世界怎的就彻底变了样呢？

正看得入神，温元初骑着自行车的身影就这么闯进了视野里。

凌颂愣愣看着他车骑得飞快，在车流中穿梭，直到背影消失无踪。

心里莫名生起一股熟悉之感，好似刚才那个场景在哪里见过。

在哪里呢？

到家门口下车时，凌颂又看到了温元初。

他也才刚到。

凌颂终于知道那股熟悉感是哪儿来的了，他早上看到从旁边院子骑车出来的那个人，就是温元初。

温元初停住车，跟他打招呼："凌颂。"

凌颂讶然："你也住这儿？"

温元初点头："嗯，我们是邻居。"

凌颂："……"

所以他昨天在房里看到的，对面楼里的那个人，并不是他的错觉，那是温元初。

呵，那真是好巧啊。

没与他多说，凌颂随意"哦"了一声，赶紧进门去。

门关上，温元初收回目光，敛下眼，骑进旁边那栋别墅里。

第4章

清早。

凌颂刚进教室坐下,小组长过来敲他的桌子,让他交作业。

凌颂镇定地回答:"我没写,马老师说了,我这几天可以不写作业。"

马国胜昨天确实这么说来着。

小组长十分意外:"马老师竟然这么纵容你?作业都可以不做啊?"

凌颂没多解释。

他想做也无能为力,连笔都不知道怎么下。

张扬转头过来问他:"明后两天月考,你能行吗?海哥有没有说你可以不用考?"

"不可以吧。"

这个确实不可以。

马国胜估计没完全信他的话,非得先看看他月考成绩再说。

看就看吧,凌颂想,至少他语文应该能考得不错。

早读铃响之前,温元初最后一个进教室,一坐下就开始奋笔疾书地赶作业。

凌颂看了一眼,暗道这人昨晚莫不是做贼去了,一大清早才来补作业?

温元初忽然抬眼。

凌颂心下一抖,赶紧移开目光。

那人的声音在耳边响起:"早。"

凌颂:"……"

他抻了抻脖子,拿出本空白本子,再翻出语文书,开始抄书。

先不管别的,他得把这字写顺畅了再说。

要不说什么都白搭。

之后那一整天,凌颂都在练字。

眼下只求能在语文这科上多拿些分,其他的他已经放弃抢救。

中午午休时也没歇着,笔下的字越来越流畅,常用字的简体字写法记了个大概。

这可比写毛笔字容易多了,难怪这里人都习惯用这样的笔。

凌颂一边抄书，一边啧啧感叹。

"选择题，也可以拿一些分。"

除了早上那声招呼，就再没说过话的同桌又忽然开口。

凌颂握着笔的手一顿，下意识地看向他。

温元初在自己的稿纸上写出A、B、C、D四个字母，告诉他："选择题只要选一项就行，看不懂也没关系，可以靠猜的，三长一短选答案最短的那个，三短一长选最长的那个，如果两长两短就选B，同长同短选A，参差不齐选C，总能蒙对几题。"

凌颂眨眨眼，有一点受宠若惊，这人顶着摄政王一模一样的脸，却对自己这般……和蔼可亲，他可真不习惯。

"这样也行？"

温元初点："可以。"

凌颂笑了："噢——"

"谢谢啊。"

A、B、C、D，这个倒是容易，凌颂试着写了两遍，很快学会。

傍晚，提早下班的凌颂亲自来学校接人。

凌颂坐进车里，转眼又看到温元初骑着车从学校出来，不多时身影就已没入滚滚车流中。

他盯着看了一阵，问凌颉："哥，你认识我们家旁边那户的邻居吗？"

凌颉发动车子，随口回答："你说温叔他们家？认识啊，爸跟温叔是生意伙伴，还是老朋友，当然认识，怎么突然问起这个？"

"温元初，跟我是同桌。"

"原来是因为那小子，"凌颉有一点好笑，"你们又打架了？"

凌颂面无表情，原来的他跟温元初打过架？

凌颉说："你俩从小就不对付，你倒是喜欢缠着人家跟你玩，但温元初那小子压根儿不理你，你脾气又大，他不理你，你就去打他，闹得爸妈三天两头要去温家替你赔礼道歉，你可真好意思。"

凌颂："……"

他可不敢打摄政王。

"我忘了，不知道。"

"以前的忘了就算了，"凌颉无奈提醒他，"你可别又去招惹人家了，他是好学生，不像你，一天到晚惹是生非，不得消停。"

凌颂不以为然，谁招惹他了，他躲着走还来不及。

之后两天是一月一次的月考。

学校很重视，按着上学期期末考试的排名分了考场，凌颂在中间的考场。

原来的凌颂不爱学习，但人聪明，考试成绩回回都还过得去。

进考场之前，凌颂在教室走廊上碰到温元初，他站在那里，好似在等人。

凌颂装作没看到他，趁着还没打铃，赶紧去了趟厕所。

回来时温元初依旧站在那儿，凌颂目不斜视地走过去，温元初却叫住他。

凌颂扯开嘴角笑："有事吗？"

温元初看着他，半天才扔出一句："不用紧张。"

他一点不紧张，反正都不会。

凌颂笑着敷衍两句，回去考场。

第一门考语文，除了拼音不会，其他的倒没什么难度，文言文阅读对凌颂来说更是易如反掌，最后的作文题他干脆洋洋洒洒地写了一篇策论，写完还意犹未尽，暗自得意。

这种东西，太简单了。

不过很快，这份得意就没了。

从第二门数学起，他就只能抓耳挠腮地按着温元初教的法子，蒙那些选择题，别的地方，一个字都写不出。

周四下午，考完最后一门物理出来，凌颂走路都是飘的。

刚走出考场，又碰上温元初。

在人推人挤的楼道里撞上，温元初看向他，刚要开口，身后忽然有人喊："老大！"

王子德那几人兴冲冲地过来，喊凌颂去打篮球。

"我要回家。"

"这么早回家做什么，这才三点多，走走，打一场再说。"

不等凌颂再拒绝，那几人已勾肩搭背将他拉走。

温元初停步在三楼走廊上，远远看向操场的方向。

凌颂双手接住别人扔过来的球，站在原地左顾右盼，茫然不知所措。

已跑到篮球架下的张扬大声喊："弟弟你发什么傻！赶紧传球给你大哥我！"

凌颂眉头一皱，这回终于听清楚了，这厮三番两次喊他弟弟。

岂有此理！大胆刁民！

凌颂用力将球砸过去，张扬跳起来接住，再干脆利落地投篮。

凌颂睁大眼，咦，好似有点意思。

第 4 章

少年人在操场上来回奔跑,笑脸在阳光下闪闪发亮。

打完了一场球,一众人又去学校对面的冷饮店吃冰激凌。

凌颂点了双球,草莓味的和香草味的。

这样东西他十分喜欢,他上辈子也吃过类似的冰点,但每回都只能尝上一小口,因为脾胃不好,父皇母后还在时不许他多吃,登基以后连摄政王都管着他,不肯给他吃这些。

所以他一直都讨厌摄政王。

正念着那位摄政王,那张与摄政王一样的脸就出现在眼前。

外头突然下了雨,温元初推着车到冷饮店外的屋檐下躲雨。

"这哥们怎么也这么晚回去?不是早考完试了吗?"有人小声说了一句。

凌颂透过落地玻璃窗,只看到外边那人的侧脸,不由打了个寒战。

这人分明不是摄政王,但那张脸实在太像了,尤其这样不说话时,总叫他恍惚间生出错觉来。

张扬随口说:"没准故意的呢,他这两天对我们弟弟可态度好得很。"

"鬼才信。"

"爱信不信,反正是真的。"

"喀——"凌颂直接呛到了。

"你再叫朕一句弟弟,朕命人……"

凌颂脱口而出上辈子的称呼,话说到一半才突然意识到不对,赶紧打住。

其他人却嘻嘻哈哈笑成一团。

"陛下息怒。"

"张贵妃狗胆包天,陛下别与他一般见识。"

"这就将张贵妃打入冷宫!"

凌颂默默将那句"朕命人将你拖出去喂狗"咽回去。

后头雨越下越大,眼见着没有停的意思,家里住得近的同学冒雨跑了,张扬和王子德一起打了个车走,剩下凌颂一个,留这里等家中司机来接。

他吃完了双球冰激凌,又点了一份。

他爸妈给他的零花钱多,虽然他对钱没什么概念,无论是上辈子还是这辈子。

温元初进门来,买了杯果汁。

他站在店门口喝,凌颂咬着塑料勺子,犹豫再三,喊他:"你要坐吗?"

温元初走过来,在凌颂对面坐下。

这人非要人请的吗？什么毛病！

凌颂冲他笑了一下："谢谢啊，你教的法子挺管用，我那几门课应该也能有点分。"

温元初问他："之后怎么办？"

凌颂随口回答："马老师让我先看看以前的书，重新学一遍。"

"你知道怎么学？"

我又不傻。

呃，他还确实不知道。

甚至完全无从下手。

重新学，要从哪里开始？

温元初说："我教你。"

凌颂一愣："张扬他们说，你以前不怎么理我，现在怎么这么好心了？"

温元初平静解释："你落水，我有责任，我教你，应该的。"

竟然是真以为他自杀，想要弥补？

凌颂无言以对。

行吧。

"那谢谢啊。"凌颂只当这是客套话，没往心里去。

温元初点头："不用。"

温元初的目光落到他快要吃完的第二份冰激凌上，提醒他："太冰了，对胃不好，你少吃点。"

凌颂偏不："没事没事，吃不坏。"

难得他这副身体比从前的好，他才不要忌口。

温元初忍了忍，没再说。

半个小时后，凌家的车过来，雨也停了。

温元初骑车离开，背影在雨后夕阳中，仿若镀上了一圈柔和光晕，逐渐远去。

凌颂坐进车里，心想，要不回去跟他爸妈说，他也学学那个？

第 5 章

周五下午。

月考成绩陆续出来，一张张试卷发回学生手中。

凌颂扫了一眼那些触目惊心的只有几分的卷子，面无表情地全部翻过去盖住，只当没看到。

张扬转头问他："弟弟，你总分多少？"

凌颂没理他。

他有一点生气，别的分数低就算了，怎么语文也才八十出头？

选择题错了两个，现代文阅读就没拿到几分。

还好作文是满分，总算阅卷人的水平不是太差。

他侧过头，瞥了眼温元初的卷子，除了语文、英语各扣了些分数，其他门门都是满分。

这么厉害的吗？

对了，之前王子德好像提过一嘴，说这人每回考试都是年级第一来着。

"你为什么成绩这么好？"

温元初抬眼。

凌颂移开目光。

算了，当他没问过。

班长从外头回来，喊凌颂："马老师找你，让你去一趟他办公室。"

凌颂赶紧起身出门。

马国胜正在第三遍看凌颂写的那篇策论。

语文卷子昨天就改完了，凌颂这篇作文被阅卷老师复印出来，已在整个语文组传阅了一遍。

马国胜到现在都不敢信，这是凌颂写出来的。

而且他还是用繁体字写的。

简体字凌颂认识了不少，但写起来他还是习惯用繁体。

凌颂进门，马国胜神色复杂地问他："这篇作文，是你自己写的？"

"是啊。"

马国胜一时语塞，他以前怎么没发现凌颂有这么高的古文素养？

凌颂难得谦虚："写得不好，还请老师多多指点。"

马国胜："……已经挺好了。"

马太傅跟从前不一样了。

凌颂心想，上辈子马太傅是状元出身，最是恃才傲物，哪里看得上这么一篇其实并不怎么出彩的策论。

马国胜又提醒他："你语文考得还不错，但是其他几科，实在退步得太厉害了，基本都是交白卷，之后如果一直这样，可能得留级了。"

他这下是真信了，凌颂不但失忆了，说不定还因为失忆激发了其他方面的潜能，要不这策论怎么写出来的？

但考试又不只考语文一门。

凌颂张了张嘴，他堂堂皇帝，留级岂不丢人。

但那个分数，他都不好意思为自己辩解。

马国胜安慰他："你这个情况，我会跟你家长商量，你先想办法补补前面的课吧，能不留级当然是最好的，你也别想太多，考不好有身体原因，不能怪你。"

放学之前，凌颉接到马国胜电话，来了趟学校。

凌颂在楼下操场边等他哥，无聊地踢起脚下石头。

他听到篮球咚咚声，抬眼望去。

温元初独自一人在夕阳下打球。

这人竟然还没走？

凌颂看了他一阵，温元初身高腿长，投球的姿势十分漂亮，篮球水平也相当不错，看着就养眼。

凌颂有一点儿羡慕。

他也想跟这人一样英俊潇洒。

半个小时后，凌颉下楼来，拍了拍凌颂肩膀："走吧。"

兄弟俩并肩走远。

温元初停下，目送他们背影远去，最后一抬手，将球扔进篮筐里。

坐进车中，凌颂主动问起凌颉："哥，马老师跟你说了我的月考成绩了？"

凌颉无奈点头："那些题目真一点都不会？怎么都交了白卷？"

"看不懂。"

凌颂实话实说："一点儿都看不懂。"

凌颉没再问，发动车子。

"回家再说吧。"

夜晚凌家，一家人都在为凌颂的学业发愁。

小侄子凌超超从自己书包里拿出数学书，递到凌颂面前："小叔看我的书，看得懂吗？"

凌颂很确定，他看出了这小鬼眼神里的鄙视。

呵。

但他确实看不懂。

虽然那些内容，九章算术里都有提及，但这里人用的阿拉伯数字，他还是这两天恶补来的，那些算术符号，他就更不懂了。

太丢脸了。

凌母十分忧愁："难道要从小学一年级开始重学吗？"

这……

他们也不求凌颂以后能有多大出息，但总不能连大学都读不完吧？

可莫名失忆这毛病，又不知几时能好。

正愁眉不展时，门铃响起。

凌超超跑去玄关开门，大声喊："元初哥哥！"

来的是温元初。

温元初进来，礼貌地与凌父、凌母和凌颂夫妻俩打招呼。

凌家人十分意外。

温元初这小孩一贯不爱说话，他们做了这么多年邻居，这还是第一回他主动上门来。

温元初与他们解释："我和马老师说了，帮凌颂补习功课。"

那可太好了——凌家众人心想。

那可太不好了——凌颂暗自发抖。

凌母喜上眉梢："那怎么好意思，会不会太麻烦你？"

温元初看向抬头望天的凌颂："不会，耽误不了什么，帮凌颂补以前的课，我自己也能重学一遍。"

凌父凌母不再推辞，高高兴兴地和温元初道谢，不管凌颂愿意不愿意，将他们一同送进了房间里。

凌母端来切好的水果盘，走之前叮嘱自己儿子："听话，不想留级就跟着元初好好学。"

凌颂只得接受。

温元初坐在他身旁，正在看他那篇策论。

他的眼眸低敛着，一直没出声，不知在想什么。

凌颂嘴里咬着哈密瓜，几次斜眼睨他。

温元初忽然抬眼。

目光撞上，凌颂下意识地一咽口水，呛到了。

他的脸涨得通红，半天才把嘴里的瓜吞下。

温元初皱眉。

凌颂拔高声音，虚张声势："你干吗？"

"这篇作文，你自己写的？"

"不然呢？"

"没什么，写得很不错。"

温元初淡淡评价。

那当然不错，当年教他这些的太傅们，那可都是有大才之人。

温元初这样的普通学生，只怕根本看不懂他写了什么。

不等凌颂得意，温元初却又说："但考试时写这个有风险，有可能得满分，也有可能分数极低。"

凌颂嗤之以鼻："那是阅卷的老师自己看不懂吧。"

"规则如此。"

温元初将他的卷子放下，拿起手边凌超超的小学一年级语文书。

"从拼音开始吧。"

凌颂立刻闭嘴。

温元初教他拼音，顺便将英文字母的读法也教了一遍。

凌颂学得不情不愿，要不是为了应付考试，他一点不想学洋人的语言。

好在拼音这东西不难学，只用两个小时，他就差不多都记下了。

九点整。

凌颂打着哈欠趴在书桌上，摆摆手："朕乏了，改日再学。"

温元初的神色微动，没有提醒他，只说："休息一会儿，再上一小时的数学课。"

不等凌颂拒绝，温元初已拿了张空白稿纸，在上面写下为他制定的学习计划。

"你语文基础不错，拼音学会就够了，可以先放一放，之后上课认真听就行。

"明后两天把小学数学全部学完，接下来一个月学初中数学，每晚两小时的课。

"英语每天学一个小时，背十个单词，周六日加课。

"白天做习题巩固,除了语文,学校的课不必听,反正你也听不懂。

"下次月考数学和英语争取上两位数,其他的科目以后再说。"

凌颂大惊失色:"你要我两天之内把六年要学的东西都学完?"

温元初:"可以试试。"

多谢你这么看得起朕。

凌颂一脸菜色,温元初想了想,改了口:"两天学不会,再多一周也行,小学数学尤其是低年级的很简单,不需要花太多心思。"

"噢。"

凌颂不敢再讨价还价。

温元初虽不是温彻,但他那张脸,特别是他蹙眉时的模样,实在太像那个人,叫凌颂本能地不敢造次。

温元初顿住笔,略微犹豫,告诉他:"你如果不想学物理化学那些,可以学历史、政治、地理,对你来说或许会容易些。"

凌颂愣了愣,学历史吗?

他不想。

再不想一遍一遍地回忆上辈子的事情了。

哪怕他这个微不足道的亡国之君,大可能不配出现在考试卷子上。

"我不要,我不想学历史。"

温元初点点头,没再劝他。

让凌颂休息了十分钟,温元初开始给他上小学一年级的数学课。

凌颂听得心不在焉。

他不时偷眼看温元初。

这人给他讲课时格外认真,浓黑眼睫微垂,眼神一片平和。

不似那位摄政王,眉目间总是浸染着叫他不寒而栗的阴郁戾气。

可即便这样,他有时还是会认错。

真奇怪。

十点半,凌颂送温元初下楼。

在楼梯上碰到他嫂子带凌超超上来,凌超超跟温元初挥手:"元初哥哥再见。"

小屁孩,对着外人倒是礼貌了。

凌颂笑了笑:"我是他叔,他叫你哥,那我不成你长辈了?"

温元初看他一眼。

凌颂嘴角的笑僵住,眼珠子转了转,没再看温元初。

他就说,这个人有时那眼神确实很像那个讨厌的摄政王,根本不是他的错觉!
　　要不是这人大部分时间都挺正常,且还有耐心帮他补课,他真要怀疑这人就是摄政王,故意装的了。
　　大吉大利,神鬼退散。
　　要不他哪天去庙里拜拜吧……
　　身后大门被凌颂用力带上。
　　温元初在门外安静站了片刻,拿出手机,记下备忘录。
　　他回来的第五天,高兴。

第6章

周六早上七点半，凌颂被他妈从被窝里挖起来。

"赶紧下楼去吃早餐，元初已经来了，给你补课还让人家等你，你也真好意思。"

凌颂揉了揉脸。

……又不是他想补课。

半小时后，凌颂洗漱完下楼。

温元初端坐在客厅沙发里，正在跟他爸聊天。

凌颂觉得这幅画面有一点诡异。

他在楼梯上停住脚步，看着他爸和温元初，莫名想起上辈子的一件小事。

温彻十六岁时继承他父亲遗志去守边关，离京之前进宫来拜见皇帝，在兴庆宫外，凌颂第一次见到了那位名满上京的少年将军。

那时凌颂才十岁出头，正是好奇心重的时候，十分艳羡温彻那一身闪闪发亮的乌金铠甲，主动凑过去与他搭话，说以后也想跟他一样做将军。

温彻却对他这位小皇子不假辞色，只冷淡回他一句："殿下手无缚鸡之力，做不了将军。"

凌颂生了气，从此小心眼地记恨上了这人。

凌颂心想，也幸好温元初不是温彻。要不那真是话不投机半句多。

走近了，才听清楚他爸和温元初聊天的内容，他爸正在得意地炫耀前两天刚收的，一件成朝时期的古董花瓶。

凌父将那花瓶摆放在茶几上，插上外头院子里摘来的桂花枝，眉开眼笑地招呼温元初跟他一起看。

温元初几乎没开过口，只不时点一点头，附和凌父。

凌颂瞥了一眼。

那哪里是花瓶，分明是当年那些高门世家里用的痰盂。

算了，他还是不要告诉他爸真相了。

等凌颂吃完早餐，温元初和他一起上楼回房。

坐下后，凌颂抻了抻脖子，问温元初："你自己不用写作业的吗？"

"昨晚写完了。"

昨晚？什么时候？回去之后？

昨晚他回去都多晚了？

王子德他们一直抱怨老师，月考都考完了都不让人喘口气，布置的作业太多两天都写不完，这人竟一个晚上就写完了？

"你回去后写到几点？"

温元初随口回答："十二点不到。"

凌颂："……"

难怪他回回考试都是年级第一，比不了，比不了。

温元初没跟他多说，拿了自己出的卷子给他做，都是昨晚学的内容。

凌颂不情不愿地拿起笔。

烦人。

好在他的脑袋瓜子确实不错，温元初教的东西他大多一遍就能学会，而且不会忘。

二十分钟将卷子做完，温元初看了看，轻点头："全对。"

凌颂顿时乐了，没来得及嘚瑟，温元初已翻开书，开始教他新的内容。

那股子兴奋劲却被生生压下，凌颂十分不满，在温元初看不到的地方瞪他。

温元初抬眸，凌颂倏地转开眼，目不斜视。

温元初没跟他计较，拿起笔。

他讲课的条理清晰明了，没有一句废话，和从前那些太傅们教书的风格大不相同，凌颂很快就适应，学得也很快。

小学数学果然很简单，所有的内容都是九章算术里有的，不过是表述方法不一样而已。

凌颂的自信心大增。

朕果然还是个聪明人。

两小时后，凌母送来水果点心，笑眯眯地让他们歇一会儿，吃些东西再继续。

见凌颂已有些蔫了，温元初停下，说休息十五分钟再继续。

凌颂立刻将笔一扔，掏出手机，打开游戏。

这个游戏是前天凌超超教他玩的，那是位高手。

凌颂很快沉迷其中不能自拔。

手机果然是样好东西，叫人玩物丧志

凌颂心想，他可太喜欢这样东西了。

但一局不到五分钟他就输了。

队友破口大骂:"臭小子,不会玩就别玩,滚回家去!"

凌颂皱眉。

这里的人年纪轻轻,怎的一个个都这么不讲礼貌!

有辱斯文。

他淡定回:"大胆刁民,御前口出狂言,当诛。"

"……你有病吧?"

凌颂没再理人。

正看书的温元初忽然出声:"只有小学生才玩这个游戏。"

凌颂一噎:"我就喜欢不行?谁说的只有小学生才能打?"

"跟你对骂的,很有可能就是个小学生,说不定比超超还小。"

凌颂直接哽住了。

"把游戏卸了吧,想玩游戏,至少得等成绩回到之前的水平。"

凌颂百般不情愿,但被温元初的目光盯着,他又怂了,手机被温元初拿过去,也只象征性地反抗了一下,不敢多造次。

明明这人就不是摄政王,可这种下意识的反应实在根深蒂固。

凌颂暗自苦恼,深觉这样不行。

温元初并不知道他在想这些有的没的,帮他把游戏删了,再点开他的VV,再拿出自己的手机,加上号。

他问凌颂:"VV会用吗?"

凌颂"哦"了一声:"我妈教过,简单。"

"以后别用语音输入了,就用拼音键盘。"

凌颂选择闭嘴。

温元初将手机还给他。

凌颂晃了一眼,这人的VV头像是一片银杏叶,金灿灿的十分喜人。

说起来,当年他在兴庆宫的院子里,也曾亲手种过一株银杏来着。

不知道那树还在不在。

就算没被后人伐了,现在应该也已经上交国家了吧?

……以后有机会能再去看看就好了。

凌颂胡思乱想,心神又跑远了。

温元初看了眼手表,提醒他:"继续上课吧。"

凌颂回神,心不在焉地拿起笔。

中午,温元初留在凌家吃饭。

饭桌上凌母问起他凌颂学得怎么样,需不需要留级。

温元初看凌颂一眼,说:"凌颂很聪明,所有知识点学一遍就会,多花些心思,应该能赶上去,我明天也会跟马老师说,你们放心。"

凌家人松了一口气。

凌颂低头扒饭。

这人顶着摄政王的脸夸他聪明,……怪不好意思的。

那厮从前嘴里没一句好话,只会说他软弱、蠢笨和无能。

相比之下,温元初可真是个好人。

吃完饭,凌母提醒他们休息一会儿再上课。

温元初靠在沙发里闭目养神。

凌颂躺床上,抱着手机,正试着用拼音键盘跟人发 VV 信息。

张扬:温元初真在你家给你补课?

凌颂:嗯,昨晚就来了,他教得挺好的,我已经在上小学三年级的数学了。

张扬:……没有问题吗?

王子德:老大,你家有别人在吗?不会就你跟他两个人在家吧?

凌颂:为什么问这个?

凌颂怀疑,他们还误会自己会和温元初打起来。

他觉得自己如果不是怕,确实有点想打他。

要说这事就怨那位摄政王。

上辈子他到死都没娶上妻,他登基的第三年,摄政王才迫于群臣压力,给他定了门亲事,未婚妻是个二品官的女儿,赐婚后家中祖母、母亲接连病逝,没等那姑娘守完孝,他就一命呜呼了。

马太傅一直说摄政王坏了心肝,不想他这个皇帝娶妻留后,才故意给他选个家里一堆病秧子的未婚妻。

凌颂深以为然。

温彻太坏了。

他脑袋被门夹了才会崇拜跟他长一个样的温元初。

温彻重新坐回书桌前。

VV 群里还在响个不停,温元初的目光移过去,凌颂赶紧用手盖住屏幕,没叫他看到那些刁民一句句的胡言乱语。

"看什么看!"他故意拔高声音。

温元初没理他,将刚出好的题目推过去:"把这十道题做了,再讲后面的内容。"

凌颂瞬间垮了脸。

"为什么这么难？这跟你之前讲的不一样。"

"没有超纲，将知识点杂糅了而已，只会做基础题不行，考试也不会只考基础题。"

"要怎么做？"

"你自己想。"

坏人。

一直到晚上十点，凌颂才被放过，送佛一般将温元初送走。

离开之前，温元初提醒他："早点睡，明早我再过来。"

呵。

洗完澡，凌颂爬上床，有气无力地在VV群里回了一条。

凌颂：朕腰酸背疼浑身酸软，小德子速来伺候朕。

王子德：呵呵。

张扬：呵呵。

其他人：呵呵。

凌颂：你们什么意思？

群里沉默了整整半分钟。

凌颂：温元初太坏了，故意为难朕。

他明明都学会了，那个浑蛋尽出那些又偏又怪的难题刁难他，亏他还以为他是好人。

果然跟摄政王一样，坏了心肝。

没人说话凌颂也懒得说了，顺手退出，看到有新消息进来。

温元初：别趴床上玩手机了，早点睡。

凌颂：胡说，我没有。

温元初：你狡辩。

凌颂：我就是没有。

温元初：我看到了。

凌颂从床上跳起来。

对面楼的二楼房间窗边，温元初果然站在那儿，握着手机。

凌颂恶向胆边生，狠狠瞪他一眼，用力带上窗，再拉紧窗帘。

重新趴回床上，温元初又发来一条。

温元初：晚安。

第7章

周一。

马国胜的语文课,凌颂的那篇策论被当作优秀范文,在全班朗读。

之后马国胜又夸了凌颂几句。

说他遇到困难不退缩,迎难而上,值得鼓励,让全班同学向他学习,并一起帮助他。

并不想被当典型的凌颂:"……"

课间,温元初去了马国胜办公室。

张扬回头跟凌颂说话,挤眉弄眼地八卦他和温元初怎么补课的。

凌颂没理他,被问烦了直接将手里习题册扔他脸上去。

"再烦朕,把你拖下去打三十大板。"

张扬顺手翻了翻他的习题册,啧啧称奇,凌颂竟然在做初中数学题。

还是温元初魅力大,竟能让弟弟将心思放回学习上。

"你那篇作文,真是自己写的啊?"

"不然呢,"凌颂把习题册抢回去,头也不抬,"朕知道你看不懂,不用特地告诉朕。"

"……怎么跟大哥说话的?"

他俩正说话,温元初回来。

被他的冷眼一扫,张扬识趣转回身去。

凌颂闭了嘴,再不吭声了。

温元初坐下,告诉他:"我已经和马老师说了,他答应了你这个学期都可以不用听课交作业。"

凌颂一听顿时乐了:"那我可以不用来学校吗?在家里学习不也一样。"

"不可以。"温元初面无表情回。

"为什么?"

"在家没人盯着你会学习?"

行吧。

温元初又提醒他:"我也答应了马老师,在下学期开学前,帮你将进度赶上。"

第7章

"下学期？赶不上怎么办？"那才几个月啊？

"那只能留级，你努力一点。"

噢。

凌颂无所谓，反正他这个皇帝不急。

中午，张扬王子德那两人商量着要去校外吃麻辣烫，喊凌颂一起。

不等凌颂开口，温元初先替他回绝："他要看书，没空去。"

凌颂不情不愿："我想吃麻辣烫。"

没吃过的，肯定好吃。

温元初没答应："下次。"

凌颂拍案而起："你管得真宽，我偏要去。"

他就讨厌摄政王管他，温元初怎么也这样，欺人太甚。

温元初没理他，将他刚刚课上做的习题拿过去，帮他快速改了。

"错了两道，同类型的题目再做十道，做完了就去吃。"

凌颂瞬间噎住。

张扬和王子德早跑了。

凌颂嘟哝抱怨："不吃麻辣烫，中午饭总要吃吧，你不饿我饿。"

温元初扔出句："半个小时，把这十道题做完，全做对了我们去吃麻辣烫。"

凌颂立刻拿起笔。

半小时后，他嘴里叼着笔头，眼巴巴地看着温元初。

温元初一题一题帮他改完，最后说："都对了。"

凌颂一声欢呼。

他俩一起出了校门，但没去张扬他们去的西门外美食街。

从学校正大门出去，过两条街有座大型商场，里头也有卖麻辣烫的店。

走进商场，凌颂东瞅西看，见什么都稀奇。

有穿吊带短裙、露出白花花大腿和胳膊的姑娘家走过身边，他惊得眼珠子都不知道往哪里搁，下意识地往温元初身边避让。

那个女生涂抹着艳丽眼影的美眸睨他一眼，似笑非笑，留下一串香水味走远。

凌颂惊魂未定，不经意间贴上身侧人的胳膊，又赶紧退开。

温元初看向他。

凌颂干笑。

太讨厌了，这里人怎么都这般……奔放。

他好似没见过世面一样。

温元初没说什么，带他去了商场四楼的餐饮区。

一顿麻辣烫，凌颂吃得酣畅淋漓，辣得一把眼泪一把鼻涕。

温元初又去隔壁店里给他买了杯奶茶。

凌颂叼着吸管，隐隐觉得不对。

这人似乎对他太热情了点。

真只是因为心怀愧疚，想要补偿？

"温元初。"

温元初抬眼。

凌颂一本正经地说："我以前那是年少无知，跟你说过什么话做过什么事，那都是闹着玩的，你别往心里去啊，就当作都没发生过。"

温元初却问："你说过什么做过什么？"

凌颂瞬间无言以对。

揣着明白装什么糊涂。

可要让他说，他也说不出口。

天知道从前的凌颂都对着这厮说过什么傻话，做过什么傻事。

他可太尴尬了。

"……我跟你说过什么做过什么，你不知道？"

"你说过什么做过什么，你自己不知道？"

被温元初一句话堵回来，凌颂气到了。

算了，对牛弹琴。

他懒得再说，埋头苦吃。

温元初轻扬唇角，话到嘴边转了一圈，咽了回去。

四五个男生进门来，路过他们这桌时，停住脚步。

阴阳怪气的声音在头顶响起："瞧瞧这是谁，凌颂！找你好久了，没想到今天搁这里碰上了啊。"

温元初皱眉，抬眼看向那几人。

一个个身上穿着对面职高的校服，来找凌颂麻烦的。

凌颂将嘴里的牛肉咽下，又喝了两口奶茶，慢悠悠地开口："你们是谁？"

"你小子找打是不是？"

为首的那个头发上挑染了一缕红毛的冷笑："凌颂，你跟谁装呢，你抢我女朋友，我今天非跟你算这笔账不可！"

凌颂差点没将嘴里的奶茶喷出来。

温元初冷了神色。

第 7 章

他站起身,个子比对方还高半个头。

"这里人多,去外头。"

商场外。

温元初一下放倒一个,轻轻松松,毫不费力。

凌颂嘴里依旧叼着奶茶吸管,站一边看戏。

红毛躺在地上,一边哀号一边嘴里不干不净地骂咧。

但欺软怕硬,只敢骂凌颂。

凌颂听得不高兴,上前去踹了人一脚:"刁民,再骂朕,朕诛你们九族。"

温元初问:"怎么回事?"

那红毛呸了一声:"不要靠近我的朋友!林秋怡是我的!"

凌颂:"……"

胡说八道。

怎么这又冒出个姓林的女生来?之前没听人说过啊。

温元初的目光移过来。

凌颂一愣,莫名心虚,看什么看!

温元初又转开眼。

他冷声示意红毛:"林秋怡的事与凌颂无关,以后少来找凌颂的麻烦,滚吧。"

那几个人心知打不过他,爬起身,咬牙切齿丢下句"走着瞧",灰溜溜地跑了。

凌颂一脸尴尬,问温元初:"你知道他说的那个林秋怡是谁?"

温元初没理他,转身就走。

凌颂赶紧跟上去。

"你知道你告诉我啊,我又不记得怎么回事,下次碰上了岂不尴尬。"

怕温元初误会,他又添上一句:"我以前说过什么做过什么真都不记得了。"

温元初还是不理他。

这人怎么回事?

等红绿灯过马路时,一路沉默不言的温元初忽然开口:"你以前说,崇拜我。"

凌颂脚下一个趔趄,差点崴了脚。

温元初目视前方,轻眯起眼,幽幽地说:"你自己亲口说过的。"

……可那真的不是我。

凌颂快糟心死了。

他觉得他得把这事说清楚。

"我失忆了,从前的事情都忘了,你就当没听过吧,你要是因为这个才给我补课,那还是算了,我也不好意思一直这样麻烦你。"

温元初却不买账:"听到了就是听到了,没法当没听到,你说过了就是说过了,也不能当没说过,失忆了也不行。"

凌颂更糟心了。他竟无法反驳。

总不能明着说那个人不是他吧。

"那你到底想怎样?我以前是说过现在不这样认为了也不行吗?"

温元初看向他,眼神里带上了些难以言说的情绪:"现在不这样认为了?"

凌颂涨红了脸:"当然……为什么非要崇拜你不可!"

"你现在是看不起我?"

凌颂一愣:"当然没有,你可别胡说。"

人行道的红灯已经转绿,温元初丢下句:"走吧。"

回教室坐下,凌颂继续做习题,拿起笔写完两道,才后知后觉想起件事。

这人一直纠结之前的凌颂崇拜他什么,难道不是他压根儿不理人,害得人想不开跳了湖吗?

什么意思?!

他扔了笔,气呼呼地瞅向温元初。

温元初正喝水,目光对上他的,微微挑眉。

"温元初。"

温元初搁下水壶,手背抹过下巴,看着他。

凌颂一愣,心道这人举手投足间还挺那么……用这里人的话说,帅。

"你管我怎么想?与你有关吗?"

温元初没接话。

凌颂兀自说下去:"反正这事以后就别再提了,我尴尬得都不敢跟你说话,你怎么好意思大咧咧地问出口。"

温元初"嗯"了一声,转开眼。

凌颂大松了口气,继续去做题。

发了一会儿呆,在手机中写下备忘录。

他回来的第八天,他说不是。

不高兴。

第8章

周四。

早上做操。

凌颂站在队伍中不知所措。

这里的学生课间竟然还要跳舞？

真有情趣。

虽然这舞蹈动作并不怎么好看。

他一偏头，看到站在旁边队伍里的温元初，扑哧一声笑了。

这人跳这个广播操都像模像样的，还挺好看。

温元初似有所觉，转眼看向他，凌颂立刻移开目光。

目不斜视学着其他人，挥舞起胳膊。

做完操，学生们推推挤挤地往教学楼走。

凌颂凑到温元初身边，问他："为什么同样是做广播操，别人像跳舞，你却像在练武？"

温元初不答反问："你觉得是为什么。"

凌颂想了想，把那句"你长得比较帅、气势比较足"给咽了回去。

他才不要夸这个人。

进教室前，有人喊住凌颂。

凌颂回头，是个扎着马尾辫的女生，不是他们班的，但有些眼熟。

他抬手指自己："你叫我？"

女生点头："我跟你说几句话。"

身旁的温元初周身气压陡然降低，凌颂莫名看他一眼，温元初没理他，径直进了教室。

什么意思？

凌颂和那女生站走廊上说话。

女生跟他道歉："凌颂，我听说前两天钟小斌他们又找你麻烦了，这事都怪我，没跟他说清楚，让你背了黑锅。"

钟小斌？谁？那天那个红毛？

凌颂反应过来，面前这个女生，就是那红毛说的，被他横刀夺爱的林秋怡。

但现在他更诧异的是，他想起来为什么觉得这女生眼熟了。

林秋怡竟和他上辈子的未婚妻长一个样。

虽然他从前只远远瞧过那小娘子两回。

凌颂目瞪口呆。

这到底是个什么样的离奇世界？

也幸好这些人都不记得上辈子的事，要不这日子没法过了。

被凌颂直勾勾地盯着，林秋怡有一点不自在："你怎么了？"

凌颂回神，讪笑："我之前掉水里你听说了吧？"

林秋怡点头。

"我失忆了，所以你能把先前的事情完整说一遍吗？"

林秋怡一愣。

事情其实很简单。

那个红毛一直对林秋怡纠缠不休，林秋怡压根儿没想理他，反而十分怕他。

有一回被凌颂撞上那伙人在校外纠缠林秋怡，他路见不平，上去帮林秋怡解围，被人误会了他和林秋怡的关系，他没解释，之后那几个人就一直来找他麻烦。

凌颂没怎么在意，就这点小事，他半点不放心上。

"原来如此，小事一桩，你绕着他们走就行，让他们有事冲着我来。"

怎么说也是他上辈子的未婚妻。

这点举手之劳，他能帮就帮了。

而且红毛那伙人也就嘴上厉害，温元初一手就能放倒一个。

实在不值一提。

林秋怡松了口气，一再跟他道谢。

说了几句，看到有人过来，女生赶紧红着脸转身跑了。

凌颂回头，见温元初又冷着脸出来教室，更不明所以："……你要去上厕所？"

温元初面无表情地提醒他："上课了。"

他刚说完，打铃声响起。

噢。

下午第三节是一周一次的体育课。

体育老师带着他们沿操场跑道跑了两圈，让他们自由活动。

男生们组织起来打篮球，女生在旁边围观。

第 8 章

凌颂跃跃欲试，但上去打了五分钟，就被人换了下来。

实在是，太菜了。

是个人都嫌弃他。

张扬同情地拍他肩膀："下回大哥再陪你打。"

凌颂默默挥开他的手，滚。

换凌颂下去的是他们班体委姜一鸣，凌颂站在操场边，瞪着人，十分生气。

敢这么让他没面子的，除了摄政王，这是第二个。

刁民，朕记住你了。

温元初的目光从凌颂脸上移到篮球场上，停了三秒，走到篮球架下与体育老师说话。

听说温元初要上场，男生女生们瞬间沸腾起来。

温元初上学期篮球测试全班第一，但他从不参加比赛，这是第一次。

两边队伍都开始抢人。

女生们更是兴奋不已，连原本想要回去教室的都停住了脚步，目光投向温元初。

温元初走回凌颂身边，脱下校服外套，递给他："帮我拿着。"

凌颂不情不愿地接过去。

竟然把他当小厮使唤，太过分了。

一旁的张扬顺嘴问："喂，温元初，你今天怎么有兴致打比赛了？"

温元初看着凌颂，回答："帮凌颂打。"

张扬几人一阵怪叫，凌颂满脸漠然。

关他什么事？

温元初走上场，有人主动跟他换了位置。

姜一鸣抱着球，瞅着他，阴阳怪气地说："真没想到啊，温大学霸竟然愿意纡尊降贵，跟我们这些凡人打球了。"

温元初没理他。

哨声一响，他一步上前，几乎没给姜一鸣反应的时间，电光火时间将球从他手下劫走。

姜一鸣愕然瞪大眼，温元初却已带球越过他，冲篮下而去。

姜一鸣狼狈追上去，被温元初远远甩开。

一身黑T的矫健身影在篮筐前高高跃起，姿势漂亮、准确无误地将球投入篮中。

尖叫喊声四起。

张扬吹了声口哨。

王子德凑到凌颂耳边:"老大,难怪你之前崇拜他,这也太帅了,我都要变成他的粉丝了。"

凌颂:"……"

有温元初在,他们那队很快将之前落后的比分追上,反超之后更是完全压着另一队打。

温元初一个接着一个投球,几乎回回都能进篮。

所有人都知道他厉害,但没想到他会这么厉害。

连体育老师都有些惊讶,饶有兴致地看着学生们比赛,十分欣慰。

凌颂默不作声地盯着那个在场上出尽风头的人看。

不得不承认,这人确实帅。

比凶神恶煞的摄政王帅多了。

下课之前,温元初所在的队伍已领先另一队超过二十分。

姜一鸣从他上场起就没进过球,脸色越来越臭。

铃响时,他恶狠狠地将手中球用力传出。

球偏了一些,砸到了他队友身边的温元初身上。

温元初反应极快,抬起手臂挡了一下。

篮球狠狠砸在他手臂上,再滚落到地上。

他冷冷抬眼,看向姜一鸣。

姜一鸣有些心虚,没敢跟他对视,移开了眼。

凌颂跑过去,看了一眼温元初被砸青了一块的手臂,拦住正准备走的姜一鸣:"你,故意的。"

姜一鸣当下变了脸色:"你胡说八道什么!我传球,他自己去接,被砸到手臂,关我什么事!"

"我看到了,你就是故意的,声音越大,越心虚。"

张扬他们跟过来帮腔:"就是,我们都看到了,你不就是不忿温元初上场抢了你的风头嘛,故意将球传偏了,就是想砸他。"

姜一鸣冷笑:"你们有证据吗?没证据少在这儿胡说。"

凌颂跑去捡起滚落操场边的篮球,冲王子德喊:"小德子接球。"

小个子的王子德举起手臂跳起来。

凌颂将球朝着姜一鸣的肩膀猛砸过去。

姜一鸣正跟张扬对峙,完全没注意到,实打实地挨了这一下。

"你有病吧!"

反应过来时,他脸都绿了,抡起拳头就要去打凌颂,被温元初拦住,用力扣住他手腕。

姜一鸣又高又壮,但在温元初手里半点便宜讨不到,竟被他攥着完全不能动弹。

"你放手!"

温元初目光冷然地盯着他:"不想被请家长,就滚远点。"

两人僵持住。

体育老师过来,头疼地制止他们:"都松手,闹什么闹,马上上课了,赶紧回去教室。"

姜一鸣不服:"凌颂他故意用篮球砸我!"

凌颂一脸无辜:"我哪有,我给王子德扔球,想让他帮老师把球收起来,可我很菜,你自己说的,不小心扔偏了而已。"

凌颂确实是故意的。

但分明是姜一鸣先找事,大家都看在眼里。

体育老师懒得多说:"都回去,再闹我去找你们班主任来。"

姜一鸣脸上的肉抖了抖,不甘不愿地瞪了凌颂两眼,甩开温元初的手走了。

其他人也一哄而散。

凌颂将校服还给温元初。

温元初跟他道谢。

看到他手臂上乌青的一片,凌颂脑子抽了一下风,顺手戳了乌青处两下。

温元初不出声地看着他。

反应过来自己做了什么蠢事,凌颂笑着打哈哈。

赶紧跑了。

最后一节课是自习,对凌颂来说一样是跟题山题海奋斗。

写了十几分钟,他的眼皮子开始打架,很快趴到课桌上,睡过去。

温元初没有叫他。

第9章

放学。

铃声一响凌颂立刻醒了,拎起书包就要跑,被温元初拦住。

"去买几本习题册。"

凌颂垮了脸:"又买?"

这才几天,这人都让他买多少习题册了?

他下辈子都写不完。

温元初没给他拒绝的机会:"走吧。"

在学校对面的书店里,温元初仔细地挑选初中数学辅导书。

凌颂心不在焉,四处晃了晃,书店里除了教学辅导类书籍,各样杂七杂八的书还不少。

他在角落处的书架最里边,找出了一本《大成秘史》。

竟还有这种东西?

好奇之下,凌颂随手翻开。

所谓秘史,都是些不靠谱的民间野史,八卦大成历代皇帝的私事。

凌颂看得津津有味,虽然这些野史,他当年就听说过,但从现代人的角度写出来,总归不一样,言辞大胆没有任何避讳和顾忌,十分有意思。

他翻到后面,发现他这位才坐了五年龙椅的亡国君,竟也榜上有名。

五分钟后。

凌颂面无表情地将书合上,塞回书架。

这位作者一定脑子有问题,竟胡说八道,摄政王跟他的故事哪有这么夸张?

全是胡说八道!

温元初挑了书出来,凌颂正站在书店外生闷气。

温元初喊了他一声。

凌颂一个激灵回过神,看到温元初那张脸,愣了一瞬,眼珠子乱转,十分不自在。

这人当然不是温彻。

可他现在的感觉,好似做亏心事被发现了一样。

太讨厌了。

温元初并不知道他在想什么,将已经付了账的一本辅导书和一本习题册递给他:"以后你白天在学校做这上面的题目。"

凌颂默不作声地将书接过去,一句话没说。

温元初问他:"你家里司机来了吗?"

"……没看到。"

他看了眼手机,司机陈叔十分钟前给他发了条消息,说路上堵车,让他多等一会儿。

温元初没有急着走,陪他一起站在路边等。

凌颂的心绪逐渐平复。

算了算了。

气到自己划不来。

温元初正扶着他的自行车。

凌颂瞥了一眼,有一点心痒,骑这玩意好似比骑马还有意思,他实在很想试试。

他伸手一指,故作随意问:"你这车,挺容易骑的吧?"

温元初一眼看穿他心思:"你想学?"

凌颂讨好一笑。

温元初难得好说话,抬了抬下巴,示意他坐上去。

凌颂顿时来了劲,学着温元初双手扶住车头,小心翼翼地跨坐到座椅上。

座椅有些高,他一只脚踩到踏板上,另一只脚点地,再不敢动了。

温元初欺近他身侧,帮他一起扶住车头,提醒他:"放松一点,两只脚都踩上去,我帮你扶着,不会倒。"

凌颂的两只脚终于都踩上了踏板,摇摇晃晃,幸而温元初帮他将车稳住。

"我一会儿放手,你自己往前踏,别紧张,没事的。"

凌颂怕了。

他不敢。

"……别放。"

"你先往前踏,慢一点,等你骑稳了我再放。"

温元初的声音低缓,安抚人心的作用却很不错。

凌颂抛去满脑子的胡思乱想,心神逐渐平静,深呼吸,往前踏去。

温元初慢慢放了手。

凌颂歪歪扭扭地走"S"形路线前进，温元初一路小跑追在他身边。
……还挺容易？
凌颂的胆子逐渐大起来，加快速度。
但乐极生悲，车子很快磕到路上的一块石头，失去平衡。
凌颂哇哇乱叫，就这么姿势十分不雅地从车上栽下。
温元初眼明手快，往前一步护住他，抱着他一起摔倒下去。
车头正磕到他之前被球砸青了的手臂上。
凌颂手忙脚乱地从他身上爬起来，下意识地去扶他的手。
"手、手断了吗？"
"别动。"
温元初咬住牙，深吸一口气，提醒他："你别乱动。"
凌颂赶紧撒了手，再不敢碰温元初。
他睁着眼睛，可怜巴巴地看着人。
分明是罪魁祸首，这副表情好似他成了被欺负的那一个。
温元初将心头情绪压下，起身拍去身上灰尘，扶起他的车子。
"你想学，买辆普通点的车子我再教你，这种山地车对初学者来说难了些。"
可普通车子没你的这么……拉风——这词是王子德教我的。
凌颂话到嘴边又咽回去，不敢再造次。
"你的手，不会真折了吧？"
"没有，还好。"
温元初卷起校服袖子看了看，确实比之前青肿得更厉害些，还蹭破了一块皮。
他拿纸巾擦了一下，放下袖子，并不在意。
凌颂移开眼。
有一点心虚。
太丢人了。
之后两人继续站在路边发呆。
陈叔又发了条消息来，说最多还有十分钟就到。
凌颂看看天色快要下雨，提醒温元初："你要不先走吧，路上雨下来就麻烦了。"
温元初骑车离开。
凌颂目送他远去，回想他最后看向自己的，那个欲语还休的眼神。
这人和那位摄政王一样，都是那种有话憋着不爱说的。

啧，搞不明白。
想到摄政王，凌颂鬼使神差顿住脚步，转身走回书店中。
五分钟后，他把买好的书藏进书包，若无其事地坐进车里。
吃完晚饭回房，温元初还没来。
凌颂拿出那本秘史，咽了咽唾沫，小心翼翼地翻开。
这回他看得很仔细。
凌颂一边看一边生气，又忍不住继续往下翻。
摄政王为了他做了很多事情，连最后大开杀戒都是为了他。
呸！
他要不是永安帝本人，他就信了这些鬼话连篇。
"你在看什么？"
头顶忽然响起温元初的声音。
凌颂一惊，立刻将书盖上。
封面上硕大的书名就这么露了出来。
他的凳子一歪，差点没摔地上去。
凌颂涨红了脸，跳起来大声质问："你这人怎么回事？进来都不敲门的？"
"我敲了，你看书太投入，没听到。"
"你胡说！你就是没敲！"
温元初没理他的张牙舞爪，顺手拿起那本书，轻眯起眼。
凌颂扑上去抢，但没抢着，温元初正在翻他才看过的那几页。
凌颂的心脏怦怦直跳。
……算了，反正他也不是温彻，更不知道自己是那个亡国之君。
看就看吧。
五分钟后。
温元初将书搁下，皱眉问："你不看正经东西，就看这些闲书？"
凌颂没好气："看闲书怎么了？你不让我玩游戏，闲书也不让我看，这不许那不行，这日子没法过了！"
"少看点，影响学习。"
凌颂直接回了他一个白眼。
坐下后，温元初心不在焉地拿起教材。
翻了一页，他又突然出声："书里的皇帝，和你的名字一样。"
正拿起笔的凌颂愣了一瞬："……我爸妈取名水平高，怎么了？"
温元初看向他："取个和亡国之君一样的名字，你不觉得不吉利？"

"封建迷信要不得。"凌颂面无表情地回道。

"书里面的摄政王还姓温呢,说不定四百年前还是你家老祖宗……不对,那个摄政王绝后了,那肯定不是你老祖宗了。"

摄政王也没有娶妻生子。

想到这个,凌颂忽然心理平衡了。

这叫什么?恶有恶报?

嘻。

"是。"

凌颂一愣:"是什么?"

"是老祖宗,现在的温家,是那位摄政王兄弟的后代,有族谱的。"

……竟然是真的?

温元初淡淡解释:"温家从成朝熙和年间发家起,到现在已经有将近六百年,摄政王死后,改朝换代,温家投靠了新君,保全了家族,之后一直传承到现代。

"我们家二十几年前因为家里生意搬到这里,在X城还有亲戚,我小爷爷一家在那边,去年熙和帝陵被国家抢救性开挖,还找过我小爷爷家的人,他们给政府提了些建议。"

X城就是从前的京城,这个凌颂知道。

但他没想到温元初竟真是那个温彻的后人,这也太便宜那个温彻了……

"那……永安帝呢?他死了葬在哪里?"

凌颂心想,自己死了总不会被扔乱葬岗了吧?

毕竟他才做了五年皇帝,帝陵连个主殿都没修好,摄政王应该也没那么好心帮他修完。

温元初的眸光动了动。

他说:"不知道,史书上没有记载,成朝所有皇帝的帝陵都找到了,除了末代皇帝。"

凌颂无言以对。

行吧,他果然被扔去乱葬岗了。

大概也只有他这样的孤魂野鬼,才能有机会还魂。

呜呼哀哉。

温元初的目光落回书本上,声音更冷了些。

"上课吧。"

第10章

课间。

凌颂正埋头做题。

王子德风风火火地奔进教室,大声喊:"报!"

"你报什么啊报,你是太监吗?有话就讲!"有人揶揄。

教室里一片哄笑。

凌颂摇头。

小德子也堕落了。

上辈子好歹一门心思想做首领太监,这辈子竟沦落到干这跑腿送信的活,还一脸喜气洋洋。

傻不傻。

王子德啐一口打趣他的人,说:"我刚走数学组办公室过来,听到说联赛结果出了,温元初拿了省级一等奖,还进了省队,太厉害了,应该下午就会张贴喜报。"

众人艳羡的目光纷纷投向温元初。

正主却一脸淡定,依旧在看凌颂之前做完的习题。

凌颂没听明白,扭头问温元初:"他说的啥?联赛是什么?"

温元初大致解释了一遍。

凌颂的脸上也生出了艳羡:"所以你要是在全国决赛中拿到好名次,就有可能保研是吗?"

"嗯。"

"你好厉害。"

凌颂脱口而出,夸得真心实意。

那可真是牛了。

这里人考研,和当年那些读书人挤破了头考科举一样,温元初这样的,岂不等于还没考,就提前锁定了黄榜?

真叫人羡慕。

不像他,到现在都还在为月考分数上两位数发愁。

唉,人比人,气死人。

朕苦啊。

温元初的神色动了动。

"你觉得,我很厉害?"

"当然厉害,非常厉害!"

温元初没再问。

在凌颂又低了头去做题时,他握住藏在书包里的手机,打字。

他回来的第十三天,他说我好厉害。

高兴。

下一堂数学课,数学老师在课上宣布了同样的喜讯。

他们学校拿到省级一等奖的有十二个,进省队的只有一个。

温元初就是那个进省队的学生。

凌颂一听,顿时觉得温元初更厉害了。

啪啪啪地跟着其他人一起鼓掌。

暗想着自己作为他手把手教出来的学生,下次月考数学不考到两位数,他可真不好意思。

中午,凌颂继续与题海奋斗,比前几天更加有了干劲。

教室里只有为数不多几个留校吃饭的学生,大多数人都已趴在课桌上午睡。

温元初离开教室,不知道做什么去了,之后一直没回来。

凌颂咬着笔头,正苦思冥想解题思路,教室后门有人轻声喊他。

他转过头,是林秋怡,正在后门那儿与他招手。

凌颂起身出去。

林秋怡低着头,别别扭扭地问:"温元初今天不在吗?"

……嗯?

"我听说他数学竞赛进了省队,真厉害。"

听到别人也这么夸温元初,凌颂与有荣焉:"他成绩好,正常。"

女生微微红了脸,将紧捏在手里的信封递过去:"这个,能不能麻烦你帮我给温元初?"

凌颂眨眼。

什么意思?

"帮个忙吧,拜托了。"林秋怡的声音更小了。

凌颂看她一眼,女生一脸羞涩赧然,他忽然就懂了。

这里的女生都外向奔放,做这事真不稀奇。

行吧。

林秋怡道谢。

凌颂回去教室,把信扔到温元初桌上,不管了。

张扬刚睡了一觉醒来,回头正看到这一幕,一声怪叫:"弟弟你又给温元初写信了?写了什么?"

凌颂捕捉到关键字:"我以前给温元初写过?"

"写过啊,还问你大哥我要怎么写才能表达对你的崇拜,我怎么知道?可惜啊,那会儿温元初一眼没看就给你扔了,把你气得那天中午饭都没吃。"

凌颂:"……"

以前的凌颂到底还做过多少让他无地自容的事情……

他郑重解释:"这信不是我写的,你可别乱说,我帮人转交而已。"

张扬压根儿不信。

凌颂懒得多说。

爱信不信。

温元初一直到快上课才回来。

一坐下就看到桌上那信。

他没有拆,直接拿起扔进教室后头的垃圾桶。

凌颂压低声音:"喂喂,你太过分了吧,你看都不看,也不问是谁写的,就直接扔了?"

温元初瞅他一眼:"你想看?"

"那当然不是,想什么呢。"

凌颂去把信封捡回来,拍去上头灰尘,一片怜香惜玉之心:"好歹也是人女生一片心意,扔了多不好,你不要我还给她吧。"

不等温元初说什么,他又继续碎碎念:"我长得也不比你差啊,为什么没人给我写情书?"

林秋怡分明是他上辈子的未婚妻,怎么就看上了温元初?

气人。

温元初面无表情地移开目光。

下午最后一节自习课,马国胜把凌颂叫去办公室。

凌颂想想自己好似没做什么不该做的事,挺胸抬头去了。

马国胜问了问他的学习进度,听到他说已经在学初一下学期的数学,点点头。

"不错,之前温元初跟我说,会在下学期开学前帮你把进度都赶上来,他果然有把握。"

说了几句，马国胜有些欲言又止。

凌颂直接问："马老师，你是有什么事想说吗？"

马国胜喝了一口茶，面露为难："温元初他数学竞赛进了省队，这个你听说了吧？"

凌颂点头。

"他是我们学校唯一一个进省队的，非常难得，数学组的老师都对他寄予很大的期望，十一月中就是决赛，这段时间他本来要去参加省里的集训，但他没答应。

"他说，要给你补课，没有时间。

"他要是不肯去集训，省队的名额估计要给别人。"

凌颂愣了愣。

马国胜叹气："你们数学唐老师让我直接跟你说，这事关系到温元初的学业前途，他要是能在决赛中拿到好名次，可以保送，就这么放弃太可惜了，你能不能劝劝他？你补课的事，学校可以帮你找已经毕业了的学长，他们时间多，不会耽误什么。"

凌颂在学校落水失忆，学校有责任，即便他学业跟不上，也没直接让他留级，还帮忙找人给他补课。

凌颂却有一点不知所措。

温元初竟然为了给他补课，不去参加省队集训？

"……我跟他说说吧。"

放学后，凌颂磨磨蹭蹭地收拾书包，没有急着走。

温元初帮他把之前课上做的习题改完，提醒他："回去吧，早点吃晚饭，晚上再继续上课。"

凌颂哼哼："明后天就周末了，周五晚上我都不能歇一下吗？"

"你想休息？"

"不行？"

温元初勾出几道题，改了口："那我今晚不过去了，你把这十道题做完就行，明天我去给你改。"

凌颂原本不觉得他会答应，听他这么一说，顿时反而不知该怎么接话。

温元初看着他。

对视三秒后，凌颂不自在地转开眼。

他清了清嗓子，说："温元初。"

温元初没吭声。

"……你干吗不去参加省队集训啊？"

"为什么要去？"

"保研，不好吗？"

"我不能保送，一样考得上好学校，你要是跟不上进度，只能留级。"

凌颂心头惴惴不安。

话是这么说没错，可这样他得欠这人多大一个人情。

"马老师说了，帮我找别的人给我补课，我爸妈要知道你不去参加集训，也肯定不会答应……"

"我不去参加集训，跟你没关系。"

温元初微微摇头："我不喜欢被人拘束，封闭集训没意思，你不必有负担，是我不对，不该在老师面前拿你做借口，我会跟老师说清楚。"

"真的？"

"真的。"

凌颂松了口气。

哦，与他无关就好。

要不他好似做了什么祸国殃民的错事一般。

"可怎么说，你也是帮了我，走走，我请你吃冰激凌。"

学校对面的冷饮店。

凌颂一口气点了四份双球，他和温元初各两份。

"怎么样？我大方吧？"凌颂一脸笑嘻嘻。

温元初皱眉："你请我吃，还是自己想吃？"

"有差别吗？"

"……你少吃点。"

凌颂拍拍温元初的肩膀："朕今日才发现，爱卿着实是个大大的好人。"

"哪里好？"

"哪里都好。"凌颂竖起大拇指。

被他这样说的温元初默不作声地抬手，拂去他搭在自己肩膀上的手。

第11章

夜晚。
凌颂趴床上与人发消息。
凌颂：你的信温元初不要，你拿回去吧。
林秋怡发了一张哭泣的小女孩的图片。
凌颂：……
林秋怡：我也不要了，送你吧。
还能随便送别人的？
过了五分钟，那边又发来一条。
林秋怡：我觉得我还是有希望的。
凌颂：……温元初他那根木头，你怎么就想不开喜欢他？
林秋怡：他长得帅，成绩好。
凌颂心说我也长得帅，但成绩不好。
算了……
林秋怡：唉，我就知道不行，可我真的挺喜欢他的，很早就喜欢他了。
凌颂：有多少喜欢？
林秋怡：你不懂。
你才不懂。
他是活了四百岁的老古董，没有不懂的。
话说回来，都是别人喜欢温元初，那温元初呢？
那根木头要真动了心，又会是什么样？
一定很好玩吧。
嘻。
凌颂：要不我帮你吧。
林秋怡：……你怎么帮我？
凌颂：近水楼台，我帮你们创造机会。
林秋怡：真的？
凌颂：嗯，试试呗。
林秋怡这女生长得挺漂亮，多主动几回，他还不信温元初真能坐怀不乱了。

有热闹不看白不看。

胡乱聊了几句，林秋怡说她要写作业了，没有再回。

凌颂百无聊赖，对着好友列表一个个骚扰过去。

所有人都在赶作业。

最后他点开那片银杏叶头像，顺手将之前发给王子德的那条信息转发过去——深夜寂寞，孤枕难眠，速来给朕解解闷。

凌颂发完才后知后觉反应过来对方是哪位，赶紧撤回。

对话框的状态已变成"对方正在输入"。

凌颂：……

温元初：睡不着？

凌颂：没有啊，朕已经就寝了。

温元初：想出去吃夜宵吗？我请客。

温元初：烧烤、火锅、麻辣烫、小龙虾，你选一个。

凌颂：烧烤！

凌颂摸黑下楼，温元初就在他家门外等他。

那人扶着自行车，换了身简单的卫衣牛仔裤。

凌颂盯着他看了几秒。

不得不承认，林秋怡那姑娘确实有眼光。

"看什么？"

凌颂移开眼："看你长得帅呗，赶紧的，我们去哪里吃你说的那个，烧烤。"

温元初抬了抬下巴："上车。"

他的那辆山地车，原本十分酷炫的挡泥板改成了后座椅。

凌颂伸手拨了拨，小心翼翼地挪屁股过去。

"扶着我。"温元初沉声提醒。

凌颂抬手，攥住他衣服两侧。

"抓紧些，摔了不负责。"

凌颂抗议的话没来得及说出口，车子已风驰电掣而去。

风在耳边呼呼作响，凌颂下意识地闭眼，再缓缓睁开。

他死死抓着温元初，脸几乎贴到他背上。

"你不能骑慢点吗？"

温元初没理他。

半小时后。

车停在海边夜市一条街外。

凌颂从车上跳下，揉着自己酸疼的屁股，瞪温元初。

温元初锁了车，抬手拍了拍他："走吧。"

晚上八点多。

正是海城的海边夜市最热闹时。

刚刚入秋，天气还热得很，夜市里头到处是来吃夜宵的人。

各样的香味飘了一路。

温元初领着凌颂去了其中最出名的一间烧烤摊。

凌颂坐下，在温元初点单时，他下巴搁到桌子上，啧啧感叹："这里人过的日子，比皇帝还舒坦些。"

温元初看他一眼："坐起来，脏。"

凌颂默默坐直身。

……这人能不能少学点那个摄政王？

下午才夸他好来着。

烧烤很快上桌，凌颂拿起手机拍了张照，顺手发进狐朋狗友群里。

之前没人理他，这会儿纷纷跳出来控诉他深夜放毒。

凌颂得意回：温元初请我吃的。

其他人：原来是显摆的，打扰了。

凌颂懒得跟这群满嘴胡言乱语的刁民废话，摁灭手机屏幕，撸起袖子，大快朵颐。

一口烧烤一口可乐，痛快又酣畅。

温元初递给他纸巾。

"好吃吗？"

凌颂竖起大拇指："好吃！"

他眉开眼笑。

闹市灯火下，那张笑脸生机勃勃。

温元初轻抿一口柠檬茶，将心头的情绪压下。

吃完消夜，凌颂说想去海滩边看看。

他们走下海边沙滩。

凌颂蹬掉鞋子，脚踩在柔软的细沙上，自觉十分好玩。

温元初站在旁边看着他。

凌颂一抬眼，对上温元初看向自己的眼神，愣了愣。

他凑到温元初身边："喂，温元初。"

温元初依旧不出声地看着他。

第11章

"你为什么不爱说话,不爱跟人交流啊?"

"你这样,不闷吗?"

"马老师都说你性格太孤僻了,不合群。"

温元初:"我跟你说的话少?"

"……和除了我之外的人。"

温元初声音淡淡的:"跟别人,没什么好说的。"

"为什么?"

"没有共同话题。"

……明明朕跟你也时常话不投机半句多。

凌颂想了想,说:"我以前认识个人,长得跟你很像。"

温元初安静听他说下去。

"那个人也很厉害,做什么都厉害,本事特别大。

"可我讨厌他。

"他特别凶,比你更闷,还跟我有仇。

"……其实一开始,我还挺崇拜他的。"

最后一句,凌颂的声音逐渐低下,藏在滔滔不绝的滚滚海浪声中,辨不分明。

温元初的喉头滚了滚。

"真有那么讨厌?"

凌颂点头又摇头。

"算了,说这个有什么意思。"

四百年,那人的骨头都化成灰了。

"反正,以后也不会再见了。

"永远都别再见。"

温元初的嘴唇翕动,终究没说什么。

他俩在海边礁石上坐下。

凌颂盘腿坐得笔直,手里握着温元初刚去买来的奶茶。

比起可乐,他更喜欢喝这个。

叼着吸管,他几次抬眼看身边人。

温元初目视着前方漆黑无边的大海,手里捏着罐啤酒,不时抿一口。

神色中好似有许多复杂的、凌颂看不懂的情绪。

凌颂莫名不舒服。

他撞了撞温元初的胳膊:"你在想什么?"

安静一阵,温元初说:"一个人。"

55

"一个人？"

"嗯。"

"谁啊？"

"一个……觉得我做做什么都觉得不对的人。"

凌颂没听明白："为什么？"

"我也不知道，我做的事情，在他眼里看来好似都是错的。"

温元初的眸光暗沉："他一点都不信我。"

凌颂啧了啧："这就是你的问题了，谁叫你这么闷，嘴巴不用可以捐了。"

"嗯，"温元初点头，"我改。"

凌颂还是想八卦一二。

他笑嘻嘻地凑近去些，问："喂，你说的人，谁这么大面子，能让你心心念念惦记着啊？"

温元初的目光转向他，停住。

凌颂心头一跳。

"你盯着我看做什么？"

"看你长得帅。"温元初面无表情地丢出这话，移开了视线。

凌颂愣住——为什么要学我说话？

你一本正经说这话，一点都不有趣好吗？

"你说说嘛，到底是谁，我认识的吗？"

温元初问："为什么想知道？"

"好奇不行？"

如果比林秋怡还漂亮，那就算了。

如果不如林秋怡，那就是这人眼神不行。

他得救人于水火。

温元初冷淡回："不行。"

凌颂："……你怎么这样！我们好兄弟一场，说说不行？"

"我跟你不是好兄弟。"

凌颂气到了。

看不起他也不用这么直白吧？

"你这种人，难怪没朋友，小心孤独终老。"

温元初张了张嘴，想要解释。

凌颂已不理了他，低头玩手机去了。

他好像又说错话了。

才说要改的……

第11章

凌颂点开VV，收到他哥发来的消息。

凌颉：你出门了？怎么大半夜房门开着，人不见了？

凌颂：我跟温元初在外头吃夜宵。

凌颉：很晚了，早点回来。

凌颂晃了晃手机，站起身："走呗，我哥叫我回去了。"

坐上车时，温元初小声问："你……是不是生气了？因为我没跟你说是谁？"

凌颂语塞。

温元初这个小心翼翼的语气，他怎么就这么不习惯呢……

温元初接着大度地摆摆手："算了算了，我随口问问的，回去吧。"

和来时一样，凌颂依旧坐在温元初的自行车后座。

这回温元初骑得很慢，沿着海岸线一路晃晃悠悠往回走。

黏腻潮湿的海风裹挟着路边桂花树的甜香，徐徐而来。

凌颂哼起曲子，是他上辈子听过的那首。

那回他生辰，摄政王当众为他弹奏祝寿。

那个曲调，他不知为什么，一直都记得。

温元初的眼睫轻轻颤动。

没有叫后座的凌颂看到，他眼中藏着的悲喜。

回到家已快十一点。

凌颂从车上下来，打着哈欠与温元初挥手："我回去了。"

温元初提醒他："早点睡，明早我晚半个小时过来。"

"知道啦。"

烦人。

目送凌颂进门，直到别墅大门阖上，温元初低下眼。

他回来的第十三天，他说讨厌，但他记得我弹过的曲子。

不高兴，又高兴。

第 12 章

之后连着上了八天课,一直到国庆节假期。

国庆连带着中秋,连休八天。

各科老师都没放过大家,比着赛地布置作业,教室里一片哀号。

唯一神色不动分毫的只有凌颂和温元初。

一个不用写。

一个随便写写。

这一个星期,温元初依旧每天晚上给凌颂补课,白天监督他做题。

学校劝了又劝,都没能让温元初改变主意,他坚持不肯去参加省队集训。

最后他的名额不得不让给别人。

这期间马国胜还给他爸妈打过电话。

接电话的是温妈妈,听完马国胜说的,温妈妈十分客气地笑着说:"我们家孩子主意大,我们说也不听的,他不想去就算了吧,下次有机会再争取就是了,多谢老师关心。"

马国胜只能算了。

做家长的都这么说了,他们老师还有什么好说的。

放学前的最后一节自习课,大家蠢蠢欲动,都没心思学习。

教室里到处是说小话的、传字条的,还有偷摸玩游戏看小说的。

作业再多,那也是要放假了。

所有人都很兴奋。

除了凌颂。

放不放假对他来说都没差,一样要天天面对题山题海。

张扬回头小声问他:"明天我们约着一起出去玩和吃饭,你去吗?"

"玩什么?"

"可能滑旱冰吧。"

凌颂偏头看温元初。

温元初避开他的目光:"你想去就去,明天和中秋那天休息,其他六天上课。"

凌颂顿时心花怒放:"真的吗?"

"嗯。"

张扬有一点无言。

他竟不知,凌颂被温元初这厮看得这么死。

真丢人。

晚上补课时,凌颂一直心不在焉,不时看一眼手机,张扬他们正在群里商量明天要去哪里玩。

温元初敲了敲桌子,提醒他:"专心点。"

凌颂的心中一动,顺嘴问:"温元初,你这几天都不打算出门吗?天天憋家里闷不闷啊?"

温元初握着笔的手顿了顿:"给你补课。"

"那还有两天呢。"

凌颂:"要不,你明天跟我一起去吧?反正多你一个不多。"

温元初犹豫说:"他们会不自在。"

"你说张扬他们?"凌颂不以为意,"不用管,都是同班同学,有啥不自在的。"

"……好。"

上完课送走了温元初,凌颂看一眼手机,那伙人一晚上了还没消停,说就他们几个玩没意思,要约上别班的同学一起。

当中一人跟二班的很要好,会带四五个玩得好的女生一起过来。

群里一片欢呼。

想起林秋怡就是二班的,凌颂顺手给她发了条消息。

凌颂:你明天去滑旱冰吗?你们班几个女生都会去。

林秋怡:我刚准备跟你说,已经约好了。

凌颂:正好,我把温元初也叫上了,明天你打扮漂亮点。

林秋怡:啊啊!

林秋怡发了张跪地磕头的表情图。

凌颂暗爽:平身吧。

次日清早。

凌颂走出家门时,温元初已在外头等他。

"骑车去吗?"

温元初点头:"在学校集合,我们骑车过去,把车停学校。"

凌颂又一次坐上温元初的车后座。

他们去得晚,其他人都已经等在学校门口。

看到凌颂坐在温元初车子后面晃脚，所有人都惊呆了。

去地铁站的路上，张扬偷偷问凌颂："你怎么把他也带来了？"

"牵线。"

张扬满脸疑惑。

一行人先去旱冰馆。

从学校搭地铁过去二十分钟，长假第一天，地铁上人推人挤。

他们十几个人分散在两节车厢，温元初找到边角处唯一的空位，让凌颂坐下，他站前面。

凌颂一眼看到和另一个女生站一起的林秋怡，喊了一声："你们过来坐。"

林秋怡把座位让给她的女伴，她和凌颂、温元初站着。

因为人多，不时有身体接触。

林秋怡有一点不好意思，没敢去看温元初。

凌颂的目光在他们之间来回转。

林秋怡穿了身绿色连衣裙，长发披散下，化了淡妆，比平时在学校素面朝天的模样更好看些，确实精心打扮过。

奈何温元初一脸漠然，闭目养神，谁都不搭理。

凌颂扼腕，真是根木头。

到了旱冰场，大家很快玩开了。

有几个女生不会，立刻有男生自告奋勇去教。

林秋怡也不会，不等别人主动，凌颂先推了温元初一把："你去教教林秋怡呗。"

温元初看着他："为什么是我？"

凌颂笑了笑："举手之劳，你别这么小气啊。"

温元初的眸光微滞，没说什么，闷头进去旱冰场。

凌颂坐下开始穿鞋。

等等，他也不会！

林秋怡小心翼翼地挪到温元初身边，红着脸，小声问他："你能不能教我？……拜托啦。"

凌颂双手扒在围栏上，艰难又别扭地往前面挪动。

他没想到滑旱冰这么难。

看到别人一个个溜得飞快，摆出各样姿势耍帅，他不由艳羡，更有些生气。

这群刁民，心思都在女生身上了，没一个搭理朕。

气人。

凌颂抬眼，看到另一侧的围栏边，温元初与林秋怡正在那里。

两人似乎相处得挺和谐，林秋怡慢慢往前滑，一边与温元初说话，脸上不时露出笑。

温元初背对着他，看不清楚表情。

凌颂忽然心中有些酸，所有人都成双成对，只有他一个孤家寡人。

温元初漫不经心地指点着林秋怡，但并未像其他人一样，牵着她手把手地教。

林秋怡脸上的笑几乎僵住，摇摇晃晃努力维持平衡。

几次差点摔倒，温元初都没伸手扶她。

最后她泄了气，直接蹲下，摆摆手："算了算了，我放弃了。"

凌颂也放弃了，在毫无形象地摔了两次狗啃屎之后，他坐场边休息了。

温元初过来，默不作声地在他身边坐下。

凌颂偏头看他一眼。

温元初回视。

凌颂："你不去教林秋怡了？坐这里来做什么？"

温元初："我为什么要教她？"

温元初语气变冷："你以后别做这种事了。"

"……不做就不做。"

听出温元初语气中的不耐烦，凌颂有一点委屈。

他虽然确实是想看热闹，但又没坏心，这人怎么这样……

算了，他以后再不多事了。

这人果然没朋友。

安静一阵，温元初缓和了声音："你想滑冰吗？我教你。"

"不用，谢谢。"

凌颂冷漠脸。

温元初起身离开。

过了一会儿，林秋怡过来坐下，蹬掉鞋子，垂头丧气。

凌颂瞅向她。

林秋怡叹气："你说得对，他那个人就是根木头，我是有多想不开，喜欢谁不好，非喜欢他。"

接着她抬眼，盯着凌颂细看："你长得也挺好看的，要不，我喜欢你吧？"

"不必了。"凌颂没有犹豫地拒绝。

虽然他跟林秋怡上辈子有缘，但再续前缘就不必了。

林秋怡一见他这反应更受了打击:"连你都看不上我。"

凌颂轻咳一声:"话不能这样说,什么叫连我都看不上你,你的意思是我比温元初差吗?"

太过分了。

朕哪里就不如温元初那根木头了?

林秋怡没再理他。

温元初回来,手里拿着刚买来的奶茶,递给凌颂。

凌颂不明所以。

温元初小声说:"请你喝的,别生气了。"

林秋怡起身默默离开。

凌颂接过奶茶,不太好意思了。

他乖乖认错:"我也没生你气,是我不对在先,没问清楚你的喜好,就自作主张帮你和别人撮合。"

"不过,你真的不考虑一下林秋怡吗?我真觉得她挺不错的。"

温元初坐下,没出声。

第13章

玩到中午,一行人去吃了顿平价火锅,再浩浩荡荡地去电影院。

凌颂第一回看电影,十分兴奋。

温元初给他买了可乐和爆米花。

他一口一个将爆米花送进嘴里,咬得咯嘣响。

排队检票时,站身后的林秋怡小声问他:"凌颂,你的零食都是温元初给买的吧?"

"是啊,你要吃吗?"凌颂半大方地把爆米花送她面前分享。

"不了,谢谢。"

"你留着自己吃吧,多吃些。"

不吃拉倒,他一个人都不够吃。

凌颂的票和温元初的挨着。

坐下后他左顾右盼,啧啧称奇。

现代人的娱乐方式真多,比他这个皇帝老儿还会享受些。

正神游天外时,手机屏幕忽然亮了,凌颂低头看一眼,是坐在前头两排的林秋怡发来的 VV 消息。

林秋怡:听说温元初从前从来不参加这种集体活动,他今天肯来,是你叫他才来的吧?

凌颂:是啊,他这么闷,得多出来走走,跟人交流。

林秋怡:呵。

凌颂:?

林秋怡:老娘看走眼了,浪费老娘的感情。

凌颂:?

这女生怎么突然说变就变,还说脏话了?

林秋怡:算了。

凌颂:什么算了?

身边人提醒他:"在电影院别玩手机。"

凌颂不情不愿。

"影响其他人,注意一点。"

凌颂默默把手机收了。

电影很快开场，他们选的是部喜剧片。

凌颂乐得前仰后合，一直在哈哈大笑。

温元初几次侧脸看向他。

他的心思全然不在大荧幕上，眼里只有身旁肆意开怀大笑的那人。

片尾字幕出来时，凌颂吃完最后一粒爆米花，斜眼看向温元初。

"你这人，电影不看就算了，一直看我做什么？我脸上又没长出花来。"

"不好看。"

"这还不好看啊？"

他都快笑死了，这里人真有趣，拍出的这个电影真好玩。

他这个土包子皇帝都开眼了。

温元初已站起身："走吧。"

从电影院出来，已经是日落时分。

同学们纷纷散了。

他俩单独坐地铁回去学校取车。

车上人比早晨来时还要多些，没有座位。

凌颂被挤到车厢一端最角落里的位置，温元初面对他站着，一只手撑在他身侧的车厢壁上。

旁边都是背对着他们的乘客，十分拥挤，完全挪不开空间。

烦人。

凌颂额上的汗都冒了出来。

凌颂有些站不住了。

他实在不习惯，被人这样紧挨着。

而且这个人还是温元初。

"我、我们说说话吧。"

为了缓解尴尬，只能没话找话。

"嗯，你说。"

凌颂深呼吸，憋了半天，憋出一句："我饿了。"

中午吃的火锅，他不习惯和很多人在一口锅里捞菜，几乎没下过筷子。

爆米花倒是吃了不少，但那个不顶饱。

回学校取车子再回到家，少说还得一个小时才能吃上饭，他是真饿了。

"下站下车。"

车门一开，温元初护着他往外走。

好不容易挤出地铁，凌颂差点没原地坐下："你让朕缓缓。"

第13章

"很累？"

凌颂已蹲到了地上。

他从来娇生惯养，在逼仄狭窄的空间里站了这么久，又闷又挤，加上一个温元初弄得他神经高度紧绷，实在够呛。

温元初伸出手："起来。"

凌颂耍赖："朕不想动了，你找顶轿子来抬朕走。"

温元初没理他。

过了一会儿，他在凌颂身前蹲下，示意他："你上来，我背你。"

凌颂吓了一跳，这人竟这么好说话？

"不用了，不用了，我说笑的。"

他赶紧站起来。

好胳膊好腿的让人背，他可没这个脸。

温元初没说什么，也站起身："出去吧。"

和家里说了一声，他们在外面吃晚饭。

温元初让凌颂选，他又选了火锅。

温元初有一点无言："你中午为什么不吃？"

"人太多了，不方便。"

可味道闻着是真的好香！

这回温元初挑了间环境好些的火锅店，凌颂把认得不认得的菜都点了一遍，嘴里念念有词："我以前冬天就喜欢吃火锅，但跟这里的不一样，我吃的是用炭火烧的那种铜锅，比这个更香。"

"以前？"

凌颂一愣，讪笑："是啊，上辈子呢。"

反正这人也听不懂，更不会信，他说真话也只会被当作说笑。

温元初的眸光动了动，埋头研究那些调料的凌颂没有看到。

"上辈子？"

"嗯嗯，"凌颂嗯嗯啊啊，胡乱点头，"说了你也不信，朕上辈子可是皇帝，马老师是朕的太傅，小德子是朕的内侍，林秋怡是朕的爱妃，至于你……"

温元初不出声地听他满嘴跑火车。

凌颂抬头，看着温元初笑嘻嘻地继续说："你啊，是朕的仇人，妄图谋朝篡位，最后被朕给挫骨扬灰了。"

可惜了，真要是这个结局倒是不错。

温元初不动声色："把我挫骨扬灰了，你就痛快了吗？"

"那当然,谋朝篡位的逆臣,挫骨扬灰都便宜了。"凌颂恨恨地说。

无言一阵,温元初垂眼,递筷子给他:"菜来了,吃东西吧。"

他没有再吭声。

温元初的反应,让凌颂莫名不安。

"你不会当真了吧?我说着玩的,坏的人又不是你。"

哪怕是那位摄政王,他本也没真想让人死,是那位坏,先毒死了他。

他还不能记仇吗?

温元初把烫好的肉蘸了酱,送到凌颂的碗碟中。

凌颂看着他:"我说这个,你真的不高兴啊?"

"没有,你说笑的,我知道,吃东西吧。"

温元初语气淡淡的。

凌颂松了口气。

过了一阵,温元初又说:"炭火铜火锅,现在也有,下回带你去吃。"

凌颂眉开眼笑:"真的?那谢谢啊。"

一顿火锅吃到快八点,凌颂终于吃饱了还吃撑了,瘫在座椅里不愿动。

"小元子,扶朕起来,朕还能吃。"

温元初没理他。

这人真是,一点幽默细胞没有。

对了,细胞这词凌颂刚学的,平时上课他偶尔也会听一耳朵,哪怕听不懂,新鲜词倒是记了不少。

温元初去付了账,还给凌颂买了罐促消化的山楂汁饮料。

"走吧,回去了。"

凌颂还是不肯动。

温元初伸手,将他从座椅里拉起来。

凌颂被他拉得脚下趔趄,差点摔倒。

温元初扶着他站稳:"小心点。"

凌颂赶紧撒了手。

那一瞬间,他竟鬼使神差地想起"自己"落水前的事情。

呃……

尴尬。

温元初却好似半点没察觉出他的不自在。

帮他拿起衣服外套。

从火锅店出来,依旧搭地铁回去。

地铁上这个点人已经少了,一上车就有位置。

第13章

　　他俩一起坐下。

　　凌颂低头玩手机，温元初把他的游戏卸载了，他只能玩些VV小游戏，很快就觉得没意思，揉了揉眼睛，困意袭来，耷拉下眼皮子，脑袋开始一点一点低下。

　　温元初戴着耳机正听歌，突觉肩头一沉，他的身体僵了一下，再缓缓放松，小心翼翼地调整坐姿，好让凌颂靠得舒服些。

　　五分钟后，到站广播响起，凌颂猛然惊醒，赶紧坐直身，擦了擦嘴角，这下更尴尬了。

　　"你想睡就睡吧。"

　　温元初不在意地丢出这句，他依旧戴着耳机，闭眼靠着座椅背。

　　凌颂扭头看他，凑过去问："你戴的是什么？"

　　温元初觑向他："耳机不知道？"

　　"忘了。"凌颂理直气壮。

　　温元初分了一半给他。

　　凌颂听了一耳朵。

　　这里的流行歌曲他听不太习惯，尤其那种边说边唱的，跟和尚念经一样，不知道有什么意思。

　　"难听。"

　　温元初换了首古风歌曲。

　　听起来有点不伦不类，但好歹能入耳了。

　　果然他这个老古董跟四百年后的小屁孩是有代沟的。

　　凌颂心里无端生出些凄凉悲壮来。

　　听了几句，他的眼皮子又开始打架。

　　最后撑不住，再次倒在了温元初肩膀上。

第14章

中秋那天,一大早凌颂被他妈叫起来,说让他去隔壁温家送礼。

"元初天天帮你补课,连数学竞赛省队都没去,你怎么好意思,赶紧把这些东西送过去,见到他爸妈记得嘴甜一点喊人,别跟根木头一样话都不会说。"

凌颂心说他才不是木头,只有温元初是根木头。

他不情不愿地拎上东西出门。

除了月饼、柚子、大闸蟹,还有好几样高档礼盒。

隔壁温家他是第一回去,走到门口定了定神,抬手摁门铃。

来开门的是温元初。

凌颂双手拎着东西,看着他傻笑。

"中秋节快乐。"

温元初将东西接过去,让他进门。

温妈妈从后边花园过来,笑着招呼凌颂:"小颂来了,怎么还这么客气,带这么多东西做什么,赶紧坐吧。"

凌颂愣愣地与她问好。

这位温妈妈,竟也与那摄政王的一品公夫人母亲长一个样,这么巧的吗?

在沙发里端坐下,凌颂有一点拘谨。

温妈妈让温元初上茶,笑吟吟地问起凌颂他的学习进度。

凌颂一一回答了,就怕温妈妈觉得自己耽误了她儿子学习,十分不好意思。

温妈妈却根本不在乎这个,高兴地说:"元初给你补课挺好的,他现在愿意出门了,不像从前一样整天闷在房里,还会去参加同学聚会了,我和他爸爸都很高兴,保送不保送的无所谓,反正他自己也考得上。"

"我还怕他要是一直这么闷,以后讨不到老婆呢。"

凌颂:"……"

夫人您想多了,您儿子真的特受欢迎。

温元初想讨老婆,他们学校的女生只怕没有不愿意嫁的。

"妈，"温元初皱眉打断他妈的话，"我带凌颂上楼去了。"

温元初与凌颂抬了抬下巴："走。"

走进温元初房中，凌颂背着手四处转悠，评头论足。

"为什么你房间里的颜色不是黑就是白，这么压抑，你就不能阳光一点吗？

"你这人，怎么没有一点大学生的活力，活得跟个老气横秋的出土文物一样？

"你这么闷，到底跟谁学的啊？"

要不是再三确认这人没有前世记忆，他都要怀疑这人就是摄政王了。

一样的……用这里人的话说叫作"高冷"。

温元初没理他，打开电视，从柜子里翻出游戏机。

"玩吗？"

凌颂立刻闭嘴坐过去。

"你房间里竟然还有游戏机？"

凌颂东摸摸西看看："你爸妈不说你的啊？前几天王子德跟我说他躲被窝里偷偷玩游戏，被他爸发现棒揍了一顿，你爸妈会打你吗？"

温元初的目光移过去，听出了凌颂语气里藏不住的兴奋，没有回答。

凌颂更来了劲："说说呗，你爸妈会不会打你？"

只要想一想，和摄政王一张脸的温元初被他爹妈混合双打，凌颂就爽到脚趾头都要蜷缩起。

"打游戏不耽误我学习，我爸妈为什么要打我？"

凌颂被噎住。

"倒是你，小时候三天两头被你爸打，还经常跟比你小一辈的超超打架，不害臊。"

"你胡说。"

凌颂拒不承认。

反正那本来就不是他。

温元初没再与他说这些没营养的废话，拿了本杂志坐一旁看。

凌颂也不理他，自己钻研起那些游戏。

半小时后。

凌颂盘腿坐地上，玩起游戏来。

好玩！

温元初心不在焉地听着电视里不停叮叮叮的声音，不时抬眸看凌颂一眼。

凌颂全神贯注，只怕上辈子上朝听政时都没这么认真过。

温妈妈送来水果和零食，看到凌颂在玩游戏，非但没说什么，反而十分高兴，还提醒自己儿子："你陪小颂一起玩，好好招呼客人，别总是看书。"

温元初没吭声。

温妈妈叹气："你这破孩子，一点都不可爱。"

凌颂扑哧一声笑了。

等温妈妈走了，他干脆笑倒在地上。

温元初面无表情地睨向他："笑什么？"

凌颂怪声怪调："元初哥哥，一点都不可爱。"

温元初往凌颂身边挪了挪。

"……你干吗？"

"你，叫我什么？"

"叫哥哥呗，"凌颂随口说，"那不然叫什么？"

温元初："……不必了。"

中午凌颂留在温家吃饭，在饭桌上，还见到了刚回来的温父。

果然也跟上辈子那位温老将军长一个样。

凌颂已十分淡定。

反正，这些人都不记得。

温家父母笑眯眯地看着他们儿子帮凌颂拆螃蟹，一脸慈爱。

温妈妈感叹："我们家元初终于懂事了，懂得关心帮助别人了。"

温元初没吭声，将剪好的螃蟹腿蘸了醋，放到凌颂的碗碟中。

凌颂十分不好意思，毕竟在人爸妈眼皮子底下，他净坐着等温元初帮他，好似他没长手一样。

"……我自己来。"

不等温元初开口，温妈妈先制止他："不用不用，你是客人，让元初招呼你应该的。"

温父给他倒果汁："来来，先陪叔叔喝一杯。"

温家父母太热情，凌颂有一点招架不住。

温元初继续专注帮他拆螃蟹。

应付完长辈，凌颂看向他，恍惚间又想起了那位摄政王。

从前的中秋国宴上，温彻也这样给他拆过螃蟹。

那人在人前，总是表现得对他很不错的。

温元初不经意地抬眸，对上凌颂若有所思的目光，顿了顿。

凌颂赶紧移开眼。

温元初没说什么,将拆出的蟹黄递给他。

吃完饭,凌颂原本打算走,听到温妈妈说一会儿烤蛋糕吃,又留了下来,跟着温元初回房继续打游戏。

不过这会儿刚吃饱了饭,很快他就困了,窝在地毯上睡过去。

温元初将手柄放下,拿了床薄毯给他盖上。

两点半,凌颂神清气爽地醒来。

刚出烤炉的甜香蛋糕就搁在他面前。

温元初正在写东西。

凌颂咬着蛋糕,顺嘴问他:"你写什么呢?"

"出几道题目,明天给你做个小测验。"

凌颂:"……"

太煞风景了。

他没再理温元初,看了眼手机,有张扬刚发来的消息。

张扬:弟弟,我们明天约了打篮球,你来吗?

凌颂:朕要学习,勿扰。

张扬:啧,改邪归正了!

凌颂:干卿何事?

凌颂放下手机,不忿地问温元初:"为什么他们都叫我弟弟?张扬那厮这样,连林秋怡也这样,什么意思?"

温元初的眼神有一点微妙。

凌颂伸手戳他胳膊:"你说话。"

"你想知道?"

"不能知道?"

默默无言片刻,温元初犹豫说:"你听了不要生气。"

凌颂:"……你先说,朕听听再决定生不生气。"

温元初一只手圈成拳,到唇边轻咳一声:"学校贴吧里有个投票,你被高票票选为一中颜值担当,给你投票的大多都是女生,自称你的姐姐粉,她们喜欢喊你弟弟。"

凌颂气得一阵眩晕。

刁民!刁民!岂有此理!

温元初翻出那个盖了几千层楼的帖子给他看。

看到那一串串乱七八糟的文字,凌颂彻底哽住了。

温元初想了想,又说:"贴吧的吧主是学生会的,我跟他们说一声,让他们把这个帖子删了吧。"

"元初,你就是我亲哥哥,呜。"
他可太憋屈了,从前除了讨人厌的摄政王,谁敢这么笑话他。这里的人都太坏了。
"……没事的,别太在意,都是玩笑而已。"
"呜。"
温元初不再说了。

第15章

  温元初说的那个帖子，凌颂回去后又自己翻出来仔细看了看。
  他研究了半天，才弄清楚贴吧这个东西是怎么玩的，于是注册了个号登录，在原帖下面回复。
  【朕还能再活五百年】：随便叫人弟弟，你们怎么好意思？
  【朕还能再活五百年】：凌颂这么帅，你们为什么要乱叫弟弟，年纪轻轻一个个的怎么这么想不开？
  再一刷新，很快多了几条回复。
  凌颂：……
  这些话怎么都奇奇怪怪的，说话就好好说，带什么番邦语。
  他又在贴吧里逛了逛。
  大多数帖子都是一中的学生在这儿吹牛，说些他看不懂的奇怪话，直到他看到如下标题。
  【关于"校草"的那些事】
  凌颂点进去。
  果然是说他和温元初的。

  凌颂目瞪口呆。
  ……这些人是在他和温元初背后装了那个天眼吗？
  怎么什么都知道？
  开什么玩笑，张扬他们明明说的，温元初以前压根儿不理他。
  他傻了才会信。
  这个帖子盖得非常高，凌颂看得半懂不懂，觉得十分别扭。
  四百年前被人编排子虚乌有的野史，四百年后又被人在网络上乱说，他怎么就这么难呢。
  【朕还能再活五百年】：你们这些人，不去做编剧可惜了，脑子里都装的什么东西。
  他这条一发上去，不出意料又被人给围攻了。
  那些个叫凌颂看了就想打人的昵称轮番上阵教育他。

温元初给他发了条消息来。

温元初：别看那些乱七八糟的帖子，我一会儿就让人删了。

凌颂：……你怎么知道我在看？

温元初：猜的。

这也行？

等了半小时，那两帖子果然被删了。

凌颂有一点意外，温元初竟当真认识学生会的人，他还以为他跟谁都没往来呢。

凌颂：你让人删，人就删了，你说话这么好使啊？

温元初：嗯。

凌颂：女生吧？

温元初：……嗯。

温元初：不熟，之前一起帮老师做事时加的联系方式。

凌颂：……

温元初：帖子里说的那些，你别放在心上。

凌颂：我没放在心上啊，我又不是想不清楚，怎会相信那些编出来的鬼话。

温元初没有再回复。

凌颂：？

怎么他突然不理人了？

次日清早，温元初又来帮凌颂补课。

先让凌颂做了他昨天出的测验题。

凌颂咬着笔头，心不在焉。

他昨晚没睡好，做了一晚上的梦。

梦中那些姑娘们张着血盆大口，追在他屁股后面喊弟弟，再把他抓起来，给他画了张大花脸……

他在凌晨四点惊醒，之后就一直瞪着眼睛到天亮。

见凌颂一直发呆，半天才写完两道题，温元初敲了敲桌子："别走神。"

"哦……"

凌颂的眼睑下微微泛青，精神倦怠，一看就没睡好。

温元初皱眉："你昨晚几点睡的？"

凌颂打了个哈欠："十一二点吧，不记得了。"

"做噩梦了吗？怎会没睡好？"

"大概吧，"凌颂意兴阑珊，"比噩梦还可怕。"

第15章

温元初没再问："把这几道题目做完,今天再休息一天。"

凌颂讶然："真的啊?"

"嗯,一天而已,耽误不了什么。"

凌颂打起精神来,把温元初出的题目做完。

温元初给他批改,又把错题讲解了一遍。

"今天就这样吧,累了去床上躺一会儿。"

凌颂伸懒腰,仰头看向已经站起身的温元初。

被凌颂盯着看,温元初挑了挑眉。

温元初："在想什么?"

凌颂讪笑,吞吞吐吐地问："昨天那个帖子,你看到了吧?"

"嗯。"

"你看到了你怎么不早叫人删了啊?"

温元初不以为意："我不在意。"

"……被他们那样说,也不在意吗?"

"也不全是假的。"

凌颂一愣。

"你以前经常追在我屁股后面跑……"

温元初半点不脸红。

凌颂差点没从椅子上栽下去。

"等等等,我早说了,以前的事情我都不记得了,你怎么又旧事重提?"

温元初冷漠脸："告知你一声而已。"

这人什么意思?

凌颂伸手指房门的方向："你走,麻溜点。"

温元初走到门边,离开之前,最后提醒他："别因为这种事情睡不着,别想太多。"

凌颂拒不承认："我没有,是你想太多。"

温元初没再多说："今天好好休息,我明天来。"

凌颂躺回床上。

他被温元初气到,更睡不着了。

凌超超小朋友把他妈妈切好的水果盘送上来,进门就问："元初哥哥呢?走了吗?"

凌颂有气无力："叫什么哥哥,你对他那么亲热做什么?"

凌超超目露鄙夷："肯定是小叔把元初哥哥气跑了。"

凌颂："臭小鬼,怎么说话的你,没大没小。"

凌超超不服气:"我又没说错,小叔以前就天天缠着元初哥哥,还总带我去元初哥哥家玩,结果他每回都做蠢事,惹元初哥哥生气。"

凌颂:"……我做什么蠢事了?"

"元初哥哥珍藏的银杏叶标本,被你笨手笨脚地弄坏了,那次元初哥哥生了好大的气,我从来没见过他脸色那么难看,他把我俩赶了出来,还让你以后别去他家了,你昨天过去,他让你进门了啊?"

凌颂眨眨眼,竟有这种事?

不就一片叶子吗?温元初这么小心眼的?

"你说的什么时候的事?"

"去年呗,从那以后元初哥哥再不理你了,虽然他本来也不怎么爱搭理你,你倒好,还变本加厉缠着人家。"

凌颂也不服气:"你胡说,他哪有不理我,他主动给我补课的。"

"噢,"凌超超拖长声音,"小叔你加油!"

凌颂没好气:"怎么说话的你,胡言乱语,跟谁学的,我告诉你爸妈打你屁股。"

凌超超冲他吐舌头,转身跑了。

凌颂气哼哼,臭小鬼,没上辈子小时候时可爱。

他有一点心虚,虽然搞破坏惹温元初反感的不是他,可温元初不知道啊。

捏着手机犹豫一阵,凌颂发了条消息过去。

凌颂:我以前是不是弄坏了你的银杏叶标本?我听超超说的。

温元初:嗯。

凌颂:嗯是什么意思,听说你生了好大的气?你这么小气的啊?我赔你一片呗。

温元初:海城没有银杏树。

凌颂:那你的标本哪里来的?

之后温元初没有再回,凌颂莫名其妙,无聊地来回划拨手机。

过了足足十分钟,那边才又发过来一条。

温元初:X城的宫殿里,兴庆宫的后院里,捡的。

凌颂愣住。

他的脑子里一瞬间闪过许许多多上辈子的零星往事。

他登基的第二年,跟人抱怨寝殿后庭里空荡荡的,看着萧条,摄政王与他提议,可以种些易养活的花花草草,后头他来了兴致,亲手种下了那株银杏树。

他那会儿时常会在树下喝茶休憩,到他死时,那棵树已十分茂盛葱茏。
原来那棵树真的还在吗?
凌颂:你去过那里啊,什么时候去的?
温元初:几年前。
凌颂:⋯⋯好玩吗?
温元初:挺热闹的。
从前规矩最森严的天家之地,如今随便买张票就能进去,能不热闹吗?
想到这个,凌颂有一点不得劲。
凌颂:随便捡的叶子,也这么宝贝啊?
温元初:好看。
凌颂:是你头像这片?
温元初:嗯。
也就一般般吧,没看出哪里特别好看了。
凌颂难以理解。
算了。
凌颂:下回等我去,我再捡一片还你吧。
温元初:好。

第16章

长假过后,凌颂又开始每天按部就班地上下学。

他的学习进度很快,八年级数学已经快学完,英语也能说上几句基础对话,温元初打算等这次月考后,就再给他加一门课。

虽然没有在一个月内学完初中数学,但这个速度,已称得上孺子可教。

为了奖励凌颂,温元初送了辆自行车给他。

虽然没有温元初的山地车那么酷炫,但也十分不错。

温元初说等月考完了,一定教会他骑车。

凌颂十分高兴,深觉温元初确实是个好人。

月考前一天,马国胜在班会上说了运动会报名的事情,鼓励大家踊跃参加。

凌颂跃跃欲试,问温元初:"你报什么项目?"

不等温元初回答,他自己念念有词地说:"你打篮球这么厉害,这个肯定要参加吧,有你在我们班肯定能拿第一,其他的呢?你腿这么长,跑步跳高跳远肯定都不在话下,要不你干脆都报吧?"

温元初没吭声。

他从前,从来没兴趣参加这些,除非老师点名一定要他上。

但被凌颂盛满笑的双眼瞅着,他说不出拒绝的话。

"好。"

凌颂摇头晃脑,他也想报名。

温元初提醒他:"太难的项目别报,很累。"

凌颂不在意这个,最后他在五千米长跑项目上打了个钩。

他必须让那些女生看一看他的男子气概!

温元初很无言:"你一定要报这个?"

凌颂点头:"就它了。"

"你以前跑过吗?"

小皇帝四肢不勤、五谷不分,从前别说让他跑步,出门都要乘车乘轿。

他恐怕根本不知道五千米到底是个什么概念。

凌颂豪迈一挥手:"就它了。"

温元初没再劝，默不作声地也在五千米项目上打了钩。

体委姜一鸣挨桌收报名表。

走到他们这，他拿起凌颂的表格看了一眼，嗤笑："就你这细胳膊细腿的，还报五千米呢？"

凌颂懒得理他。

这人一直阴阳怪气的，搁四百年前属于要被人拉下去杖毙的那种刁民，没资格得到他的关注。

凌颂的态度，大约让姜一鸣有些恼火。

他忍了忍，又拿起了温元初的报名表。

一个人只能报三个单项和一个集体项目，温元初都报了。

姜一鸣的脸色更加难看："温元初，去年不是马老师三请四请，你才肯报名吗？今年怎么这么积极，全都报上了？"

温元初也没理他，低了头帮凌颂批改刚刚做完的习题。

姜一鸣自找了没趣，狠狠剜了他俩一眼，气呼呼地走了。

凌颂凑近温元初，小声问："那个姜一鸣，他是不是跟你有仇啊？我怎么感觉他一直针对你？连带着我也被他针对上了？"

温元初没解释："他说什么做什么，你都别理他。"

……有古怪。

课间，趁着温元初被老师叫走，凌颂伸手戳了戳张扬的后背。

"你知不知道那个姜一鸣跟温元初有什么过节？他干吗总在温元初面前怪里怪气的？"

张扬干笑："温元初他自己没跟你说？"

"没啊。"

张扬压低声音："姜一鸣那厮是托关系进的学校，平时在学校里横行霸道，大概是看不惯温元初长得帅成绩好女生们都喜欢，想灭他威风，之前有一回带人在校外围堵他，结果一伙人被他一个干趴下了。"

……竟有这事？

不过上回温元初一个人放倒红毛他们三个，也没费什么力气倒是。

"而且听说姜一鸣喜欢三班的姚娜娜，那女生和温元初走得挺近的，你以前还天天说人女生长得不怎么样，温元初瞎了眼呢。"

凌颂："……"

你莫不是在诓朕？

张扬还要再说，余光看到从教室后门回来的温元初，赶紧闭嘴转回身去。

凌颂的心思却回不来了。

姚娜娜又是谁？怎么从没听温元初提过？

这人看起来闷，惹的情债还不少嘛。

啧。

之后又是两天月考。

进考场之前，温元初提醒凌颂："作文不要再写策论了，尽量按标准议论文格式写，可以多些引经据典，数学和英语有看得懂的就写，能拿一点分数都行，不用太有压力。"

"你好似比我还紧张些。"

凌颂看着他笑："你放心，不会让你丢脸的，这次肯定能上两位数。"

温元初点头："加油。"

凌颂心情放松地走进考场。

因为上次月考总分没过百，他这回是在最后一个考场，且位置在倒数。

他一坐下，就有人转头大咧咧地跟他说话："你是凌颂？"

凌颂抬眼，面前是个长得挺标致的男生，正笑吟吟地盯着他。

"你哪位？"

"我叫夏朗星，八班的，你记得我的名字就行。"

"不记得。"

凌颂丢出这三个字，低了头削铅笔。

是个人就想要朕记住名字？莫名其妙。

对方的唇角更加上扬："凌颂，你很有意思啊，我对你挺好奇的。"

凌颂皱眉："同学，醒醒。"

"我就很清醒啊。"

"你离我远点，再说这种话我告老师。"

夏朗星："……"

打铃声响后，凌颂拿到卷子，开始奋笔疾书。

语文题他做起来比上回更得心应手，这回怎么也得拿个至少九十分。

两天转眼过去。

考完最后一门，凌颂神清气爽地交卷离开教室。

夏朗星追出来："凌颂，加个VV行吗？"

凌颂冷漠脸："没带手机。"

夏朗星笑着抱臂："拒绝得这么直接啊？"

夏朗星还想说什么，温元初已出现在走廊尽头。

凌颂屁颠颠跑过去，眉开眼笑："温元初我跟你说，我这次数学说不定能上二十分。"

温元初点点头："上了二十分，请你吃冰激凌，但只能点一份双球。"

"你不要这么小气嘛……"

两人有一搭没一搭地说话，一起走下去。

等他们走出楼道，站在二楼走廊的夏朗星又喊了一声："凌颂。"

凌颂没理人，温元初抬头看去，目光暗含警告。

夏朗星挑衅地回视。

温元初也没再搭理他。

凌家的司机今天请了假，凌颉公司有事走不开，凌颂没让其他人来接，他和温元初一起走回去。

温元初推着车，凌颂晃悠悠地跟在身边，手里握着杯奶茶。

温元初问："你要不要坐上来？我载你回去？"

"不用了，走走。"

回去了还得继续上课做题，还不如走慢点。

温元初又问："刚才，那个人跟你说了什么？"

凌颂小声说："就一奇怪的人。"

自以为是，这种人上辈子他见多了。

温元初沉声提醒他："带眼识人。"

凌颂一愣："我！知道！"

温元初转开眼："你记得就行。"

你这人管得还真宽。

凌颂腹诽一阵，但没胆子说出来。

温元初跨上车，冲凌颂示意："上来。"

"我不。"

"今天刚考完试，晚上给你放假。"

凌颂立马一屁股坐上去。

温元初刻意放缓速度，凌颂攥着他衣裳，随口说："我觉得，我根本不用学骑车，坐你这车也挺好。"

"……这就不怕被人笑话吗？"

"都是刁民，不理他们。"

温元初："在你眼里谁不是刁民？"

"你就不是呗。"

他上辈子最怕的就是摄政王，哪怕温元初脾气好得多了，对着同一张脸，他都不敢太过放肆。

更别提骂他刁民了。

换个别的除他家人以外的人这么管他试试？

到家后凌颂从车上跳下，跟温元初道谢。

温元初提醒他："晚上早点睡，从明天起每天早半个小时起床。"

凌颂："干吗？"

"我带你晨跑。"

"我不……"

"不能拒绝，你报了五千米长跑，贸然去参加肯定坚持不下来，还容易有危险，从明天开始坚持锻炼，到运动会那天应该会好一些。"

凌颂不情不愿："那我不参加了。"

"不行，已经报上去了，五千米每次都没人报，靠老师最后点名参加，你主动报了，不会被刷掉的。"

凌颂脸上的表情僵住了。

"我陪你。"温元初说。

凌颂耍赖的话到嘴边，对上温元初格外诚挚的目光，无声咽了回去。

他郁闷地耷拉下脑袋："一定要早上跑吗？晚上不行吗？"

"早起精神气好些，而且，晚上我得给你上课。"

他就是起不来。

他上辈子就讨厌早起。

早朝每五日一次，他硬是磨着摄政王给他推迟了半个时辰，虽然他怀疑摄政王巴不得他不去上朝。

凌颂撇嘴："温元初，你可真是有操不完的心呵。"

温元初淡淡定回："应该的。"

"知道啦，"凌颂振作起来，"早半个小时就半个小时吧，我听你的就是。"

为了找回尊严和自信，他拼了。

"好，明早我来叫你。"

目送凌颂走进家门，温元初骑车离开。

第17章

次日清早。

凌颂还在睡梦中。

梦里摄政王如往常一般,亲自到他的御榻边喊他起床。

他不肯,拉被子捂住头装没听到。

"元初都来了你还赖床!还不赶紧起来!"

凌母中气十足的声音在头顶响起,被子也给他掀了。

凌颂迷迷糊糊地睁开眼,骤然看到摄政王,……不对,是温元初居高临下的冷脸。

睡意顿时醒了大半。

噩梦照进现实,够吓人的。

他磨磨蹭蹭地坐起身,嘴里嘟哝:"这才几点,一大早也要补课吗?还让不让人过了。"

凌母没好气:"元初好心帮你补课,你还挑三拣四,你可真好意思。"

凌颂揉了揉脸,他一点没觉得不好意思呢。

谁叫这人跟上辈子毒死他的摄政王长一张脸,哼。

"昨天说好的,我带你晨跑。"温元初提醒他。

"哦。"

他是真忘了。

还真的要一大早跑步……

被他妈和温元初盯着,凌颂只得依依不舍地离开被窝,爬下床进浴室洗漱。

走出家门,天还没亮。

凌颂不高兴地抱怨:"这么早起来,朕上辈子赶早朝都没这么积极。"

温元初扭头看他。

凌颂讪笑,憋出一句:"我乱说的。"

温元初:"走吧。"

他说完先一步小跑起来,凌颂不情不愿地跟上。

他们住的这一片别墅区很幽静,这个时间除了偶尔一两个跑步遛

83

狗的，人很少。

凌颂跑了几步就觉得没意思，背过身倒着跑，跟温元初说话。

"我们一会儿跑完步去吃什么？都出来了，早餐就在外头吃吧？"

这人就只惦记着吃东西。

温元初："随便你，我都可以。"

凌颂对他的态度略微不满："喂，温元初，你不能多说几句话吗？你这样我好没劲啊。"

明明是你抓我出来跑步的。

温元初看着他："你想说什么？"

"谈谈理想，谈谈人生呗，这么充满希望的清早，不该说一些积极阳光向上的话题吗？"

温元初："……你起个头。"

凌颂想了想，问他："你有什么理想？"

温元初没说。

凌颂挑眉："不能说啊？这么神秘？"

温元初目视前方，声音淡淡的："说了你也不懂。"

凌颂不服："你不说说，怎就知道我不懂？"

"你有什么理想？"温元初反问他。

凌颂哽住。

他有什么理想？

他上辈子是亡国之君，十九岁就一命呜呼，一事无成，史书上唯一留下的，只有"软弱无能"这四个字的评说。

这辈子……这辈子他连读不读得完大学都是个大问题。

说不准要在家做一辈子米虫。

想想还挺不甘心的。

也罢，别的他都不想了，能比上辈子命长一点，就已经很好了。

"我的理想嘛，"凌颂深吸一口气，笑了笑，"活过二十岁。"

温元初停住脚步。

凌颂已嘻嘻哈哈地转过身向前跑去。

他没有看到，温元初眼中那一瞬间，闪过的分外复杂的情绪。

二十分钟后，凌颂气喘吁吁地在街心花园的长椅坐下："不跑了，累死朕了，让朕缓缓再说。"

温元初站在他面前，朝他伸出手："起来，刚跑完别坐着，慢走一会儿。"

凌颂不肯："不要。"

"起来。"

"不起来。"

温元初直接将他拽起，拉着他往前走。

凌颂吓了一跳："你干吗呢，松手。"

"去吃早餐，再往前走两条街，有早市。"

正挣扎的凌颂立刻消停，闭了嘴。

出了别墅区，过了一条大马路后，就到了人声鼎沸的闹市。

此时天已经亮了。

早市里到处是出来吃早餐的老人小孩，空气里飘散的全是食物诱人的香味。

"你看年轻人有几个跟我们一样起这么早的，今天还是周末。"

凌颂伸手戳温元初胳膊。

温元初没理他。

他让凌颂自己选吃什么，凌颂选了间海鲜馄饨铺子。

坐下后，他左右看了看，问温元初："这地方你常来吗？"

"嗯。"温元初把拆开外包装的筷子和勺子递给他。

凌颂心想，真没看出来。

上回的夜市，这回的早市，温元初原来是这么，那个词怎么说的来着，哦，接地气一人。

至于他自己，朕也算与民同乐了。

"这两天周末，开始上九年级数学，初一物理也得加上，以后每天晚上数学、物理、英语各一个小时的课。"

凌颂顿时蔫了："这么多啊？我只有一个脑袋，记不住这么多门课。"

温元初并不松口，鼓励他："你很聪明，能在这么短时间内把数学学到九年级，一百个人里面也挑不出一个，不要妄自菲薄，初中课程都不难，肯定能行的。"

凌颂张了张嘴，忽然有些不好意思了。

这人真的跟摄政王不一样。

摄政王是不会夸他的，但温元初会。

而且这不是温元初第一回夸他聪明了。

夸人的话从这人嘴里说出来，怎么就这么让他高兴呢……

也是稀奇。

虽然凌颂自己也觉得自己挺聪明的。

他从前只是没有机会表现，又太尿，被那位摄政王拿捏得死死的。

如今不过是学习而已,别的事情都不用操心,还能做不好吗?

他是得上进一点,怎么也得学出点成绩来。

"多谢夸赞,我当然知道我是很聪明的,天下第一聪明。"

"不对,有你在,我委屈一下,屈居第二吧。"

凌颂的嘴角上扬起,眉目间尽是笑,扬扬得意。

仿佛身后有一条无形的尾巴,在不停摇摇晃晃。

温元初不错眼地看着他。

与凌颂相处其实很简单。

这么简单一件事,他到现在才勉强做好。

蠢笨的那个人其实一直都是他。

凌颂目露疑惑:"你盯着我做什么?我脸上长了花吗?"

"没什么。"温元初回神,移开视线。

热气腾腾的馄饨已经盛上桌。

……莫名其妙。

凌颂埋头吃东西,跑了这么久,他确实饿了。

温元初提醒他:"你体力不行,今天只跑了二十分钟,还是慢跑,你就累得喘不过气来,运动会上一口气跑五千米,现在这样不可能跑下来,还是得坚持锻炼。"

"知道啦。"凌颂大口大口吃馄饨,含糊应他。

这人就喜欢操心,随他。

吃完早点,两人原路返回。

路上行人比先前多了许多。

来时空荡荡的街心花园里,也有老人在打太极。

凌颂看着有趣,跑过去跟人比画了一二。

那几个老人起先没在意,后头见凌颂这太极打得有模有样的,都来了兴趣,一起停下围观他。

凌颂也不介意,看的人越多他越高兴。

一招一式,力图打出仙风道骨感,唬一唬这些老人。

他这可是跟当年的得道高人学的,远比这些人的招式正宗得多,足够唬这些没见过世面的。

到最后,成了那些老人跟着凌颂学。

一套太极拳法打完,老人们还意犹未尽,拉着凌颂不让他走,要再教教他们。

凌颂得意地摆摆手:"不了不了,我得回去念书了,要学明天再来。"

第17章

温元初在旁边默不作声一直看着。

等到凌颂玩够了,他才走过去:"快八点了,回去吧。"

老人们十分舍不得,一再叮嘱凌颂:"明天一定要来啊。"

凌颂乐颠颠的,指着温元初说:"他们让我来,我肯定来。"

他蹦蹦跳跳地跟在温元初身边往回走,精神比之前好得多。

果然吃饱了饭就有力气了。

"温元初,你不觉得我打太极的样子很帅的吗?"

温元初淡定回:"觉得。"

凌颂一拍手:"你也觉得是吧?"

他又兀自感叹:"可惜啊,靠打太极不能考高分,我还是得学数理化。"

温元初没话找话:"你太极打得不错,学多久了?"

凌颂满脸笑嘻嘻:"四百年。"

温元初的神色不动半分,也不知信是不信。

"我跟你说,我师父可是得道高人,这都是他教我的。"

温元初:"师父?"

"是啊,厉害着呢。"

他上辈子确实有个师父,是位世外高人,不图名不图利,不炼丹不寻仙,本事却都是真的,他能从逆王手下侥幸活了下来,是他师父救了他,可惜师父只教了他些皮毛本事,就去云游了,才让摄政王寻得机会毒死他。

温元初的眼中有转瞬即逝的晦暗之色,活蹦乱跳的凌颂并未察觉。

只听温元初淡淡地说道:"没听说过。"

凌颂撇嘴。

你当然没听说过啦,你又不是摄政王。

摄政王上辈子一直对他师父抱有敌意,实在莫名其妙。

他还又凶又固执,难怪他师父和马太傅他们都不待见他,唉。

凌颂不着边际地想着这些前尘往事,越想越不舒服,刚才那股子得意劲头已没了大半。

他其实挺讨厌回忆上辈子那些破事的,但又总是不受控制地一次又一次想起。

"凌颂。"

温元初忽然出声。

凌颂回过神,不明所以地看向他:"干吗?"

温元初的眼中隐有亮光:"你之前,不是问我的理想吗?"

这人还在意这个呢?

凌颂点头:"你想好了?说说呗。"

等了片刻,他听到温元初低沉温和的嗓音缓缓说道:"我的理想是,陪你活过二十岁。"

第18章

凌颂愣住。

他的脑袋"死机"片刻缓慢"重启",这才想起是他自己先说的,他想活过二十岁。

温元初是顺着他说的。

可这话听着怎么就这么……

不等凌颂问,温元初已越过他往前走去。

凌颂跟上:"喂,温元初,你到底什么意思啊?"

"你自己想。"

温元初闷声丢出这一句,仿佛还生气了。

他想什么呀!

"我怎么知道你葫芦里又卖的什么药,奇奇怪怪的。"

"温元初,你不会因为我之前一直把你当成偶像,现在对你过于冷漠,开始害怕了吧。"

凌颂笑嘻嘻地随口胡诌完,却见温元初的表情严肃,蹙起眉好似更生气了。

他瞬间噤声,莫名一阵心虚,含糊吐出句"我开玩笑的你别当真啊",赶紧先跑了。

回去后接着上课。

温元初今天似乎格外沉默,除了讲课,凌颂说别的话他都不搭理。

凌颂讨了没趣,干脆不说了。

他几次偷眼看温元初。

温元初的眼睫低垂,注意力都在课本上,讲课的声音不大,但吐字清晰,十分好听。

凌颂的心思又跑远了。

陪他活过二十岁。

这句话到底是什么意思?温元初为什么要跟他说这个?

唉。

搞不懂,搞不懂。

凌颂贼兮兮的目光又飘到了温元初脸上。

这人其实长得真挺好看的……

他上辈子就觉得摄政王长得好,是他唯一承认比他自己还长得好的。

但摄政王太凶。

温元初虽然大多数时候也冷冰冰的,却比摄政王好得多。

同样一张脸,长在温元初身上,看着顺眼多了。

温元初抬眼。

温元初问道:"在想什么?"

"没什么,什么都没想,你别多心。"凌颂一本正经。

"你有。"

"有什么啊!"凌颂拔高声音,"是你想多了!"

温元初拆穿他:"声音越大,越心虚,你自己说的。"

有吗?

好像是有,他之前这么说过姜一鸣那厮。

但凌颂拒绝承认:"我不记得了。"

温元初没再说,在稿纸上随手出了道题让他做。

题目特别难,凌颂瞪他。

温元初淡定回望。

僵持几秒,凌颂先败下阵,不情不愿地接过题目。

十分钟后。

凌颂一脸苦大仇深地看向温元初:"我错了。"

温元初拿起笔,唰唰几笔写下解题思路,快速与他讲解了一遍。

凌颂听完更加郁闷:"这也太难了。"

"这是高一的数学题,你不会做正常。"

凌颂:"……"

温元初搁下笔,正视凌颂:"先前说的话,你不用有压力。"

凌颂愣了愣:"……什么?"

"我随口说的,没别的意思。"

"噢——"

早说嘛,差点就自作多情了。

果然是他想太多。

温元初重新捏起笔:"继续上课吧。"

周一清早。

月考成绩陆续公布。

凌颂语文92，英语33，数学21。

结果比预估得更好。

温元初仔细看了看他的卷子，凌颂确实把会做的都做了，等到进度赶上后，他的成绩应该能达到班上中上水平。

凌颂不太满意："我作文还扣了两分，上回写策论明明是满分。"

"那是你运气好，以后都这么写，求稳。"

凌颂把温元初的语文卷子抢过去，这人分数比他还高些，有98分。

他作文写的是一篇骈文。

凌颂惊讶不已："你为什么可以写这个？但不让我写？"

"我练笔。"温元初随口说。

"我就算作文是零分，总分也能在年级排前几。"

凌颂闭上嘴。

——好气啊。

他看了一段温元初那文章，越看越稀奇："温元初，你古文造诣不错啊，真没看出来。"

"嗯，还可以。"

凌颂有一点不高兴。

之前他还在这人面前嘚瑟自己写的策论，现在看来他有点傻。

这人指不定在心里嘲笑他。

温元初似乎看出他的不满，略一犹豫，说："你古文水平比我好。"

废话，我是出土活文物，你又不是。

凌颂不想理他。

"之前说好的，你数学上了二十分，我请你吃冰激凌。"

凌颂这才有了笑脸："好啊好啊，我英语还上了三十分呢，能点两份吗？"

"……不行。"

温元初还想说什么，有人进门来喊他："温元初，有人找。"

教室门口站了个女生。

温元初神色一顿，起身出去。

凌颂瞅了一眼，是个扎着高马尾、长得特漂亮的一个女生。

咦？

张扬回头小声提醒他："那就是姚娜娜。"

"……谁啊？"

张扬很无语:"那谁的绯闻女友,姚娜娜。"

想起来了。

姜一鸣在意的那个女生,据说跟温元初走得挺近。

本来他不太信张扬说的,但现在看到温元初站走廊上跟人说话,怎么看都感觉有点什么。

这女生确实长得比林秋怡还好看,是温元初之前说的那个人吗?

他眼光果然有够高的。

"之前怎么没见过?"凌颂小声嘟哝。

"姚娜娜是钢琴特长生,出国参加一个什么国际比赛去了,前两天刚回来。"

哦,一回来就找上门,果然两人关系不错。

张扬继续说:"她是'校花'。"

温元初一直到上课打铃后才回,手里还拿着东西。

老师已走进教室。

凌颂埋头做题,一丝余光都没分给温元初。

十几分钟后。

一张字条递到了凌颂手边。

他下意识地抬眼,温元初目视前方,笔直端坐。

什么意思?

凌颂打开字条。

"姚娜娜是我爸公司合伙人的女儿,我跟她从小就认识,仅此而已,她刚回国给我带了些国外特产,没别的意思。"

凌颂没话说。

关他什么事?

他龙飞凤舞地在下面添上一句。

"不想知道。"

字条扔回给温元初。

中午,姚娜娜又一次出现在教室门口,和温元初约了一块吃饭。

凌颂跟其他人勾肩搭背地往外走,被温元初叫住。

"你跟我们一起。"

"那多不好……"

凌颂话没说完,被温元初的眼神盯上,脚步已不自觉地挪了过去。

王子德举手:"老大,我跟你们一起去蹭饭。"

他被其他人勾着脖子拉走。

"有没有眼色你，当电灯泡很过瘾？"

走廊上只剩下他们三个，凌颂问："吃什么啊？"

温元初提议姚娜娜："你选。"

女生笑着说："吃中餐吧，我在外头吃了两个月的面包汉堡三明治，快吐了。"

"好。"

他们一起去了上次去过的学校附近的那座商场，选了间格调挺高的中餐厅。

凌颂研究菜谱，竖起一只耳朵听姚娜娜跟温元初说在国外比赛的事。

温元初还是那副死样子，别人说三五句，他才回一句。

半点不解风情。

点的菜很快上齐。

凌颂埋头苦吃。

他又不认识这女生，一句话都搭不上，吃东西就对了。

温元初去买单时，姚娜娜才主动笑问起凌颂："我听人说你掉湖里失忆了，现在还好吗？"

凌颂眨眨眼："你认识我？"

姚娜娜更乐了："认识啊，学校的风云人物之一，我怎会不认识。"

凌颂无言以对。

"唉，我两个月没上课，有点跟不上进度，本来还想请温元初给我补课的，现在看来是不行了。"

凌颂莫名心虚，这话说的，好似自己抢了她什么东西一样。

姚娜娜却说："你别误会啊，我跟温元初没什么的，我倒是乐意，但他看不上我。"

……连姚娜娜这么漂亮的都看不上？

那温元初说的那个人，到底是哪方神圣？

温元初回来时，凌颂还在思考这个问题。

服务员送上餐后甜品。

凌颂点的是一大杯草莓酸奶冰激凌。

凌颂眉开眼笑，立刻将那些想不通的事情抛去脑后。

温元初盯着他吃东西。

姚娜娜看看凌颂，再看看温元初，一手托腮，若有所思。

进教室前，姚娜娜喊住凌颂："我单独跟你说几句话行吗？"

温元初皱眉。

姚娜娜示意他："温元初，你先进去吧。"

温元初用眼神无声警告她，先一步进了教室。

姚娜娜拿出手机晃了晃："加个VV。"

凌颂无所谓，加就加呗，谁不愿意跟漂亮女生打交道。

姚娜娜一眼瞅到他VV聊天记录最上头那个是温元初，笑得意味深长。

"凌颂，你之前一直崇拜温元初吧？"

凌颂干笑："之前是我年少无知，现在我失忆了，往事不要再提。"

姚娜娜瞬间被他逗乐："你这人还挺有意思的。"

凌颂问她："他喜欢的人，真不是你啊？"

姚娜娜挑眉："他有个喜欢的人？"

"听他提过。"

"我是猜的，当然不是我，算了，确实往事不要再提……"

温元初盯着教室外头谈笑风生的两人。

第19章

十一月初,学校运动会。

凌颂站在方阵里,手里拿着两朵大红大绿的塑料花,十分嫌弃。

再看最前边一身笔挺西装制服的举牌手班长,更觉不平衡。

他贴近旁边的温元初抱怨:"不该长得最帅的站最前面吗?为什么我还要拿两朵这么丑的花?"

"站好。"

温元初沉声提醒站没站相的凌颂。

凌颂默默转开脸。

太讨厌了。

折腾了半个上午,听完校长激情洋溢的开幕式发言,众人才终于能去看台上坐下。

凌颂嘴里叼根棒棒糖,四处张望。

温元初报的项目多,已经被人叫去内场比赛。

可惜离得太远,看不清楚人在哪儿。

总算温元初还有人性,没让他在运动场上也得学习。

所以他这会儿百无聊赖。

张扬几个人闲得下起了五子棋,凌颂看了一阵,没太大兴趣,低头翻起手机。

凌颂翻着VV,收到一条好友申请——加我。

头像是二次元动漫人物,名字是一串看不懂的字符。

凌颂没多想,顺手点了通过。

那边很快连着发来几条消息。

"凌颂,知道我是谁吗?

"不知道我是谁没关系。

"我知道你是谁就行。"

凌颂:给你一分钟时间,不说你是谁直接拉黑。

那边:……夏朗星。

这是谁?

想了半分钟没想出来,他顺嘴问那几个正下五子棋的人:"你们知道夏朗星谁吗?"

"八班的一个缺心眼,"有人提醒他,"你离他远点,那个人一肚子坏水。"

凌颂满脸一言难尽,想起来了,月考时在考场碰上的那个。

"……你们怎么知道他一肚子坏水?"

王子德瞪圆眼睛:"真的啊,老大,你可得小心点,那人整天欺男霸女,不好惹的。"

这都什么年代了,一个学生还能欺男霸女?

反正凌颂不信。

他还把夏朗星拉黑了。

等了半小时,温元初还是没回来。

凌颂实在无聊,跑去跟团支书套近乎。

团支书是女生,他软磨硬泡了几句,轻易把进内场的通行证弄到手。

温元初在草地另一边跳高。

还没轮到他们,他一人站在人群外等着。

不时有人,尤其是女生将目光投向他。

凌颂脖子上挂着通行证,跑到他身边,一拍他胳膊:"温元初,你比赛了吗?"

看到凌颂,温元初原本淡漠的面上神色变得温和:"你怎么进来的?"

"靠脸换来的通行证。"

凌颂摇头晃脑。

风吹得他头顶上一簇头发翘起。

"……我回去了,你一个人在这儿待着吧。"

温元初开口留他:"来了就别走了,很快就轮到我了。"

温元初一上场,就成了全场瞩目的焦点。

还在内场只要没参加比赛的,几乎都跑来围观。

温元初淡定如常,一次一次轻松跃过杆。

他身形矫捷、姿势漂亮,在空中划出一道道优美的弧线。

凌颂更是目不转睛地盯着看。

他太羡慕了。

这人怎么什么都这么会。

真厉害!

第19章

最后温元初以1.95米的成绩破了学校男子组跳高纪录。

广播里连着播了三遍喜报。

温元初走回凌颂身边,从他手里接过校服外套。

凌颂傻愣愣地看着他,半天才找回声音:"你可太厉害了。"

"嗯。"

凌颂十分羡慕:"这个世上还有你不会的东西吗?"

温元初想了想说:"有的。"

凌颂不信:"你太谦虚了,你肯定什么都会。"

温元初摇头:"我也只是普通人而已。"

温元初都是普通人,那他就是个废物啊!

凌颂坚决不想承认这一点。

温元初拍了拍他:"回去了。"

回到班级看台上,全班热烈鼓掌迎接温元初。

温元初神色如常,连带着沾光的凌颂却忽然生出些与有荣焉感。

算了算了,保持好心态,坚决不做红眼病。

但总会有人眼红妒忌。

姜一鸣刚跑了两百米回来,也拿了第一。

不过跟温元初这个破纪录的一比,就不够瞧了。

所有人的注意力都在温元初身上。

姜一鸣用力甩下校服,呵斥正兴致勃勃跟人谈论温元初的一个小个子男生:"这是我的位置,滚远点。"

看台上的位置明明都是随便坐的。

男生不服,有意争辩几句,张了张口,但见人高马大的姜一鸣阴着脸怒气冲冲,又不敢说了,憋屈地坐到了后排。

凌颂正和人瞎吹牛,刚巧看到这一幕,厌恶地撇嘴。

什么人,欺软怕硬的东西。

下午有篮球预赛。

凌颂故技重施,又去找团支书讨来通行证,跟去内场观看。

热身时,姜一鸣冷着脸提醒温元初:"篮球比赛不是靠一个人出风头就能赢的,需要团队配合,你之前一次训练都没参加过,要是一会儿上场融入不进来,麻烦主动点退出换人。"

温元初没理他。

凌颂在一边帮腔:"你管好你自己吧,谁不知道你才最爱出风头。"

姜一鸣的脸色更阴沉了。

没等他跟凌颂吵起来，裁判老师已经在催促两边队伍上场。

姜一鸣一路横冲直撞，小动作不断，抢到了球迟迟不传队友，坚持自己投篮，但因为过于急躁，投篮命中率还远不如平时训练时。

又一次被对方球员一个盖帽将球扣下，姜一鸣的火气更大，嘴里骂骂咧咧。

对方也不是吃素的，张嘴便回骂。

两人你一句我一句争吵起来，越吵越火大，推推搡搡地就要动手，裁判老师赶紧吹哨制止他们。

温元初走过去，面无表情地冲姜一鸣抬了抬下巴："你下去，换别人。"

"凭什么？！我是队长！"

"马老师说的。"

马国胜不知何时出现在场外观赛，皱着眉，似乎对自己班上学生差点跟人打起来十分不满。

凌颂凑在他身边，正叽叽喳喳地在告姜一鸣的状。

姜一鸣用力握紧拳头，面色阴沉地喘着粗气。

温元初又一次冷声示意他："下去，换人。"

姜一鸣狠狠将球砸到地上。

新换上来的队友水平不如姜一鸣，但跟其他人配合得很不错，他们这队终于打得顺风顺水起来，很快拉大比分，一直压着对方打到最后，不出意料地赢了。

哨声一响，凌颂第一时间冲上去给温元初送水，一边给他捶背，一边天花乱坠地吹捧他。

温元初拦下他的手："不用了。"

再提醒他："你看比赛就看比赛，别总是搞小动作。"

"你说姜一鸣？"凌颂不以为意，"我就告他状怎么了，我还怕他啊？朕除了摄政王，谁都不怵！"

温元初忍了忍，没再多说。

他们离开内场，没有急着回去看台，去了外头的冷饮店，买冰汽水喝。

凌颂叼着吸管，蹲在冷饮店外逗不知从哪里冒出来的野猫。

阴恻恻的声音在他头顶响起："凌颂，你很得意啊？"

凌颂撩起眼皮子，果然是姜一鸣那厮。

凌颂丢出句"不知道你在说什么"，继续逗猫。

姜一鸣骂道："你没断奶是吧？跟小学生一样告老师？你有意思没有？"

第19章

凌颂伸着懒腰站起身，把汽水瓶搁到一旁的箱子里："不喝了，你口水都喷进来了。"

"神经病！"

姜一鸣抡起拳头就想砸人，温元初已付完账从店里出来，上前挡在了凌颂面前："滚。"

姜一鸣冷笑："温元初你跟护鸡崽一样护着凌颂想做什么？真没看出来，你原来对同学这么上心。"

温元初还是那个字："滚。"

他的态度彻底激怒了姜一鸣。

姜一鸣恶狠狠地啐一口："你以为你是个什么东西！恶心人的家伙。"

凌颂推开温元初，一步上前，气红了脸："你说谁恶心呢？"

但玩笑性质的调侃，和姜一鸣这种怀有恶意的辱骂可不一样。

东西可以乱吃，话可不能乱说。

温元初怎么就恶心了？

姜一鸣怪腔怪调地说："谁一副被戳中了痛脚的模样就是说谁呗。"

姜一鸣这种人，越搭理他越来劲。

温元初不想跟他在这浪费口舌，拉过气呼呼的凌颂："走吧。"

姜一鸣仍不解恨，继续追上去骂："跑什么？心虚了吗？我又没说错。"

凌颂用力甩开温元初的手，转身一拳送上姜一鸣的脸。

第20章

姜一鸣被凌颂一拳砸得眼冒金星,嗷嗷叫。
"我跟你拼了!"
温元初动作极快地挡下他挥过来的拳头,一个过肩摔,将人压制在地上。
姜一鸣被压制得动弹不得,脸红脖子粗,跟条死鱼似的徒劳挣扎。
凌颂在他面前蹲下:"小样,还要打吗?"
姜一鸣张嘴去咬他,凌颂动作极快地避开。
凌颂满脸嫌弃,又给他送了一拳头。
姜一鸣破口大骂,什么难听的词都往外蹦。
他骂一句,凌颂打他一下。
最后这傻大个放声号啕。
"呜——"
凌颂:"……"
温元初皱眉,刚想说什么,身后传来中气十足的中年男音:"你们几个!做什么呢!不许打架!赶紧给我把手松开!"
凌颂抬眼看去,好巧不巧,来的是学校教导主任……
五分钟后,他们仨站成一排,接受教导主任的训话。
教导主任满脸痛心疾首:"你们这些学生,运动会不去好好比赛,躲在这里打架,学校纪律都学到哪里去了?你们实在太过分,太叫人失望了!"
姜一鸣还在不停哭,哽咽着告状,说凌颂和温元初联手打他,他肿成猪头的脸就是最好的证据。
教导主任气不打一处来,他是没想到,在这儿打架的,竟然是尖子生,而且还是动手打人的那个,叫他想偏袒都找不到理由。
凌颂轻哼:"怎么没好好比赛了,温元初早上就破了跳高纪录呢,分明是这个姜一鸣在篮球赛上寻衅滋事,被老师换下场他心有不服,跑来找我们俩麻烦,满口污言秽语地骂我们。"
"我没有!"姜一鸣拒不承认,"是他们看我不顺眼,先动手打我!"

凌颂争辩道："要不是你找碴,谁理你。"

"你胡说你……"

"都给我闭嘴!"

教导主任一阵脑壳疼,示意温元初："你说。"

温元初满脸漠然："姜一鸣先骂人的。"

"他骂了什么?"

温元初闭嘴不肯说。

凌颂替他说了："恶心,变态!"

教导主任一时语塞。

凌颂："他太过分了!"

教导主任心头一松,转而问起姜一鸣："你有没有说过这种话?"

姜一鸣梗着脖子不出声。

教导主任一看就知这小子确实说过,严肃教训起他："这就是你有错在先了。"

之后整整二十分钟,姜一鸣都在挨训斥,一个一米八几的大块头,哭哭啼啼个没完没了。

凌颂嫌弃得直撇嘴。

温元初默不作声,神色淡漠目视前方,不知在想什么。

等到教导主任说累了,这才想起不能太厚此薄彼,又做做样子训斥了温元初他们几句。

最后他大手一挥："你们三个,一人写一份检讨,下周一的晨会上当众宣读。"

凌颂耷拉着脑袋。

当众宣读?

朕丢不起这个人啊……

马国胜来把他们仨领回去,同样恨铁不成钢,又把他们挨个教训了一遍。

凌颂彻底蔫了,坐回看台上,老老实实再不敢到处跑了。

温元初一直没吭声。

凌颂自闭了半天,才发觉他的不对劲。

温元初竟然在发呆!

"喂,你在想什么?你也觉得在晨会上当众读检讨很丢人吗?"

温元初没理他。

"干吗不说话?"

"……没什么好说的。"
温元初的声音有些冷。
凌颂的小脑袋瓜子根本想不明白，温元初这又是哪根筋搭错了，干脆也不搭理了他，玩手机去了。
姚娜娜给他发了条消息来。
姚娜娜：听说你们刚和姜一鸣打了一架，被教导主任当场抓住了？
凌颂：呵，你也听说了，消息传得真快。
姚娜娜：你们干吗跟他打架？
凌颂：他因为你看温元初不顺眼，故意找碴呗。
姚娜娜：可我听说是你先动手的啊，他找温元初的碴，跟你有什么关系？
这女生的问题怎么这么多？
凌颂：那我也看他不顺眼，他骂我和温元初，我还不能打他吗？
姚娜娜：哈哈。
凌颂：笑什么？
姚娜娜：没什么，当我没问过。
林秋怡也发来消息：你帮温元初打架了？
凌颂把给姚娜娜发的那句，原封不动地转发给她。
林秋怡：哈哈。
凌颂：……
这些女生都什么毛病？到底在笑什么？
凌颂实在想不明白，又去骚扰温元初。
"温元初，检讨要怎么写？你帮我写好不好？"
温元初还是不理他。
……这人的心思，跟那些小女生一样别扭难猜。
四点半，一天的比赛结束，终于可以回家。
凌颂在体育馆门口等家里的车子来接。
温元初骑车经他身边过，瞅都不瞅他一眼。
凌颂顿时生了气，什么态度！
他一步冲上去，拖住温元初车子后座："你停下！我们好好说道说道！"
温元初脚尖点地，看向他："说什么？"
"我没得罪你吧？
"你不能因为被教导主任抓到要写检讨，就把气往我身上撒吧？
"迁怒人是不对的！我揍人还不是因为那厮嘴里不干不净地骂你啊。"

温元初的目光下移，落到他拖着自己车后座的手上："松开。"

"我不，你今天不把事情说清楚，我就不让你走。"

温元初的神色渐渐冷下。

凌颂其实已经有些怂了。

他最怕的就是看温元初这个跟摄政王极其相似的表情，可他心里更是憋了口气。

他最讨厌的也是温元初学那个摄政王，三棍子打不出一个屁来。

温元初深吸一口气，指着自己车后座："你坐上来。"

凌颂犹犹豫豫地把屁股挪过去。

温元初一脚蹬出去，速度极快。

凌颂吓得赶紧抓住他的衣服，差点栽下去。

温元初骑车去了海边。

他俩坐在海边礁石上看日落。

红霞映着整片大海，也映进了温元初的眼中，那里翻涌着凌颂看不懂的情绪。

凌颂戳他手臂："说话啊。"

"你不应该动手。"温元初终于开口。

凌颂一愣，完全没想到他会说这个。

"你之前一直不理我，就因为这个？"

温元初的神情更郁闷了。

凌颂从礁石上跳下，站在温元初跟前，面对着他。

"你不觉得你生气得很莫名其妙吗？他那样说，你很高兴啊？"

温元初移开眼，闷声丢出一句："没有。"

凌颂很委屈："我替你出头，你还生我的气不理我，你这人真是把好心当成了驴肝肺。"

"……我没有。"

"你有，别说没有，你明明就有。"

温元初没话说了。

沉默一阵，他也从礁石上下来："你，在这儿等等。"

温元初跑去了沙滩上的便利店。

十分钟后，他拎着一袋零食去而复返，递给凌颂："我跟你赔礼道歉，是我不对，你别生气了。"

凌颂拒绝的话到嘴边，到底扛不过零食的诱惑，把东西接了过去。

"这回算了，你以后不许再这样了。"

"好。"

他俩重新坐回礁石上,一起分享一包小饼干。

凌颂心里终于舒坦了,又开始乱说话。

"温元初,我觉得吧,你这人呢,大多数时候都是个好人,但有时候又实在太烦人了,心思跟小姑娘一样别扭。

"不过我还是挺待见你的,我看着你就亲切。

"虽然你跟我仇人长得像,可你是你,他是他,我不会把你们混为一谈的。"

"你很在意他吗?为什么总是提起他?"温元初忽然出声,"只有真正在意的人,才会不断记起,哪怕他是你的仇人。"

"喀——"

凌颂正吞饼干,被温元初这话惊得差点没呛死。

温元初给他拍背。

猛灌了一口水,凌颂摆摆手,讪讪地说:"说什么呢,我怎么可能在意他,我讨厌他都来不及。"

他才不会在意那讨厌的摄政王,他为什么要在意?

那人那么坏,还毒死了他,他一直惦记着,不亏吗?

温元初没再问。

安静一阵,他说:"以后不要再提他念他了,真的讨厌就不要一遍遍去回忆,忘掉那个人吧,无论好的不好的。"

"……你说的也对。"

凌颂心里莫名不是滋味,但他不想说了。

不提就不提呗,他本来也不想一直回忆从前。

但有些事情,不受控制地就会在脑子里蹦出来。

"我是温元初。"

温元初看着他,认真说:"你讨厌的那个人无论是谁,都不是我,他不是我。"

"你说什么呢,我当然知道他不是你啦,我又不傻。"

凌颂笑着打哈哈。

这人是介意被他说和仇人长得像吗?

"我以后再不跟你提他了,你别计较这个啦。"

温元初淡淡点头:"走吧,回去了。"

沿着海岸线骑车往家的方向去。

凌颂坐在后座心不在焉地发呆。

温元初最后那个眼神,到底是什么意思呢?
……他是真的搞不懂这人。
谁都没再说话。
他回来的第六十七天,他讨厌那个我,我骗了他。
不会高兴了。

第21章

之后两天，运动会继续。

凌颂没再到处乱跑，一直老老实实待在看台上。

不用温元初提醒，他主动看书学习，趁着这两天时间，卷子做了好几套。

期间温元初跳远又拿了个第一，篮球赛一路挺进决赛。

姜一鸣那厮没敢再找碴，哪怕他在球场上和其他人不对付，有温元初在，他们班依旧拿下了男子组冠军。

温元初真牛，这句凌颂已经说累了。

他彻底心服口服，连嫉妒都嫉妒不起来。

篮球赛颁奖后，温元初回到看台，在凌颂身边坐下。

他取出两支签字笔，搁到凌颂面前，让他挑一支。

凌颂不明白："这是你的奖品，你给我做什么？"

"我用不了这么多，送你一支。"

篮球赛是团体项目，奖品两个新篮球归班级所有，球队成员一人奖了一支签字笔，温元初跳高跳远也得了单项第一，一共得了两支签字笔，一黑一蓝，金属外壳，挺上档次的牌子，样式也好看。

凌颂有一点不好意思："我这不是不劳而获吗？下午就比五千米了，说不定我自己也能拿到名次呢。"

"我乐意送你，你收着便是。"

凌颂不再说了，他挑了黑色的那支，跟温元初道谢，美滋滋地收下，再跑去跟张扬那几个人炫耀："这笔好看吧？温元初送我的。"

有人鄙夷道："你又不是买不起，一支签字笔而已，至于这么高兴吗？"

"你懂什么，这可是得第一才能拿到的奖品，跟自己买的不一样。"

"……那也不是你自己赢回来的。"

"温元初赢回来的也一样。"凌颂得意不已。

原来是想显摆。

没人再搭理他。

凌颂半点不觉自己讨嫌，只当这些人在嫉妒他，直接拿了那笔做题目。

写了几道题又觉得浪费，把笔收起来："我等下次考试再用。"

第21章

温元初像是累了,脱下校服盖住脑袋,趴膝盖上很快睡了过去。

凌颂卡在一道题目上,半天没有解题思路。蹭去温元初身边,伸手戳了几下他的胳膊,但温元初没动静,只能算了。

校服下笼着一片阴影,衬着温元初露出一半的面庞,凌颂的目光移过去,然后顿住。

这人睡着时格外安静。

温元初忽然转过头,缓缓睁开眼。

凌颂一愣,赶紧退开。

"做什么?"温元初开口问。

凌颂讪笑:"没什么,你睡你睡。"

"你要是看书累了,也睡一会儿,养足精神,下午还要比赛。"

"我知道。"

凌颂没好意思跟他多说,坐到一旁,继续做题目。

温元初没有睡太久,半小时就醒了。

他打开矿泉水猛灌了几口。

凌颂冲他笑了笑:"温元初,我这个单元的数学题做完了,你帮我改改吧。"

温元初没说什么,接过去,认真帮凌颂批改,再把凌颂做错的题目仔细给他讲解一遍。

凌颂有些神游天外,等温元初说完了,没忍住问他:"喂,温元初,你身上喷了香水吗?好香。"

温元初皱眉,回答他:"没有。"

凌颂的狗鼻子凑过去,用力嗅了嗅:"明明就有。"

"……洗衣粉的味道吧。"

凌颂继续追问:"那你家用什么牌子的洗衣粉?"

温元初有一点无言:"我回去问问。"

凌颂笑嘻嘻地说:"我以后也让家里阿姨用你用的这个牌子,跟你一样香。"

"嗯。"

温元初无奈地摇摇头,他高兴就好。

下午,五千米长跑。

五千米是闭幕前的最后一项赛事,提前半小时,他俩一起去内场热身。

凌颂十分兴奋,又蹦又跳。

温元初提醒他:"省点力气,一会儿别冲得太猛,保留体力才能坚持到最后。"

"知道了。"

凌颂活动着手脚。

温元初怀疑他压根儿没听进去。

果然,轮到正式比赛时,哨声一响,凌颂第一个冲出去。

温元初只得跟上。

"你跑慢点。"

"我不,我要拿第一。"

第一圈第二圈还好,从第三圈起,所有人都开始放慢速度,凌颂也不例外。

他的呼吸里已带了喘,温元初跟在他身边:"能坚持就坚持,不行就算了。"

凌颂不服:"温元初你别看不起我。"

他又闷头往前冲。

温元初很无奈。

他从来就知道,凌颂的个性其实挺倔的。

一圈又一圈,不断有人坚持不下去退出。

还在跑道上的人也都跑跑停停,距离拉得很开。

凌颂满头大汗,跑几步停下撑着膝盖喘几下,又接着跑。

这一个月他一直跟着温元初晨跑锻炼,依旧低估了一口气跑五千米的难度。

但他不想这么丢脸半途而废。

他停下,温元初也停下。

温元初没再劝他退赛,就一直跟着他。

张扬、王子德他们混进内场来给他俩加油,送矿泉水。

凌颂停下喝了一大口,一抹嘴唇,对温元初说:"你明明可以跑得更快,干吗一直跟着我,你先跑吧,别等我了。"

温元初没答应:"不用。"

"一起。"

最后一圈,凌颂的体力已快到极限。

有人已经冲过终点,原本在他后面的也都纷纷赶上超过。

他拼命咬牙坚持,却在离终点只剩半圈时,腿一软向前栽倒在地。

一只手掌撑地,脚踝处一阵钻心的疼,虽然有温元初及时扶了一把,依旧够呛。

温元初半蹲到地上，扶住他："还好吗？"

凌颂一头的冷汗，紧咬着牙根摇头："没事。"

他挣扎着站起身，还要继续跑。

温元初拉住他："实在不行，就算了。"

凌颂不肯，汗水流进眼睛里，他用力眨了几下，笑着说："温元初，我难得坚持做一件事，你就让我做到底吧。"

温元初没再劝。

最后半圈，几乎是温元初带着他往前跑。

跑道边上，教导主任问马国胜："你班上这两个学生，感情真好啊？"

马国胜高兴点头："确实，温元初这学生原本个性一直挺孤僻的，后来主动提出帮凌颂补课，先进带后进，凌颂的功课渐渐赶上了，温元初也开朗合群了不少，他以前连集体活动都不参加，这次运动会被凌颂带着，还把项目都报满了。"

教导主任半点没觉得高兴。

跑道上只剩下凌颂和温元初，其余人要么已经冲过终点，要么早退赛了。

在全校师生的注视下被温元初带着跑，凌颂浑浑噩噩的脑子里一片空白。

他和温元初并肩一起冲过终点。

来帮他们加油鼓劲的班上同学一拥而上，将他们团团围住。

凌颂因为脚软，又被过于兴奋的同学冲撞，几乎又一次摔倒。

"你脚怎么了？"

凌颂这才后知后觉反应过来，他左脚脚踝刚才似乎扭到了。

应该是痛得麻木了。

温元初蹲下，帮他把校服裤腿卷起，果然脚踝处已经青肿起一大块。

"我背你，去看校医。"

"不用了……"

凌颂下意识地拒绝，温元初抬眼。

触及他目光中的冷然，凌颂更多没出口的话生生咽下去。

"上来。"

凌颂不情不愿地趴到他背上，温元初将他背起。

原本围着他们的一众同学似乎都感觉出了温元初周身的冷意，自动让出道来。

被温元初背着,在众目睽睽下离开运动场,凌颂的感觉如芒在背。

但他不敢多抱怨,小声在温元初耳边问:"温元初,你是不是生气了?"

"没有。"温元初的声音冷硬。

分明就是有。

凌颂十分郁闷:"你是不是觉得我没有能耐,还故意逞强,只会给人添麻烦?"

"我就是不想半途而废,显得一点用都没有一样。

"你这么厉害,我连你一星半点都比不上。"

温元初没接话。

紧绷着的神情稍稍缓和。

"温元初,你说话啊……"

"以后别这样了,量力而为。"

"噢。"

"你不用跟我比,你有你的长处,你不是没用的人,从来都不是。"

才怪,以前摄政王就总骂他是个没用的人。

凌颂心里憋屈。

……算了,说好了不再提那个讨厌鬼的。

还是温元初好。

凌颂心想,他这辈子运气可真好。

第 22 章

　　凌颂的脚肿得厉害，好在没骨折。
　　校医看过给喷了药，做了应急处理，叮嘱他小心休养几天，不能再次受伤。
　　凌颂垂头丧气，整个人都蔫了。
　　温元初蹲在他身前，沉着脸不知在想什么。
　　"温元初。"凌颂小声喊他。
　　温元初伸手，轻轻碰了下他的脚踝，听到凌颂一声倒吸气声。
　　"疼。"
　　温元初终于松了手，陪他一起坐下，等家里司机来接。
　　凌颂嘀嘀咕咕地抱怨："真倒霉，本来以为怎么都能有个名次的，结果最后还得靠你拽着，才勉强跑完全程。"
　　这下别说让那些女生看到他是个真汉子，只怕……事情又会往反方向发展了。
　　他可太难了。
　　"以后还是得坚持晨跑锻炼，你体力耐力不行，得长期坚持，才能看到效果。"
　　"噢。"
　　看出凌颂的不高兴，温元初没再多说他，让他老实待着，去外头便利店买了两支甜筒来。
　　一支草莓味，一支巧克力味，他让凌颂先挑。
　　凌颂选了草莓味的那支，脸上终于有了笑。
　　"你真好。"
　　温元初轻抿唇角。
　　凌颂似乎比以前更爱笑了，看他的眼里不再有戒备和胆怯。
　　这样就好。
　　凌家司机过来时，外头开始下雨。
　　凌颂主动跟温元初提议让他一起坐车回去，温元初没有拒绝。
　　山地车塞进后车厢，他扶着凌颂坐进车里。

凌颂像是累到了，车发动后没多久，就靠着座椅背合上眼，脑袋一歪，栽到了温元初肩膀上。

温元初垂眸看向他，枕着他肩膀，睡得正香甜。

之后两天是周末。

凌颂在家养伤，连房门都没再出过，温元初依旧来给他补课。

他已经开始上高中数学，物理也已学完了一个学期的课程。

凌颂自信心大增，下周期中考，他给自己定了个目标，总分考上两百。

乍一听到他说这个，他爸妈哥嫂都不敢信，还拐弯抹角劝他别把自己逼得太紧。

毕竟上回月考他的总分还没过一百五，哪怕期中考语数英三门的满分是一百二，一下要提高五十分，总归不是件简单的事情。

后头是温元初跟他们保证，说凌颂可以，他们才将信将疑。

他们不信凌颂，但十分信温元初。

凌颂因此很是愤愤不平："为什么我说我能考到两百分，我爸妈他们都一副我在吹牛的表情？这么看不起我吗？"

温元初安慰他："你先考到了，让他们大跌眼镜，不好吗？"

凌颂哼哼几声，又问他："你真信我能做得到啊？"

"你觉得你做不到？"

那当然不是！

"我肯定能行。"

凌颂自信满满。

温元初点头："期中考总分上了两百，我请你吃上回说的那个，炭火铜火锅。"

凌颂忽然很不好意思，温元初给他补课，还总是奖励他，他连补课费都没给过，好似一直在占温元初便宜。

凌颂一拍胸脯："这回我请你吧，等我考过了两百分，我请你吃大餐。"

温元初没跟他争："好。"

但是在那之前，还有另一件事情。

"温元初，教导主任说的那个检讨，你写了吗？"

温元初轻咳一声："写了。"

凌颂双眼放光："你怎么写的？给我抄抄呗？"

"不能抄，要当众读的，你自己写。"

凌颂撇嘴："我不会写，你帮我写，别跟你的写一样就行，我宁愿多做十道题目。"

温元初想了想，说："可以，我帮你写，你再多做十道物理题。"

凌颂："……"

他不，他随口说的。

但温元初没给他反悔的机会，翻开习题册，勾了十道填空题出来，让他半小时做完。

他自己则拿起笔，开始写第二份检讨。

凌颂不情不愿，算了……

半小时后，凌颂把笔一扔："写完了。"

温元初帮他把检讨也写完了，递给他看。

通篇都是废话，他发现他一点都不高兴："为什么要承认错误，本来就是那个姜一鸣找碴，我打他不应该吗？"

温元初用黑白分明的眼睛看着他："那你想如何？硬扛着不写检讨？"

"……朕丢不起这个人。"

温元初提醒他："没什么丢人不丢人的，没人会仔细听你写了什么，走过场而已。"

凌颂还是不高兴，撇过脸去："朕考虑考虑。"

周一清早，晨会。

他们仨挨个上台。

温元初是第一个。

听到教导主任点名温元初上去做检讨，学生队伍里一阵骚动。

张扬小声跟凌颂说："温元初以前都是作为优秀学生代表发言的，当众检讨这还是头一回，他可比你更丢脸一些。"

凌颂莫名心虚。

就见温元初走上台，平静淡定地将检讨念了。

他的检讨和给凌颂写的那份差不多，认错态度十分诚恳。

凌颂第一次知道，原来温元初的脸皮可以这么厚的。

可他还是不痛快，他们又没做错，就不该认错。

第二个轮到姜一鸣。

这厮一篇检讨念得磕磕巴巴，前言不搭后语，语气里还透着明显的不服气，且避重就轻。

对于凌颂的态度教导主任十分火大，让马国胜立刻打电话叫他家长来。

凌颉在半小时后匆匆赶来学校。

听完马国胜说的事情起因经过，他问凌颂："那个同学到底骂了你们什么？"

见到亲哥，凌颂到底有些厌了，小声嘟哝："他骂我和温元初恶心。"

凌颉："……"

凌颉按了按他肩膀，与教导主任和气一笑，说："小颂他性子有些拧巴，我会劝劝他，这事确实是他不对，不该在台上说那些话。

"但老师你们也知道的，他之前掉水里之后一直没有完全恢复，学习跟不上，温元初主动帮他补课，加上他和温元初本来就是同桌又是邻居，关系好一些。这么大的小孩脾气正是最冲的时候，听不得别人骂自己，还骂自己的朋友，才会冲动行事，我们也不敢跟他说太重的话，怕刺激到他。

"无论如何，这事都是小颂的不对，我代他跟老师道歉，之后我们家长会严格管教他，保证不会再发生类似的事情。"

凌颉十分客气，又提到落水一事，让教导主任顿时就不好再说什么。

来来回回客套了几句，凌颂总算被放过了。

从教室办公室出来，第一节课已经下课，温元初正站在外头等凌颂。

凌颂跑过去，大咧咧地说："我站在讲台上是不是特帅？"

"你觉着呢？"温元初面无表情地问他。

"那肯定特别帅。"凌颂得意极了。

他今天这一出表现，一准比五千米拿了第一还出风头。

嘻。

温元初没再理他。

温元初主动过去跟凌颉打招呼，把之前运动会上的事情解释了一遍。

凌颉："我刚听你们老师说了，已经没事了，下回不要这么冲动，无论如何，打人都是不可取的。"

再着重提醒凌颂："尤其是你，听到没有？"

凌颂还不服气，温元初已听话应下："我知道了，不会再有下次。"

等凌颉走了，凌颂才没好气地问温元初："你怎么就这么听话，别人说你错你就真认啊？"

"认错而已，少些麻烦不好吗？你今天这样在晨会上说那些不该说的，闹得还要请家长，你能得到什么好？"

"至少我心里痛快！"

温元初转身就走。

凌颂跟上去："喂喂，你什么意思啊？！"

进教室之前，温元初顿住脚步，与他说："下次还敢这样的话，心里记得就行，不用公告天下。

"再想打人，跟我说一句，我帮你挑日子挑地方，我来动手。"

凌颂一愣,温元初已进了教室。
一直到上课铃响老师进来,凌颂才回过神温元初说了什么,给他传纸条。

他回来的第七十二天,他说谢谢。

真的只有一点点高兴。

第23章

当天晚上,趁着温元初还没过来,凌颂又偷偷摸摸上了学校贴吧。

原本是想悄悄看人夸他今天在晨会上的表现的,结果上去一看,说他真汉子的没几个,调侃他的帖子却几乎要刷屏。

凌颂十分生气,自己动手发了个帖子。

【朕还能再活五百年】:你们不觉得凌颂在主席台上骂姜一鸣的样子,特别英俊帅气迷人吗?

再一刷新,很快有了回帖。

【粉丝团一号团长】:又是你,我记住你了。跟你说,我弟不是在骂姜一鸣,那是在委屈地向老师告状,表示他很生气。

凌颂看到气得够呛。

他拿了个笔记本,把这些人的账号挨个记下。

明天就去告老师,把你们全都封了。

哼。

VV上姚娜娜发了张图片过来,是刚才那个帖子的截图。

姚娜娜:这个楼主,是你吧?

凌颂:……你怎么知道?

姚娜娜:直觉。

女人的直觉真可怕。

凌颂:你也信她们说的那些鬼话吗?

姚娜娜:你……算了。

凌颂:?

什么意思?

几分钟后,凌颂发现自己被拖进了一个群里。

里头只有三个人,他、姚娜娜、林秋怡。

凌颂:你俩认识?

林秋怡:当然认识啦,我俩姐们。

凌颂:你们把我拉一个群里做什么?

林秋怡:弟弟太天真无知,我可操碎了心。

第23章

凌颂没再理她们。

敲门声响起，他赶紧把手机收了，正经端坐，清了清嗓子。

"进来。"

来的人却是凌颉。

凌颂心神一松。

凌颉过来，顺手翻了翻他的书："元初今天还没来啊？"

凌颂看一眼对面楼的房间，再看看手表："应该快了吧。"

凌颉试探问他："一直麻烦元初这么帮你补课，耽误他自己学习，长久下去也不是办法，要不我到外面给你请补习班的老师来上课算了？"

凌颂想也没想直接拒绝："我不要跟别人上课，温元初讲的我听得懂，别人讲的我听不懂。"

"……你试都没试过，怎么知道听不懂？"

"我不要。"

跟着温元初上课，好歹还能耍耍嘴皮子逗个乐子，换成陌生人，每天这么补课，那真是生不如死。

他才不要。

"你真好意思，他天天给你补课，回去还要写作业，那得写到几点？"

凌颂理直气壮："他白天在学校就差不多写完了，就算还剩一点，我做题的时候他也可以写，有什么关系。"

凌颉还想说，凌颂摆摆手打断他："哥，你操心什么啊？"

凌颉："……"

凌颉没话说了。

"……行吧，你自己看着办吧。"

"知道啦。"

凌颉下楼时，正碰到温元初上来。

温元初跟他打招呼。

凌颉停住脚步，迟疑问："元初，每天给小颂这么补课，会不会很麻烦你？如果你时间安排不过来，一定要直说，我们再想别的办法就是。"

温元初不在意道："不会，没什么问题。"

凌颉叹气："小颂那个人你也知道的，都二十岁了还跟长不大似的，任性得厉害，他要是做了什么出格的事情，你，别跟他计较，也别太放在心上。"

听出凌颉话语中的欲言又止，但温元初没多解释："我知道，您放心。"

温元初进门，到书桌边坐下。

温元初拿出教材,轻声提醒凌颂:"别走神。"

"……噢。"

切。

一小时后。

温元初让凌颂歇息十分钟再继续,顺便告诉他,等期中考试后,要把化学课也给他加上。

凌颂有点崩溃:"考一次试加一门课吗?"

"嗯,以后晚上还是一小时数学、一小时英语,物理和化学隔天上一小时。"

凌颂的脑袋抵在桌面上,没力气再说话。

哪有什么兄弟情深、互帮互助,只有温元初对他全方位的精神折磨罢了。

"凌颂。"

凌颂有气无力地抬眼,下巴依旧搁在桌子上:"干吗?"

"坐起来。"

"我不。"

脑子里一瞬间闪过先前在贴吧看到的段子,凌颂自己先吓了一跳。

他惊得一个没坐稳,椅子直接往后栽去。

最后以极其不雅的姿势摔倒在地,什么形象都没了。

幸亏地上铺的是地毯,没摔出个好歹来。

凌颂躺地上嗷嗷叫。

温元初上前扶住他:"你怎么回事?你到底在想什么?"

"哪有,我什么都没想。"

他坚决不承认自己在想的那些有的没的。

温元初扶他起来,凌颂嗷了一声,说:"脚、脚,我脚疼。"

温元初蹲下,拉起他裤腿看了看,果然他左脚脚踝又扭到了。

温元初的手指戳上去,凌颂疼得不停吸气,用力拍开他的手:"不许动。"

温元初皱眉问:"那天校医开的喷剂呢?"

"……床头柜里。"

温元初拿来喷剂,帮他喷药再小心翼翼地揉着。

凌颂哼哼唧唧。

一开始有些痛,药效起来后冰冰凉凉的就还挺舒服。

他享受地眯起眼,心神放松下来:"小元子,再给朕多揉几下。"

温元初看他一眼,没说什么,稍稍加重了些手中力道。

突然凌颂又闻到了温元初身上那种十分好闻的香味,夹在药水味中,不明显,但也忽略不掉。

"你还没跟我说,你家到底用的什么洗衣粉呢,怎么这么香?"

被凌颂盯着,温元初轻咳一声,随口报了个洗衣粉牌子。

凌颂嘀嘀咕咕地重复了一遍。

恰巧家里保姆阿姨上来给他们送茶水点心,凌颂顺口问她:"吴姨,我们家用的什么洗衣粉?"

保姆阿姨一脸莫名,把家里洗衣粉的牌子报了一遍。

凌颂:"咦?那不是跟你家用的一样吗?"

他看着温元初,有点怀疑:"为什么你身上这么香?"

温元初:"……也可能是沐浴乳的味道。"

"是吗?我真怀疑你跟那些女生一样,用香水了。"

"没有,应该就是沐浴乳的味道。"

"那你用的什么牌子的沐浴乳?"

温元初说了,凌颂更加不信:"我也用这个啊,为什么我身上不香?"

温元初:"……"

温元初没再说,扶他起身坐好,继续上课。

之后凌颂一直心不在焉。

十点半,温元初离开。

人一走,凌颂立刻低头,仔细闻了闻自己手臂。

难道是洗发水?

胡思乱想间他划开手机,顺手在之前那个群里发了一条。

凌颂:你们觉得温元初身上香吗?

林秋怡:反正比其他那些臭男生香。

凌颂:是吧,我也觉得,我说他喷了香水,他还不承认。

林秋怡:……

第 24 章

这周的最后两天是期中考。

语数英三门满分都提到了一百二，题量比平时月考大。

凌颂信心十足。

他这回一定能考上两百分，争取下次月考时往前挺进至少一个考场。

是的，期中考他又被分到了最后一考场。

虽然上回月考总分比第一次高了些，但名次依旧在年级倒数三十名徘徊。

不过凌颂不在意这个，下次他肯定不会再留这里。

进考场坐下后，凌颂习惯性地开始削铅笔。

手机里有温元初发来的 VV 消息。

温元初：加油。

凌颂回了一个可爱的表情。

温元初：……

凌颂没觉得不对，林秋怡她们那些女生都喜欢发这个表情，他问过一次是什么意思，林秋怡告诉他这张表情图可以作为万能答复。

于是他就用上了。

他毕竟也是个现代人了，不能显得自己这个出土文物跟不上时代节奏。

有人一屁股坐到他前排，凌颂抬眼，又是那个满脸笑容的夏朗星，正跟他打招呼。

"凌颂，我俩这次又是一个考场，挺有缘的啊。"

"你不坐这里吧？"

"你怎么知道？"

凌颂目露鄙夷："你成绩怎么可能比我好。"

这人一看就是外头混，不学习的那种中二少年。

夏朗星嘻嘻笑："一个年级一千三百人，倒数第二十名跟倒数第十名能有多少差别？"

"当然有差别，"凌颂冷漠脸，"差别就是我比你聪明。"

夏朗星："……"

夏朗星："你为什么拉黑我？做个朋友不行吗？"

凌颂："我为什么要跟你做朋友？我又不认识你。"

"现在认识不就行了，"夏朗星拿出手机晃了晃，"把VV加回来，以后一起玩，哥的人生丰富多彩，一准比你跟温元初那个书呆子一起好玩。"

凌颂原本不想理他，听到这话顿时不乐意了："谁告诉你温元初是书呆子的？你知道什么？"

"难道不是？"

"他除了会死读书还会什么？"

"温哥可是身手牛，学习牛，打游戏也牛。"

凌颂："呵。"

夏朗星在耳边聒噪个没完没了，凌颂到底把他从黑名单里放了出来。

这厮牛皮吹得响，还贬低温元初，他记下了。

下回让温元初来打你脸。

打铃声响后，卷子很快发到手中。

凌颂扫一眼作文题，拿起上回温元初送他的那支签字笔，自信满满地开始答题。

两天考试很快过去。

最后一门是生物，反正也不会，凌颂兴冲冲地提前交了卷。

走出考场，他给温元初发了条消息，说今天就请他吃那个炭火铜火锅，甭管考不考到两百分。

温元初没回复。

他这会儿应该还在奋笔疾书。

人家毕竟是尖子生。

凌颂没再打扰他。

离考试结束还有四十分钟，他先出了校门，打算去校外的那间冷饮店吃冰激凌，顺便等温元初。

十分钟后。

凌颂眯着眼睛，正美滋滋地享受他的双份双球冰激凌，有人进店来，路过他这桌，一脚踹上他身边的椅子："凌颂，好久不见啊，瞧瞧，今天这怎么落单了啊。"

听到这阴阳怪气的腔调，凌颂抬头，再看到面前凶神恶煞的几人，有一点茫然。

直到看清楚打头正喷唾沫星子的那个脑袋上顶的一簇红毛，他想起来了，是隔壁学校的，他的"情敌"，还有上回还被温元初教训过一顿的那几个。

凌颂不想搭理他们。

他又不蠢,红毛今天带了六七个人来。

他可不是温元初,没本事一对多。

红毛那伙人见他没什么反应,仿佛不把他们放在眼里,更加来气。

其中一个上前,伸手揪住凌颂的校服领子,把他扯起来。

"你别给脸不要!今天碰到我们算你倒霉!"

凌颂皱眉,冷了声音:"放手。"

"放手?"对方一阵怪笑,"可以啊,乖孙子跪下来给爷爷们磕头认错,这回就放过你!"

凌颂毫不犹豫地抄起桌上还没吃的另一份双球,对着那人脸扣过去。

对方"嗷"的一声叫。

凌颂趁机挣脱,不等其他人反应,转身就跑。

他跑出冷饮店,红毛那几人已回过神,气急败坏地追了上来。

"凌颂你这个孙子!我看你往哪里跑!"

凌颂一路狂奔,完全不看路。

多亏这段时间天天跟着温元初晨跑,才让他勉强没被后面那群人追上。

最后他跑进了一条胡同巷道里。

东窜西逃,暂时甩开了那伙人。

停步在一处暗巷中,听到那些人的脚步声从巷子外经过再跑远,凌颂靠着墙慢慢蹲到地上,心脏还在狂跳不止。

他的书包丢在冷饮店里,这会儿也不敢再出去,好在手机一直在身上。

他颤抖着手掏出手机,下意识地拨出温元初的号码。

考场中。

温元初已经将卷子做完,正在做最后一遍的检查。

藏在裤兜里调了静音的手机震动起来,他起身把卷子交了。

走出考场拿出手机一看,竟然是凌颂打来的。

"呜,温元初你在哪里?"

电话那头传来凌颂压抑的哭腔,温元初心中一凛,立刻加快了步伐。

"发生什么事了?你慢慢说,别怕。"

时间一分一秒地过去。

凌颂还僵着身体蹲在原地不敢动,眼泪流了满面。

他和温元初开了实时位置分享,温元初说他很快就会过来。

外头不时有杂乱无章的脚步声传来,红毛那伙人已来来去去打这条暗巷外经过了几次。

凌颂小心翼翼地摸起地上的一块石头，战战兢兢地咬住牙根。

脚步声突然转向巷中，凌颂的心跳瞬间提到了嗓子眼。

阴影笼罩在头顶，红毛阴恻恻的声音响起："总算找着了，让我看看这是哪个小可怜躲在这里哭呢。"

凌颂霍然起身，用力反抗。

红毛发出一声杀猪一般的嚎叫，捂着腿往后退。

红毛气得要杀人："你个孙子！你敢对我动手！"

他扬起手冲着凌颂的脸狠狠扇过去。

凌颂猛地闭起眼，下意识地偏头躲避。

下一秒，他听到红毛更加惊天动地的鬼叫声，愕然睁开眼。

红毛已被突然出现的温元初一脚踹飞，撞到对面墙上，再极其狼狈地跌下地，只能痛苦哀号，再也爬不起来。

原本扣着他手臂的人也被温元初一手一个放倒。

凌颂愣愣看着温元初和其他几人交手。

他的眼神里透着凌颂从未见过的冷厉，遍布阴霾，甚至叫人不寒而栗。

不出十分钟，最后一个人也倒地不起。

温元初只有些微喘，他踩着红毛的一只手，眉宇间郁结着怒气，眼里翻涌着的净是旁人看不懂的情绪。

再这么下去红毛那只手就要折了。

凌颂小声喊他："……温元初。"

温元初抬眼。

凌颂咽了咽唾沫，走上前，低声提醒他："你松脚吧，他起不来了。"

温元初周身的冷厉这才缓缓收敛起，往后退开。

凌颂冲他笑了一下。

顺势又踢了红毛一脚，嘀嘀咕咕地骂道："胆大包天的刁民，朕诛你们九族！"

"你们在做什么！都停下来！"

巷子外头来了几个民警。

是有路过的群众看他们在打架报了警。

凌颂的脚刚从红毛身上收回来……

半小时后。

凌颉匆匆赶到派出所。

凌颂和温元初并排坐在长椅上，另一边是鼻青脸肿的几个学生。

见到他们两个完好无损，凌颉松了口气，问了问他们具体情况，温元初把事情快速说了一遍。

凌颂闻言不由皱眉，这才去跟那些民警周旋。

凌颂有些心不在焉。

他在想温元初先前那个眼神，实在太像那位讨厌的摄政王了，叫他莫名不安。

但幸好，温元初那副表情是对别人，不是对他。

纸巾递到他眼皮子下，温元初的声音平稳如常："擦下脸。"

凌颂抬手，摸到自己脸上还有没干的泪痕，终于回神，顿觉丢人丢大发了。

他刚做了什么？

噢，哭着打电话给温元初求救……

凌颂赶紧接过纸巾，把眼泪都擦了，再吸了吸鼻子。

"……今天的事情，你不许笑话我，也不许跟别人说。"

"不会。"

凌颂松了口气，又闷声吐出句："谢谢你啊，温元初。"

"不用。"

温元初从喉咙里含糊地滚出这两个字，用力握了握拳。

他只是，有些生自己的气而已。

凌颂一直在跟人扯皮。

主要是红毛人进了医院，他爹妈撒泼打滚，狮子大开口想要讹钱。

后头凌颂叫了律师来，寸步不让。

冷饮店里的监控拍得清清楚楚，是红毛带人先找凌颂麻烦。

实在不行，那就走法律程序。

晚上七点多，他们才终于从派出所出来。

事情还没完全解决，但后面已经不需要凌颂和温元初管。

而且红毛应该是被吓到了，被民警一问就什么都给老实交代了，说是凌颂一个班的姜一鸣给他发消息，告诉了他们凌颂在哪里，他们才特地来找凌颂麻烦。

凌颂十分无语。

……怎么又扯上了那个姜一鸣？

想起来了，那厮确实跟他一个考场，且就跟在他后面交的卷。

卑鄙龌龊的小人！

凌颂提醒他："这件事情，周一我会去学校跟你们老师说，你不许再给我惹事。"

第24章

"噢。"

凌颂撇嘴，他才懒得去姜一鸣那儿再找晦气。

跟着凌颉坐进车里，凌颂侧过头，看到温元初独自一人在夜色下扶着车正准备离开。

他心里忽然有些不是滋味。

没多犹豫，给凌颉丢下句"哥你先回去吧，我跟温元初说好了在外头吃饭"，凌颂推开车门，跑下车去。

"温元初！"

凌颂眉开眼笑地追上人："我刚考完试给你发的消息看到了吗？我说了请你吃火锅的，现在去吗？我肚子好饿。"

温元初的目光顿了顿："你不用跟你哥回家？"

"不管他。"

不等温元初答应，凌颂已跳上他车后座，攥住他衣服："走走。"

凌颉的车自他们身边过，车窗落下，露出凌颉没好气的脸，提醒凌颂："别在外头玩太晚，早点回家。"

凌颂挥挥手："知道知道，吃完东西就回去。"

凌颉开车走了。

凌颂仰头冲温元初笑："到底走不走啊？"

温元初没再说什么，跨坐上车，载着凌颂，骑行进璀璨喧嚣的夜色里。

凌颂的心情好了许多，坐在车后座晃脚，嘴里闲不住，跟温元初说话："温元初，你今天可真帅，像那个什么，天神降临。

"要不是有你，我今天可得倒霉了。

"还好有你。"

温元初的眼睫颤了颤："……不会再有下次了。"

"什么？"

"今天这样的事，我保证不会再发生第二次。"

凌颂不以为然地笑："这能保证吗？别人要找我麻烦，你怎么保证得了啊？"

"我尽量。"

凌颂还是不信，心里却很舒坦："好嘛，我信就是，有你在，我什么都不怕。"

"嗯。"

温元初没再说，渐渐加快速度。

七点半，他们到达吃饭的地方。

温元初说的炭火铜火锅是北方老式火锅，在海城这样的南方城市，只有一家店做这生意。

店里装修还挺高档，仿古特色的建筑风格，店中的服务员都穿着旗袍工作，虽然看在凌颂眼里，很有些不伦不类。

坐下后他随口感叹："你别看这里看起来挺有那什么古韵古味的，其实都是假的，徒有其表罢了，土洋结合，贻笑大方。"

温元初拎着铜壶给他倒茶，轻声问："那哪里才是真的？"

"宫廷啊，前几天朕看宫廷纪录片，朕的寝殿里特地叫人做的一副嵌进桌子里的玉棋盘都还在，朕以前日日拉着摄政王陪朕下棋，可惜一回都没下赢过他。"

凌颂小声嘀咕，胡言乱语。

反正，温元初听不懂，也不会信。

他就是有些遗憾，上辈子一次都没赢过摄政王。

温彻那个讨厌鬼从来不会让着他，无论在什么事情上，总是不遗余力地打击他的自信心。

所以他才特别讨厌温彻。

……算了，说好了不再和温元初提那个讨厌鬼的。

温元初轻抿唇角："我也会下棋，你如果喜欢，我也可以陪你下。"

凌颂一愣，然后笑了："真的啊？那你会让着我吗？"

"我让你，你赢了，就会高兴吗？"

被温元初黑白分明的眼睛盯着，凌颂想了想，撇嘴："也是，那样赢了也没意思。"

温元初没再说。

他们点的菜已经上桌，铜锅里乳白色的底汤咕噜咕噜冒起泡，香气四溢。

凌颂吸了吸鼻子："是这个味。"

温元初烫了一片羊肉，蘸上料，放进他碗里。

凌颂笑得眼睛弯弯的："谢谢元初大哥。"

温元初继续给他烫菜。

一顿火锅吃完，已经过了九点。

凌颂捧着吃得滚圆的肚子，扶墙走路。

温元初去拿自行车，他蹲在店门口的街边，眼睛四处转，打量这个时代繁华热闹的城市夜景。

在他看来，四百年后除了刁民多些，当真哪儿哪儿都好。

第24章

街对面的公园门口有人在卖糖葫芦，凌颂舔了舔唇，温元初已扶着车过来，提醒他上车。

凌颂仰起头，努了努嘴："我想吃糖葫芦，你去给我买好不好？"

温元初顺着他视线的方向看过去，问他："你还吃得下糖葫芦？刚才不是还说再吃要吐了？"

凌颂坚持："糖葫芦是糖葫芦，塞一根下去应该可以。"

温元初停了车，叮嘱他等一会儿，过马路去。

凌颂依旧蹲在街边，盯着温元初在车水马龙中挺拔坚定的背影，恍惚间心神又跑远了。

他上辈子一辈子都困在皇宫里，尤其登基之后，难得才能出一趟宫门，且每回出宫都是禁卫军开道，前呼后拥，从未真正与民同乐过。

他其实一直想尝一尝，街边那些孩童手里捏着的糖葫芦的味道，还与摄政王提过。

但摄政王说，不可以。

没有理由，就是不可以。

摄政王每一回拒绝他的要求时，甚少会给他理由。

无论他如何软磨硬泡，都不能让摄政王改变主意。

每一回，都是如此。

凌颂低下脑袋，有一点郁闷。

他怎么又想起那个讨厌鬼了。

一准是先前温元初跟人打架时，那个过于凶狠的眼神表情太像温彻，才让他心有余悸、耿耿于怀。

凌颂胡思乱想时，温元初已经回来，手里举着糖葫芦，停步在他身前，伸出手。

"起来。"

凌颂抬头，温元初那张面无表情的脸在灯火中格外柔和，正看着他。

把手搭上去，借着温元初的手劲，凌颂晃晃悠悠地站起身，还往前栽了一步。

他站没站相，嬉皮笑脸。

"这糖葫芦好大！"

"嗯，给你。"

凌颂接过咬了一口，外面特别甜，里头的山楂又挺酸的。

他刚好吃撑了，吃这个还能消食。

温元初又去路边小店买了瓶矿泉水来，让凌颂洗手。

127

凌颂盯着温元初低垂着的眼睫，有些愣神。

温元初这怎么把他当三岁小孩子在照顾。

凌颂心想，他其实有些享受。

温元初把垃圾扔了，提醒凌颂："上车，回去吧。"

凌颂摆摆手："走走，刚吃饱了，撑得难受，消化消化。"

温元初没有反对。

他扶着车，凌颂跟在他身边，走了几步就背过身去，倒着前行。

"你走里面。"温元初提醒他。

"干吗？"

"外面车子多，注意点。"

明白过来温元初的意思，凌颂嘻嘻笑了一声，换到了靠人行道的那一边，嘴里没忘了夸他："元初真是个关心崽崽的好大哥。"

"……崽崽？"

凌颂脸不红心不跳："你是大哥，我当然是崽崽。"

反正那些女生也是这么叫的，总比喊他弟弟强。

温元初抬手，不等凌颂反应，在他额头上轻敲了一下："胡说八道。"

凌颂双手捂住被他敲过的地方，含糊抱怨："你干吗？"

温元初镇定回："敲醒你的大脑。"

凌颂扑哧一声笑了。

"温元初，我第一次发现，你这人有时还挺幽默的，是我错怪你了。"

"嗯，你不知道的事情还有很多。"

凌颂挑眉："比如？"

温元初没说："你自己猜。"

"猜什么啊？猜不到。"

莫名其妙的。

"猜不到就算了。"

温元初跨上车，往前骑了一段。

夜晚的寒风拂过面颊，让他过于滚烫的心绪逐渐平静。

他不能说。

本就已打算好了不告诉他，不再让他难过。

他只是有一点不甘心而已。

凌颂气喘吁吁地追上去，双手拖住温元初的后座椅："你骑这么快干吗？我跑得快要吐了，你故意的吧！"

温元初停下，回头看他。

眼中情绪藏在浓黑夜色里，辨不分明。

"凌颂。"

"做什么？"

"今天，为什么会想到给我打电话，那会儿考试还没结束，你应该打给你家里人，或者直接报警，为什么会拨我的号码？"

凌颂张了张嘴，愣住了。

他说不出来他为什么要给温元初打电话。

他自己都不知道。

被温元初平静又仿佛能看穿他的目光盯着，凌颂十分不自在，移开眼，嘴里嘟哝："我给你打电话求救不行吗？"

"嗯，下回也可以，你第一时间想到打我电话，我挺高兴的。"

凌颂皱了皱鼻子："你高兴什么？"

温元初看着他，想了想，说："你哭起来的样子，挺好玩的。"

凌颂："……"

"你答应了不笑话我的，你怎么出尔反尔！"

"这里没别人，"温元初的嘴角上扬起一小道不明显的弧度，"我不会跟别人说的，你别生气。"

浑蛋。

温元初又说："不过我说过了，这种事情不会再有下次，我保证不会有，你信我。"

他的眼神过于认真，凌颂愣愣点头："好。"

他们继续有一搭没一搭地说话，往前走。

走到海边公路，凌颂偏头看向远处海面上闪烁的灯光，随口说："我上辈子是北方人，这辈子怎么会投胎到南方靠海的城市，真奇怪。"

"你觉得这里不好？"

"倒也不是，"凌颂低下声音，"我以前看过一些别人写的航海杂记，还读过许多写南边风土人情的书，一直很想亲眼来看看，这辈子倒是有机会了。"

这件事情，他只与摄政王说过。

那时他说他想南巡，被摄政王以兴师动众、劳民伤财为由断然拒绝。

他一辈子都没出过上京城。

他虽是皇帝，也确实是只井底之蛙。

凌颂恍惚一瞬，转头冲温元初笑："这里挺好的，不投胎到这里，我哪里知道我这辈子还有这么好的运气。"

"好在哪儿？"

"哪儿都好。"

"投胎？"

"是啊，我说了我上辈子是皇帝嘛，爱信不信。"

凌颂打了个哈欠，跳上车："我走不动了，想睡觉了，你载我回去吧。"

温元初没再问。

他跨上车，提醒他："别睡着了，小心摔着。"

凌颂冲他笑："知道啦。"

凌颂小声说："温元初，你送我那辆车都没用过，我以后也每天骑车上下学吧，还可以跟你一起。"

"随你。"

安静一阵，他又说："还是算了，我那车没你的这么酷帅，跟你一起骑肯定被你比下去了。"

温元初："……你每天坐我的车，我载你上下学也可以。"

"真的啊？"

"真的。"

"那怎么好意思，"不等温元初反悔，凌颂一口答应下来，"好，以后我每天都坐你的车。"

"可以。"

凌颂心满意足，眼皮子耷拉下。

在海浪声中，渐渐沉入美梦里。

第二天是周六，凌颂一觉睡到八点多才醒。

一开机，就有温元初的 VV 消息进来，说他今天早上有点事，出去一趟，让凌颂自己做题目看书。

凌颂撇嘴，回被窝，继续睡回笼觉。

九点半，凌母亲自上楼来，撵凌颂起床。

"你看看你像什么样，睡到快中午了都不起，元初不来没人管着你了是吧？"

明明十点都没到，哪里就快中午了。

凌颂敢怒不敢言，哼哼唧唧地进去浴室洗漱。

刷牙时，王子德给他发了条消息来。

王子德：老大，我跟人在市体育馆附近玩，好像看到温元初了，你没跟他在一起？

凌颂顺手回：……我为什么要跟他在一起？

王子德：你们不是经常一起行动的吗？

凌颂懒得理他。

不过，温元初去市体育馆做什么？

吃完早餐，凌颂心不在焉地坐到书桌前，自觉十分无趣，握着手机给温元初发消息。

凌颂：你去哪儿了？

温元初：有点事。

凌颂：王子德说在市体育馆附近看到你，你去外头玩不带我一起啊？

温元初：不是玩。

那是做什么？

温元初没有再回，凌颂不高兴。

他也不愿看书了，点开 VV 小游戏玩起来。

十分钟后，王子德的 VV 消息再次发进来，是条语音。

凌颂随手点开。

"老大！温元初在体育馆外头跟姜一鸣打起来了，不对！是姜一鸣往温元初脸上打了一拳头，帅哥要破相了！"

凌颂一惊。

什么意思？温元初怎么可能打不过姜一鸣？

不等他问，王子德又发来一条："姜一鸣要倒霉了，他揍温元初那一下正好被他们教练看到了。现在他人已经被教练提去场馆里去训话了，啧啧啧。"

王子德的语气里满是幸灾乐祸。

凌颂听得一惊一乍。

他赶紧给温元初打了个电话，开口就问："你是不是去找姜一鸣打架了？被他打了？王子德跟我说他看到了。"

温元初的声音镇定如常："没事，一点小麻烦而已。"

"你有毛病啊？没事特地去找他做什么？你被打破相了？"

"……没有。"

"你等着，我去找你。"

凌颂换了衣服，风风火火地下楼，跟他妈打了个招呼，跑出家门。

原本想让司机陈叔送他过去，一出门就碰到隔壁温妈妈也正从家里出来，温妈妈隔着院子喊了他一声，笑吟吟地问他去哪里。

凌颂略一犹豫，说了实话："我去找温元初。"

"那正好，我刚接到电话，元初说他在市体育馆被人打了，让我去处理一下，你跟我一起过去吧。"

温妈妈的语气轻松，脸上半点没有自己儿子出事的紧张和担忧，满面都是笑。

凌颂实在难以理解，但没有推拒，跟着她一块上了车。

温妈妈一边开车，一边和凌颂说话，语气里竟难掩兴奋："你是不知道，元初这小破孩从小就主意大，什么事都不需要我跟他爸操心，你们昨天跟人打架进了派出所，他都不让我和他爸去。今天他一大早特地出门，我就知道他肯定有什么事，听到他说在外头被人打了，还叫我去处理，我可真高兴，总算我这个妈在他那里还有点用处。"

凌颂："……"

奇葩的也不知道是温元初，还是他妈。

市体育馆不远，开车不到半小时就到了。

走进场馆里，凌颂一眼看到温元初。

他果然被人揍了，左边眼角到颧骨的部位红肿起一大块，嘴角也青了，看起来惨兮兮的。

温妈妈看到自己儿子这副模样，当下变了脸，摆出一副不好惹的架势，开始与人争论。

"怎么回事？我儿子好端端的怎么会被人打了？是你们这里的人打的？我要报警！"

姜一鸣的教练头疼地跟她解释，说明事情原委。

温妈妈拿出手机，当场先拨了110，泼辣地跟人周旋起来。

姜一鸣梗着脖子站在一边，死命瞪着温元初，温元初看都没看他。

凌颂凑到温元初身边，端详他的脸片刻："你怎么回事啊？怎么会来这里跟那个神经病打起来？"

温元初目不斜视："一会儿跟你说。"

凌颂有一点没好气，想起之前进门时看到这外头就有药店，给温元初丢下句"我去给你买药膏"，转身跑了出去。

再回来时，这里多了个人。

是姜一鸣的妈妈，正在跟温妈妈争吵。

两个女人你一句我一句，叫其他人完全插不上话。

不过温妈妈是泼辣，另一位就是真泼妇了，每句话里都能带出脏字，和姜一鸣一个德性。

凌颂听了两句听不下去，去帮温元初上药。

凌颂小心翼翼地用棉签蘸了药膏在他脸上揉开。

后头派出所民警过来，一番调解后，让姜一鸣他妈赔了两百块医药费。

温妈妈不依不饶，一定要姜一鸣的教练给个说法，还给认识的市体育局的领导打了个电话。

教练被闹得头大，答应会按队里规章处理。

也就是说，姜一鸣很大可能要被开除了。

姜一鸣和他妈哭天抢地。

但已不关他们的事情了。

从体育馆出来，温妈妈立刻眉开眼笑，与她儿子邀功："元初，妈咪刚才在里头表现好吧？你可还满意？"

温元初闷声憋出一句："谢谢妈。"

温妈妈十分开心，说约了姐妹逛街购物，丢下他们俩自便，先一步开车扬长而去。

凌颂有一点无言。

他的目光转向温元初："现在能说了吗？"

帅哥果真破相了，在阳光下看着更丑。

凌颂心里不高兴。

十分不高兴。

温元初平静解释："姜一鸣是体育特长生，市游泳队的，他马上要参加省里的比赛，如果拿了奖，就有晋级的机会。"

"所以？"

"他家有点关系，但我妈也认识市体育局的人，今天这么一闹，还报了警，他肯定要被市队开除了。"

凌颂一时不知该说什么好："……你是故意跑来激怒他，让他打你的？"

"嗯。"

"我哥已经说了会处理这事，你又何必多此一举呢？你不疼吗？"

温元初微微摇头："他只是给红毛发了条消息而已，你哥就算找去学校，也不能拿他怎样，顶多让他再写一份检讨。"

比起被罚写检讨或者再揍他一顿，都只是不痛不痒，显然毁他前途更能让他不好过。

"你怎么确定一定会被他教练看到？"

"他队里有个队友是我初中同学，我请他帮忙把教练引出来。"

凌颂彻底没话说了，温元初这人狠起来，比摄政王也不遑多让了。

好在现在是法治社会，他不会做太出格的事情。

温元初拿了车，和凌颂并肩往回走。

沉默一阵，他小声问凌颂："你……是不是觉得我做太过了？"

"没啊，"凌颂说道，"他三番两次找我们麻烦，还撺掇红毛那伙人来堵我，昨天要不是你来得及时，我就被红毛他们打了，指不定要进医院。他这样的素质不配代表市队参加比赛。"

被市队开除算什么，这种刁民，搁上辈子朕诛他九族。

哼。

"我看你不说话，以为你不高兴。"

凌颂有点不习惯温元初这小心翼翼的语气："我当然不高兴啦，你看看你这个猪头脸，丑死了，有碍观瞻。"

温元初不自在地摸了摸自己的脸，说："过几天就长好了，不会丑。"

凌颂扑哧一声笑了："那是得赶紧长好了，帅哥没了这张脸，形象大打折扣，多少小姑娘得心碎。"

温元初漆黑的瞳仁里隐有亮光，看着他："你觉得，我的脸好看？"

"当然好看！"凌颂用力点头，"难道你自己不觉得？"

"真的？"

"真的！"

温元初好似高兴了点："嗯。"

"走吧，我载你回去。"

凌颂坐上车，再次叮嘱他："温元初，你可得好好保重你这张脸，这么好看的艺术品被糟蹋了多可惜。"

"好。"

温元初认真答应。

他回来的第七十七天，今天真高兴。

第25章

周一。

一大早凌颉亲自把凌颂送到学校，去找学校教导主任、系组长和马国胜谈话。

凌颂懒得多问，反正，姜一鸣那厮好日子是过到头了。

其中考试的成绩陆续出来，凌颂掰着手指头算他的总分。

各门加起来已经远超两百分。

"我二百五。"

张扬回头正想问凌颂成绩，听到这一句，没憋住噗的一声笑了。

但见凌颂一脸嘚瑟地与温元初炫耀，他忍了忍，默默转回身去。

温元初把凌颂的卷子拿过去细看，基础题他能做的都做了，正确率也很高，所以他进步飞速。

在下学期开学前赶上学校进度，问题应该不大。

"你很棒。"温元初夸他。

"真的吗？"

凌颂十分高兴，温元初的夸赞总是让他特别舒坦、特别美。

"嗯，很棒，再接再厉，下次会更好。"

前排的张扬揉了揉耳朵。

下午放学回家，凌颉告知凌颂，姜一鸣的事情已经摆平，学校会给他转班级。

那厮还被市游泳队开除了，他妈原本想闹腾，后头一打听，发现他们家是温家公司的供应商，得靠着温家公司吃饭，立刻消停了，再不敢来找麻烦。

听凌颉这么说，凌颂忽然意识到，在这个时代，商人的地位远比四百年前要高。

温家就很有钱，他家也有钱。

他问凌颉："我们家跟温家比，哪家更有钱？"

凌颉："……差不多吧。"

所以他也没法拿钱收买温元初做他小弟。

切,没意思。

凌颂跟他哥说:"从明天起,我打算跟温元初一起上下学,不坐车了。"

"你会骑车?"

"懒得骑,温元初载我。"

"……坐汽车不比骑车舒服吗?现在天冷了,经常刮风下雨的,还耽搁时间。"

凌颂并没有听出他哥话里深意,理直气壮:"路上有人说说话多好,我跟陈叔又没什么好说的,温元初那个闷葫芦,我得让他开朗一点。"

凌颉犹豫再三,更多的话没说出口。

你管人开不开朗呢,他爸妈都不管这个。

凌颂只当他哥是答应了,高兴万分,蹦蹦跳跳地上楼去。

吃完晚饭,温元初过来前,凌颂收到了夏朗星发来的 VV 消息。

夏朗星:哥这回考了二百二,比你高吧?

凌颂:我二百五。

夏朗星:……

夏朗星:你,呃,算了。

夏朗星:出来玩吗?去网吧打游戏。

凌颂:不去,我要学习。

凌颂没再回复。

他不是特别爱学习的人,上辈子马太傅就为这个操碎了心,这辈子纯粹是有温元初盯着。

可比起跟夏朗星打游戏,他还是喜欢跟着温元初念书。

温元初过来时,凌颂刚把手机收了。

他冲温元初笑:"我哥答应让我以后坐你的车上下学。"

温元初点点头:"好,明天早上我来接你。"

凌颂:"嗯嗯。"

温元初镇定坐下,翻开书。

次日清早。

晨跑之后各回各家吃完早餐,温元初骑车到凌家门口,等凌颂收拾书包出门。

凌颉正开车出来,路过温元初身边,落下车窗喊了他一声。

温元初跟他打招呼。

凌颉问他:"元初,你骑车载小颂上下学不累吗?是不是他要求你的?他就是事多,想一出是一出,你别理他。"

第25章

温元初答:"是我跟他说的,锻炼身体,没什么,不会累。"
等凌颉开车走了,凌颂才磨磨蹭蹭地从里头出来。
他跳上温元初的车:"走吧。"
温元初丢下句"坐好",猛地骑出去。
早晨空气清新,虽有些冷,但不闷。
坐在自行车上穿梭于车水马龙间,将那些堵车排成长队的汽车远远甩在后头。
凌颂觉得,畅快极了。
他就该早点跟着温元初一起上下学。
快到学校时,他们在路上碰到同班经常跟凌颂一起玩的一个同学,也骑了车,车后面载着个女同学。
女生先看到他们,挥着手跟他们打招呼。
"凌颂、温元初,你们也一起上学啊?凌颂你是不是骑不动车啊?"
温元初加快速度,把那两人远远地甩在后面。

凌颂感觉有点丢脸,说:早知道就不坐你的车了。
温元初再没理凌颂,先进了教学楼。
后头那一整天,两人都没怎么说过话。
仿佛在冷战。
下午自习课,张扬给凌颂传纸条。
"你跟温元初吵架了吗?你又惹他不高兴了?"
"胡说八道。"
"那你们今天怎么这么沉默?我好不习惯。"
凌颂:"……"

"听说你们今天跟汪海明他们一起被教导主任数落了?"
"什么被数落,会不会说话你!"
"啧。"

第26章

下午放学。

温元初依旧不理人,凌颂生了气,提早半小时给家里司机发了消息,铃声一响就拎着书包跑了。

温元初骑车从学校出来时,凌家的车已扬长而去,只留下一串尾气。

饭桌上,凌颂闷闷不乐地吃东西,一反常态话很少。

凌母问他:"你怎么了?今天跟元初吵架了吗?怎么早上坐元初的车去的,下午又让老陈去接?"

凌颂哼哼:"他心眼小,我才没跟他吵架,谁要跟他吵架,我又不是幼儿园小朋友。"

凌颉斜了他一眼,越发肯定,这傻小子不正常。

但是算了。

就凌颂这傻乎乎的样,没准压根儿想不明白,他何必多此一举,说出来更适得其反。

吃完晚饭,温元初比平常提早了十几分钟过来。

凌颂本不想理他,但温元初说,今天不上课了,他跟学校请了三天假,要去外地一趟,周日才回来。

凌颂愣了愣:"去哪里?"

"X城,我姑奶奶过世了,我们全家都要回去,一会儿的飞机。"

凌颂一时不知该说什么好,半天憋出一句:"节哀。"

"我这几天不在,你自己看书做题。"

温元初把他的教材、参考书一一翻开,给他标出让他自学的内容:"每天晚上把做好的题目拍照发我。"

凌颂立刻闭嘴——你可以走了。

温元初再次提醒他:"不许偷懒。"

凌颂没接话,他心里不舒服,他可没忘了他俩还在冷战,这人莫名其妙不理他,一句道歉的话都没有。

而且他现在要走了,一去几天,鬼影子都见不到。

"凌颂?"

凌颂的眼睫颤了颤,嘟哝出声:"你管我那么多干吗,你反正不想理我。"

他其实想发脾气,但对着温元初,又有点本能的害怕,所以觉得憋屈。

沉默一阵,温元初抬手,拍了拍他的肩。

凌颂皱眉退开:"做什么?不许乱拍。"

温元初坐下,平视他:"今天是我不对,我跟你道歉,对不起。"

他的语气过于认真,凌颂顿时就气不起来了。

这人真是,好似他成了无理取闹的那个。

"温元初,……你怎么跟个别别扭扭的小姑娘一样,那些女生都没你这么小气。"

"嗯,我的错。"

凌颂摆摆手:"算了算了,朕宽宏大度,不跟你计较了。"

跟这人生气,他迟早要短寿。

他还想再活五百年来着。

温元初松了口气,再次提醒他:"书还是要看,习题也要做,不能放松。"

凌颂扭头,他没听到。

"我去X城,给你带些特产来,你想要什么?"

凌颂勉为其难地想了想,说:"国子监附近有一间蜜饯铺子,很有名的,听说开了六百多年了,我想尝尝。"

他上辈子就只尝过一次那家的蜜饯,还是小德子出宫偷偷给他买的,后头被摄政王发现,那个讨厌鬼不顾他求情,硬是罚了小德子二十板子。

所以说,讨厌鬼摄政王真的一点都不讨人喜欢。

温元初:"六百多年只是噱头而已,那间店就是借了从前的铺子的名头,并不是真的就开了六百年。"

"我不管,我就要吃。"

"好,我给你买。"

凌颂满意了,比起那个讨厌鬼,温元初果然好说话得多。

之后温元初又叮嘱了他一堆有的没的,走时凌颂问他:"你要坐飞机去吗?"

"嗯,是坐飞机。"

凌颂心里羡慕,他也想坐飞机,飞上天的感觉是什么样,他还从来没试过。

温元初大约看出他心中所想,说:"等你成绩赶上去后,我同你一起去外头玩,坐飞机去。"

凌颂终于被哄高兴了。

"那你早去早回啊，别忘了我的蜜饯。"

"好。"

温元初离开后，凌颂果真听他话，自己看书做题。

但坚持了一个小时，还是觉得无聊。

凌颂叹气。

脑袋一点一点趴到书桌上，凌颂合上眼。

之后两天，没了温元初盯着，凌颂的学习效率直线下降，白天在学校心不在焉不说，晚上回到家，更不愿看书。

习题也懒得做，对着答案随便抄抄，拍了照发给温元初敷衍他，就算了事。

温元初：你写的这些，跟参考答案一模一样，连解题过程都没有。

凌颂：你胡说，我没抄答案，我就是省略了步骤。

温元初：心虚，我还没说你抄的，你就不打自招了。

凌颂：……

凌颂：深夜寂寞、孤枕难眠、无心学习，求大哥放过。

温元初：不想做算了，这两天当给你放假吧。

凌颂：哇，谢谢。

凌颂发了一张可爱的表情图。

温元初：不要学别人乱发表情包。

噢。

温元初：不想学习就早点睡吧，别玩手机了，明天还要上学。

凌颂：你姑奶奶的后事办完了吗？你在那边还有多少亲戚啊？你住哪里？

温元初：后天下葬，姑奶奶家有一个表姑，移居国外了，回来给姑奶奶办完丧事又会回去，小爷爷家还有两个堂叔，我和爸妈现在住小爷爷家里。

凌颂：就没有跟你差不多大的兄弟姐妹啊？没人跟你玩吗？

温元初：我不喜欢跟他们玩，没什么意思。

凌颂很无语，闷葫芦果真是闷葫芦，活得比他这个出土文物还呆板。

凌颂：你这样不行，跟同龄人应该多交流。

温元初：嗯，我堂叔他们比我大不了几岁，你想吃的蜜饯我问了他们，说走的那天带我去买，给你买新鲜的。

凌颂：谢谢！你真好！也帮我谢谢你堂叔他们！

温元初：早点睡吧，下次有机会带你来这边玩。

温元初：之前说好的，银杏叶，你要还我一片。

凌颂：好的！

温元初没再理他。

凌颂扔了几张毫无内涵的表情图过去，见温元初不回信息，自觉十分没劲，继续去骚扰别人。

但VV发了一圈，大多数人都在学习，只有林秋怡回复了他。

林秋怡发了张图片过来，拍的是她一本历史参考书中的一页，上面赫然是凌颂上辈子的宫廷画像。

乍一点开看到，凌颂还以为见了鬼，惊得差点把手机扔了。

林秋怡：我发现，成朝末代皇帝不但名字跟你一样，这张据说是流传下来的画像跟你也挺像的，而且我翻了永安帝本纪，发现这个小皇帝还挺好玩的，性格也跟你有点像，你说你该不会是他的转世吧？

凌颂：……

恭喜你答对了，朕就是永安帝转世。

凌颂盯着那张画像看了一阵，吸了吸鼻子。

他上辈子就留下这么唯一一张画像，是他十七岁生辰那天画的，画师还是摄政王特地给他找来的名家。

好在当时的画都不是现在的那种写实风，要不就不只是有点像，是根本一模一样了。

那才真是活见鬼了。

林秋怡又发过来一张图，是拍的他本纪中的一段。

林秋怡：比如这段，说永安帝学别人和摄政王玩杯酒释兵权那一套，结果只会委屈地说自己害怕，连恩威并施都搞不来，这不是更让摄政王不把他放眼里吗？他可真有意思，换我也不把兵权还他，你说他这到底是想赶人走呢，还是其实根本舍不得人走呢？

凌颂：……

他不知该怎么说，也根本没法跟人说。

他当时是真的怕，怕没了摄政王，会又一次目睹亲人惨死、家破人亡。

但那时他身边所有的人都说，摄政王手里那把剑，迟早会指向他，是那些人推着他、逼着他去对付摄政王。

摄政王其实没说错，他就是个软弱无能、毫无主见的废物。

那次之后，他彻底得罪了摄政王。

所以最后被摄政王叫人送来的一杯毒酒了结了性命。

凌颂有一点惆怅。

他不太想回忆起这些叫人不高兴的往事。

林秋怡：我怀疑，永安帝和摄政王之间没历史书上说的那么简单。

凌颂：？

林秋怡：我没有，我认真的，摄政王如果想要夺权，他有一百种方法，那会儿都成朝末年了，改朝换代算什么，他做皇帝总比起义军抢了皇位更叫人信服，但是你看他动皇帝了吗？他不但没有，还兢兢业业地帮皇帝打理朝政，堪比贤内助。

林秋怡：而且，摄政王死时二十好几。

凌颂：你醒醒，永安帝是被他毒死的。

凌颂：至于他不娶妻，说不定是有苦衷呢？

林秋怡：你又知道？毒酒又不是摄政王本人送过去的，没准是别人假借他的名义呢？

凌颂愣住。

有这种可能吗？

不可能的。

摄政王当时不但把持着朝政，他还掌控了整个皇宫，没有他的默许，毒酒绝无可能送进兴庆宫。

绝无可能。

想到这个，凌颂心里更不是滋味。

他趴进被子里，不想再理林秋怡。

但林秋怡不依不饶，试图说服他相信自己的观点。

林秋怡：我的怀疑是不是很有道理？唉，真可怜呐。

凌颂：……你脑洞这么大，怎么不去写小说，《大成秘史》看多了吧你？

林秋怡发了一张表示震惊的图片。

林秋怡：你竟然也看过《大成秘史》？

林秋怡：那书虽然扯了点……

遗传的意思凌颂知道，他生物虽然还没开始学，一些简单的东西，上课时也偶尔会听一耳朵，因为有趣。

但林秋怡说的，他压根儿不信。

凌颂：提醒你一句，大成的后世皇帝包括永安帝都是熙和帝弟弟的后人。

林秋怡：你这人怎么这么烦，我说可以就可以！

朕看你是在强词夺理。

凌颂彻底懒得搭理她。

要说起来就怨他那位老祖宗。

惨。

真惨。

太惨了。

凌颂一肚子委屈没处倾诉，又去骚扰温元初。

凌颂：我睡不着。

温元初：在想什么？

凌颂：生气。

温元初：谁又惹你生气了？

凌颂想了想，惹他生气的倒不是满嘴胡言乱语的林秋怡，真要算起来应该是温彻那个讨厌鬼。

但这事跟温元初没法说。

凌颂：我睡不着。

温元初没回。

凌颂以为他又不想理自己，过了几分钟，温元初的电话打进来。

他按下接听。

温元初："真睡不着？"

"嗯。"凌颂缩进被窝里，声音有些闷。

"别多想了，把灯关了，躺床上闭上眼睛，一会儿就能睡着了。"

第 27 章

周六清早。

七点不到,凌颂睁开眼,瞪着头顶的天花板思考了三秒,想起温元初还没回来,裹着被子一卷,翻过身去继续睡回笼觉。

半小时后,他被一通电话吵醒。

是林秋怡打来的,说约他一起去漫展玩。

"漫展是什么?"

"好玩的,你去了就知道,带你个土包子去长长见识,赶紧出来,我们在地铁二号线中心商城那站见。"

反正已经醒了,凌颂抹了一把脸从床上爬起来,洗漱后随便吃了点东西,准备出门。

凌超超一听他说要去漫展,立刻举双手说自己也要去。

凌母当下把孙子塞过来:"今天超超归你带了。"

凌颂不情不愿地把人接下。

凌超超让他等等,说要去换衣服,屁颠屁颠回房去。

凌颂打了个哈欠,等了十几分钟,那小子蹦蹦跳跳地下楼来。

小朋友换了身蓝色小西装,系上红领结,戴上一副黑框眼镜,头发上还抹了头油,梳得油光瓦亮,双手揣兜里,问凌颂:"我帅吗?"

凌颂看了他一眼:"穿成这样像什么样。"

凌超超鄙视他:"笨蛋小叔,连柯南都不认识。"

四十分钟后,他们在地铁站台上和林秋怡碰面,女生穿了一身洋装,梳着双马尾,脸上妆化得凌颂差点没认出来。

凌超超眨巴眼睛惊叹:"小姐姐,你真漂亮。"

林秋怡嘻嘻哈哈地捏他脸:"哎哟小嘴真甜,比你小叔会说话多了。"

凌颂默默后退两步,决定离他们远点。

到了地方,凌颂才知道这漫展究竟是个什么。

一群奇装异服的少男少女在这 COS(cosplay 的缩写,意为角色扮演)二次元动漫人物。

他有点难以理解。

第27章

他的审美实在接受不了这种东西。

但是他不说,不想被人看出自己跟这些人有四百年的代沟。

姚娜娜也在,旁边的是夏朗星。

他俩一个一头绿毛,一个一头红毛,穿着那种今不今、古不古、洋不洋、土不土的花哨衣服,配合摆出各样姿势,供人拍照。

围着他们的人非常多,快门响个不停,不时有人发出尖叫声。

林秋怡也举着手机,咔咔咔地拍个没完。

凌颂看了一阵,得出结论,这两人脸比别人好看,所以捧场的人多。

虽然夏朗星长得不如他,但比起其他人,还是强一点的。

"姚娜娜为什么会跟夏朗星在一起?他俩认识?"

林秋怡随口说:"他俩是表姐弟,他俩当然认识。"

咦?

他们又去四处逛了一圈回来,凌超超活蹦乱跳,不时有人过来找他拍照,让这小屁孩非常得意。

凌颂有一点酸,穿成这样就有人围着拍照追捧,那他也可以啊。

这里人没一个有他好看的。

姚娜娜和夏朗星过来跟他们打招呼。

夏朗星问凌颂:"我一会儿还要出一个角色,缺个伴,你要跟我一起吗?"

林秋怡第一个跳出来反对:"不行,我不答应。"

夏朗星翻白眼:"给人当姐姐还当上瘾了。"

凌颂:"是不是我穿上你们这样的衣服,也会有很多人来找我拍照?"

夏朗星笑眯眯地说:"当然了,我俩一起,肯定全场人气最高。"

"那好。"

凌颂一口答应下来。

虽然不知道是什么意思,但他就喜欢众星捧月的感觉。

凡人做久了,偶尔也要回味一下做皇帝的滋味。

林秋怡大惊失色:"弟弟,你不要被他骗了!"

姚娜娜点头:"我觉得可以,你俩一准抓人眼球。"

凌颂跟着夏朗星去休息室换衣服上妆。

林秋怡:"呵。"

走在最后的凌超超默默掏出手机,给温元初发消息。

休息室里,凌颂拎起那衣服,说:"就给朕穿这玩意?"

夏朗星换了一头蓝毛,额前粘上两只角,一身白衣飘飘,COS 小龙人。

凌颂的角色是红衣哪吒，他觉得那身衣裳像古代底层劳动人民穿的短打，一点仙气没有。

他很嫌弃。

姚娜娜兼职化妆师，抱臂端详他一阵说："戴个假发套，Cos 丸子头的哪吒，比较符合你的气质。"

林秋怡一拍手："我觉得可以。"

凌颂这张脸，不用就浪费了。

凌颂不知道她们在说什么，但想一想一会儿就会有很多人围着他拍照，他忍了，于是乖乖坐下，任由姚娜娜折腾他。

他拿出手机，上面有刚进来的消息。

温元初：你去了漫展？

凌颂：你怎么知道？

温元初：超超说的，你要跟人一起 COS 吗？

凌颂：好玩！好多人给拍照，特别酷！

温元初：……

五分钟后。

温元初：不 COS 可以吗？

凌颂：为什么？

温元初：别 COS，可以吗？

凌颂不理他。

都答应了怎么好出尔反尔。

姚娜娜的动作很快，不出二十分钟就已帮他把发套粘好，头发扎好，脸上的妆也化完了。

凌颂抬头，对着镜子一看，愣住了。

他脑袋上顶着两个系了红绳的发包，眼眶周围一圈红，眉心和两边颧骨各画了一个非常妖艳的火焰纹。

……

林秋怡一声尖叫，举起手机打开摄像头。

凌超超点头："小叔这样看起来没那么蠢了。"

夏朗星打了个响指："完美。"

凌颂对着镜子左右看。

奇怪是奇怪了点。

但也确实挺好看的。

他拿起手机，拍了几张自拍，一股脑地给温元初发过去。

第27章

"我好看吗？"

温元初一张张点开，看到照片里凌颂眉开眼笑，仿佛年画娃娃一般的造型，轻扬起嘴角。

温元初：挺好看的。

凌颂：是吧，我也觉得，朕果真盛世美颜。

温元初：你离那个夏朗星远一点，不要跟他站一起，你比他好看，别被他拉低了自己颜值。

凌颂想想，确实是这么个理。

朕要独美，没朕长得好看的没资格站朕身边。

所以之后，他和夏朗星之间始终隔着至少两个人的距离。

夏朗星靠过来，他就往旁边挪。

夏朗星："喂喂，说好的一起出COS，你怎么这么嫌弃我？"

凌颂："温元初说，我不能被你拉低了颜值。"

夏朗星："……"

凌超超爬上桌子，举高手机面无表情地拍下这一幕，再顺手给温元初发过去。

凌颂从人群中钻出去，拔腿就跑。

呜呜呜，太可怕了。

见他跑了，有人下意识地追上去，有人凑热闹跟着一起。

更多的人不明所以看一堆人追着一个人跑，也跟上去。

于是就这么变成凌颂一人在场中拔腿狂奔，屁股后面追了一大群人。

最后他没头苍蝇似的跑进男厕所，躲进隔间里，用力带上门。

温元初的电话打进来，凌颂手忙脚乱地摁下接听。

"呜呜，温元初，这里的人好可怕。"

温元初深呼吸，按捺住不快："你现在在哪里？"

"我跑了，躲厕所里了。"

"你在那里待着，把脸上的妆都洗了，我叫超超给你把衣服送去。"

凌颂吸鼻子："快一点。"

十分钟后，凌超超抱着衣服来敲门。

凌颂小心翼翼地拉开隔间门，别别扭扭地挪步出来。

凌超超一脸鄙夷："小叔果真是笨蛋。"

凌颂没理他，快速将衣服换了，再把假发套上的丸子头拆了，但发套粘得太紧，他自己弄不下来，只能先胡乱把脸洗干净。

二十分钟，他和凌超超一起走出男厕所。

另几个人在外面等他。

林秋怡和姚娜娜一脸尴尬,夏朗星蹲在地上画圈圈,十分郁闷。

看到凌颂出来,林秋怡和姚娜娜赶紧跟他道歉,凌颂有气无力地摆手:"没事,跟你们又没关系。"

夏朗星委屈嘟哝:"有这么难以接受吗?太不给面子了。"

姚娜娜轻咳一声,打断了这诡异的沉默:"我帮你把假发套拿下来吧。"

中午,他们几个人一起在外面吃火锅。

凌颂抱着手机跟温元初发消息。

凌颂:已经从漫展出来了,我们在吃火锅。

凌颂:我觉得,有点尴尬。

凌颂:夏朗星那厮眼睛都红了,明明是他的错,他还委屈了。

温元初:……你别理他,他是神经病。

凌颂抬眼,视线和夏朗星的撞到一起,夏朗星扭过脸去。

……什么意思啊?

吃完饭,家里司机来接凌颂和凌超超。

那三人说他们坐地铁回去。

第28章

周日。

凌颂没再出门,老老实实地在家看书做习题。

温元初说他下午三点多到,凌颂心不在焉,不时瞄一眼手表。

他只是迫不及待想尝尝温元初带回来的蜜饯。

吃完中午饭,正是最困的时候,习题册写了两页,凌颂的眼皮子开始打架。

很快脑袋一点一点,趴到了书桌上。

直到双腿实在麻得受不了了,他才揉着小腿肚倒吸气坐直身,却见不知什么时候回来的温元初就坐在他书桌边,正在检查他这几日做的习题。

凌颂愣住,差点以为自己还在做梦。

"你、你几时回来的?"

温元初的目光没有从他的习题册上移开:"刚到。"

"你睡着了,没叫你。"

凌颂赶紧抬手抹去睡梦中嘴角流出的哈喇子,有一点尴尬。

他跑去浴室里洗了把脸,再坐回书桌前,讨好地冲温元初笑。

温元初已经把他这几天做的题目检查完。

凌颂的眼神飘忽。

温元初说给他放假,他就真的几乎没怎么动过笔,加起来也没写几页。

这会儿温元初坐到他面前了,他才不自觉地有些心虚。

但温元初没跟他计较这个。

他把习题册放到一边,将地上塑料袋子里的东西一件一件取出来,给凌颂看。

全是他从X城买回来的特产。

除了凌颂点名要的国子监附近那间店里的蜜饯,其他也都是各样老字号的北方名点。

凌颂咽了咽喉咙:"你买了这么多啊?"

"嗯,我还给你爸妈、哥嫂、超超他们带了,刚才上来前已经给他们了,这份是给你一个人的,这些点心,……我不知道你以前尝过没有,你试试。"

凌颂伸手摸了摸，笑容灿烂："多谢元初！你有心了！"

他将包装袋一一拆开，每样都尝上一口。

这些点心，大多都是四百年前就有的，不过现在的做法更多，花样口味也更多。

温元初问他："怎么样？"

凌颂将嘴里的蜜饯果子咽下，喝了口茶。

他不知道该怎么说。

味道确实都还可以，但似乎没有他从前吃过的香。

"跟我以前吃过的，味道好像不太一样。"

温元初："卖这些传统点心的店，配方一直都在调整改进，跟以前的确实不一样，而且现在的食物，普遍食品添加剂多，工厂流水线上生产出来的，比不上人手工做得好吃。"

哦，原来是这样。

凌颂顿觉索然无味。

难怪他觉得，这蜜饯一点不如当年小德子偷偷给他买的好吃。

真叫人失望。

温元初似看穿他心中所想，犹豫问："不喜欢吗？"

凌颂话到嘴边，改了口："怎么会，你特地给我带的，当然喜欢啦，谢谢。"

温元初清亮的双瞳里映着他的笑脸，内心盛满喜悦。

凌颂顺手拿起块桃酥饼，塞在温元初手里，再把剩下的都收起来，放进自己的小冰箱。

"我留着慢慢吃。"

温元初点头："如果有不合胃口的，不必勉强自己吃。"

凌颂摆摆手："放心，我是那样的人吗？"

他才不会委屈自己呢。

温元初又把给他带的另一件礼物取出来，是一套棋具。

棋盘和棋子都是玉石质地的，十分精美，看起来还有些年头，一看就价值不菲。

凌颂举起一颗白子，对着窗外阳光细看了看，这玉的质地挺好，不是这个时代外头随处可见的假玉。

想起当年他寝殿里的那副棋，他一时唏嘘不已。

"你把这个送我？这很贵吧？"

温元初解释："这是我姑奶奶的，她当年出嫁时家里特地给做的嫁妆，挺好的一副棋。整理她的遗物时，我表姑说自己不会玩这个，顺手送我了，你上回不说想下棋吗？我才想着拿给你玩。"

凌颂想了想，说："你不说你会吗？真的会？"

"会。"

"那你陪我下一局试试。"

温元初的眸光动了动："你要我让你吗？"

凌颂手里捏着棋子，想起来他上回好像确实跟温元初抱怨过，说那位不通人情的讨厌鬼摄政王从来不肯让他。

但是下棋这个事吧，真要让了，他赢了其实也没什么意思。

"你这话说的，下都还没下，你就知道我一定不如你？"

他还不信了，他下不赢那个温彻，还能连温元初都下不赢吗？

温元初没再说，不出声地落下第一子。

二十分钟后，凌颂双眉紧蹙，看着棋盘上他那被吃掉一大片白子，气呼呼道："再来。"

温元初看他一眼，这回让他先下。

第二局更短，不到一刻钟，凌颂就已一败涂地。

他憋着火气，越挫越勇："继续。"

第三局，第四局，第五局。

五杀之后，凌颂把棋子胡乱一推，趴到棋盘上，开始耍赖："你这人怎么这样啊，你就不能让让我吗？太不给面子了，哥哥变了，再也不是那个爱护崽崽的好哥哥了……"

温元初面无表情地提醒他："你自己说不让的。"

气人。

就不能偷偷地让，不叫他知道吗？真不会做人。

他可真没想到，这人的棋艺竟然跟那个讨厌鬼不相上下，且下棋风格都差不多。

单刀直入、杀气凛冽、速战速决，叫他毫无招架之力。

他都差点以为温元初被那个讨厌鬼附身了。

凌颂很郁闷。

非常郁闷。

"别闹了，起来吧。"

凌颂别别扭扭地坐起身，但不愿看他，垂着眼小声说："棋具你拿回去吧，我不要了。"

"放你这儿，你要是想扳回一局，我随时奉陪。"

凌颂撇嘴，哪有那么容易。

他上辈子到死都没赢过摄政王一回呢。

"你等着，早晚有一天朕要赢你一回。"

傍晚，温元初留在凌家吃晚饭。

凌颉刚从外头回来，看了温元初带回来的那些点心，顺嘴问他："这些都是在X城老字号的名店买的吧？要买齐全得跑遍整个X城，一准又是小颂他故意麻烦你，你理他做什么，惯得他。"

凌颂暗自叫屈。

温元初看凌颂一眼，说："没有，不麻烦，其实是我自己想吃，才顺便多买了些。"

凌颂小声问他："原来你喜欢吃这些啊？"

温元初没多说，含糊应了一声。

咦？

温元初竟然喜欢吃甜食？

凌颂仿佛打开了新世界大门，这个闷葫芦竟然喜欢吃甜的。

摄政王就不喜欢吃甜的，他不但不喜欢吃，还不许自己吃。

温元初果然还是和讨厌鬼不一样的。

凌颂心想。

嗯，这样也好。

吃完晚饭，他俩上楼回房。

温元初翻开书，开始讲课。

凌颂提醒他："七点还没到，还半个小时呢，你让我歇歇。"

"你已经歇好几天了，今天多上半小时课。"

凌颂的脸拉了下来："为什么啊？一定要这样吗？"

温元初不为所动："一定要，不然进度赶不上去了。"

"……好严格啊。"

凌颂抱怨了几句，还是不死心："我明天请你吃棒棒糖好不好？你别这么严肃嘛。"

凌颂笑嘻嘻地将脸凑到温元初面前，挤眉弄眼。

温元初安静看着他。

"不吃棒棒糖，你不许闹，上课。"温元初铁面无私。

凌颂哼哼几声，不情不愿地拿起笔。

十点半，讲完最后一个知识点，温元初将书本合上，说："今天就到这儿，明天要早起，你洗了澡早点睡。"

凌颂已经彻底蔫了,趴桌上有气无力地挥手:"哦。"

"明早你还坐我的车吗?"
凌颂一个"不"字到嘴边,鬼使神差地改了口:"坐。"
"那好,明早要晨会,就不跑步了,你早点起来,吃完早餐我来接你。"

第 29 章

十一月底,学校组织秋游,地点在城郊的梅峰,两天一夜的露营。

其实早半个月就该去了,但碰上那段时间天气不好,一推再推,秋游转眼变成了冬游。

好在天气预报说这两天都是大晴天,能出来放风,所有学生都很兴奋。

早晨八点半在学校门口集合。

温元初载着凌颂过去,温元初背了个大的登山包,凌颂只背了书包来,装的全是他的零食。

他自己书包里塞不下,还分了一大半塞去温元初那儿。

到学校门口,凌颂啃着包子从车上跳下,温元初停了车,背着一大一小两个包跟在他身后给他递纸巾。

张扬几人简直没眼看:"弟弟,你让温元初伺候你,也享受得太理直气壮了吧。你可真好意思!"

凌颂一抹嘴:"他是我好哥哥,关爱我怎么了?"

行吧,你高兴就好。

从学校出发去梅峰,大约一小时的车程。

上路之后凌颂的嘴就没停过,一直在吃东西。

眼见着他又要打开薯片包装,温元初终于没忍住出声提醒他:"别吃了,吃这么多零食,一会儿中午正经饭又吃不下。"

凌颂收了手,不吃就不吃呗。

到达目的地还不到十点,凌颂伸着懒腰跟在温元初身后下车。

郊外山里的空气十分好,十一月底了,依旧能看到草木葱茏。

凌颂抻了抻脖子,深吸一口气,心情舒畅。

集合点名之后,分班列队开始爬山。

梅峰由好几座山头组成,都不高,但自然环境很好。

海城的冬天也不算太冷,这个时节来爬山的人还不少。

凌颂第一次参加这样的活动,感觉特别新鲜,跟着张扬王子德他们冲在最前头,走得飞快。

他还想拖着温元初一起,但温元初没理他。

第29章

温元初不紧不慢地走在最后,不时拍一两张风景照,像真正来踏青的。

半小时后,他在山道上,碰到了累得蹲在路边吐舌头的凌颂。

温元初好似一点不意外,过去给他送水,顺便把他的书包背到了自己身上。

凌颂蹲地上不愿动,跟他抱怨:"你说我天天跟着你晨跑,体力怎么还这么差,王子德他都比我跑得快。"

温元初随口安慰他:"他个子小腿短,跑起来不费力,所以跑得快。"

凌颂想想好像是这个理,立马满血复活攀着温元初的胳膊跳起来,嘻嘻哈哈地往他身上贴:"你背我吧。"

"两个书包,怎么背?"

凌颂也就是这么一说,真让温元初背,他也没这个脸。

跟温元初说笑几句,他力气恢复得差不多了,又跑跑跳跳地继续前行。

他们班最后挑中了山坳临溪水一块十分空旷的地方,准备在这里扎营。

温元初选了相对干燥点的一块平地,放下他的登山包,开始着手搭帐篷。

凌颂完全不会这个,但十分好奇,蹲在一旁盯着温元初干活,不时搭把手,唯一能做的也只是给他递递工具,胡乱指手画脚的事倒是干了不少。

不过温元初完全不听他的,很快动作麻利地把帐篷搭起来。

有同学过来看,顺口调侃凌颂:"你既不带东西来,又不干活,全指望着温元初,晚上也打算蹭他的帐篷吗?"

"温元初我们是好伙伴,我就跟他一个帐篷怎么了?"凌颂半点不汗颜。

温元初默不作声地看他一眼,没说什么。

这事他们昨晚就商量好了。

因为要在这里露营一夜,学校要求他们自带寝具,凌颂这个出土文物哪懂这些,反正他有温元初就行了。

所有的事情温元初都能帮他搞定,不需要他操心。

在凌颂心中,温元初就是无所不能的。

帐篷搭好后,大家围在一起,开始生火野炊。

班长带着一帮力气大的男生背了几十斤牛羊肉过来,还有其他各种菜,一起做烧烤。

炉子是找这里的管理处租的,五六个人共用一个。

凌颂坐在温元初身边,眼巴巴地瞅着火上烤得刺刺响、香味扑鼻的肉,不时吸一下鼻子。

张扬看不惯他这德性："弟弟，你都不动手，就干坐着等吃？"

凌颂讪笑。

好吧，他确实习惯了别人来伺候他。

但这是集体活动，他好意思占温元初便宜，但不好意思占其他人便宜。

不等他开口，温元初轻声说："他那份活，我帮他干。"

其他人立刻闭了嘴。

确实，刚才穿肉、生炉子、接水、上烤架，温元初都是干活最多的那个。

行吧。

凌颂非常感动："谢谢，你真好。"

一顿烧烤吃到快下午三点。

期间凌颂几乎没动过手，光动嘴吃了，什么东西烤好了，温元初都是将头一串送到他盘子里，其他人嫉妒都嫉妒不来，毕竟他们烤起东西来不如温元初麻利，也不如他烤得好吃，全都指望着他。

至于凌颂这个啥也不会的，只能忍了。

温元初去帐篷那边拿东西，凌颂捧着吃得滚圆的肚子躺地上晒太阳。

温元初把刚拿来的书递给他。

"上课。"

凌颂："……"

别的同学要么相约爬山去了，要么在打牌打游戏，他竟然要上课？

出来秋游，温元初竟然还惦记着给他带了书来？

不带这样的。

但温元初这里没得商量："你上周落下的进度太多，这周必须得补回来。"

眼见着凌颂要翻脸，温元初放缓了声音："我是为你好，听话。"

凌颂瞬间说不出话了，心不在焉地把书接了过去。

晚上那顿，一人发了一盒泡面又或是方便米饭，凌颂没吃，一直在吃零食。

天色暗下后，班长组织全班同学坐在一起，围着中间的一点点篝火，开始做游戏。

击鼓传花玩了几轮没什么意思，有人提议氛围这么好，当然要讲鬼故事。

男生们跃跃欲试，女生们发出低呼声，挨得更近了，脸上也都是掩不住的兴奋。

凌颂淡定地嗑瓜子。

第29章

温元初偏头问他:"你怕吗?鬼故事。"

凌颂吐掉瓜子皮:"朕最不怕的就是鬼。"

依旧是击鼓传花的模式,花传到谁手中,由谁来讲故事。

大家一个个绞尽脑汁、搜肠刮肚,贡献出或恐怖、或血腥、或悲惨、或搞笑的鬼故事。

凌颂听得津津有味。

连最老土的湘西赶尸故事在他听来都是新鲜事。

直到花传到他自己手中。

凌颂下意识地把花扔给温元初,温元初又扔回给他。

他不情不愿地捡起花。

也是,让温元初这个闷葫芦当众讲鬼故事,是有点为难他。

凌颂想了想,清了清嗓子,开口:"说,宫殿里经常闹鬼。"

立刻有人嘘他:"听过几百遍了,换一个。"

凌颂没理他们,继续说下去:"从前的皇帝寝宫兴庆宫的后院里有一口井,你们去参观过的人应该看到过,现在被用铁丝网封了,上头还压了座假山。要是冬天的傍晚去,临到快关宫门那会儿去看,偶尔能听到井里传来咚咚咚的响声,但是那下面明明是一口什么都没有的枯井。"

"所以呢?你知道那下头是什么?"有人问。

这个倒确实是宫殿几大传说之一,各种说法都有。

《科学》那节目还专门做过一期专题,故弄玄虚了半天,最后说没有鬼,就是地下水流动产生的声音。

但没人信。

"知道啊,我当然知道。"凌颂幽幽道。

他的声音轻飘飘的,听起来凉飕飕的,有人咽了咽口水,问:"那到底是什么?"

"当然是……"

凌颂拖长声音,手机电筒忽然亮起,由下至上映出他半张面无表情的脸。

坐他正对面的几个女生乍一看到,吓得尖叫出声。

凌颂放下手机,继续慢吞吞地说:"四百多年前,成朝末代皇帝被人毒死后扔进那口井里,但他当时还没死,井口压着假山石他爬不出去,只能不停地在下面敲石头,咚咚咚。后来他在里头成了鬼,投不了胎,每到天黑之后就习惯性地去敲那假山石,他根本不知道,四百多年都已经过去了,所以到现在还总有人能听到那个声音。

"你们要小心了，下次去参观，千万别等天黑要关宫门了还不走，那个皇帝说不定哪天就从那井里钻出来，附身夺舍，抢了你们肉身……"

"你别故意吓人了好吧，谁信啊？"

有女生出声打断他，说着不信，声音却有些抖。

手机电筒又突然亮起，映出凌颂僵硬无表情的半张脸，他的眼珠子甚至都没再动一下，盯着那个说话的女生，喉咙里滚出声音："你看，朕像是在与你说笑吗？"

女生一声尖叫，在一片哄笑声中躲到别人身后。

凌颂笑倒地。

温元初微蹙起眉，心情复杂地抬手拍了拍他的后背。

凌颂坐直身，凑到温元初耳边笑问他："温元初，你被吓到了吗？"

"这种乱七八糟的故事，你从哪里听来的？"

"当然是……我编的啦。"

凌颂没有说，其实他还真在那井里待过一段时日。

逆王造反后，他的太子妃嫂嫂和侄儿跳进了，他的父皇母后和太子哥哥在兴庆宫前殿被诛，他躲在后院里，慌不择路下，跳进了那口枯井里。

他的师父那时还是逆王身边的谋士，亲自带人来后院搜寻，发现了他，但没有将他供出，叫人压了座假山在井口上，保下了他。

那半个月，逆王派人在整个上京城挨家挨户地搜捕他，他就躲在那口暗无天日的枯井里，惶惶不可终日，靠着他师父的人夜间投下的一点吃的勉强度日，别说敲石头，他连动都不敢多动。

一直到半个月后，井口的假山被移走，他才终于重见天日。

将他从枯井里救出来的人，是带兵打来的温彻。

那时他当真以为，温彻会一辈子护着他。

夜色太暗，温元初眼中的情绪辨不分明，有如叹息一般："笨蛋。"

凌颂不服："你怎么又骂我？"

温元初没理他。

"你自己想。"

凌颂扒着他手臂："你怎么这样啊？"

温元初被他烦得不行，呵斥他："不许再闹。"

第30章

九点，灭掉篝火，大家各自回到帐篷。

明早四点多就得起来，去梅峰顶上看日出，今晚得早睡。

凌颂蹲在帐篷外，嘴里叼着根棒棒糖，盯着进进出出的温元初看。

温元初去溪边洗漱完回来，皱眉提醒他："都几点了，别吃糖了，赶紧去刷牙。"

凌颂手里握着那还剩最后一圈的棒棒糖，冲他笑："奶油味的，好甜，你要尝尝吗？"

温元初眼里的嫌弃很明显。

凌颂看出来了，他有一点尴尬，转开眼，小声嘟哝："不吃就不吃呗，不吃拉倒，我自己吃。"

话说完，三两下把最后一口糖嚼碎吞下肚。

温元初说："再吃要长蛀牙了，以后补牙痛死你。"

凌颂："你胡说，我牙齿好得很，你别咒我。"

温元初没再理他，钻进帐篷里。

凌颂也跟着进去。

温元初铺床，他在一旁捣乱。

"你今晚怪怪的。"

温元初停下手，闷声说："没有。"

凌颂不信："就是有，我看出来了，你别不承认，从我讲完那个鬼故事起，你就不理我了。"

"你该不会是被我的故事吓到了吧，哈哈……哈……"

被温元初的冷眼盯着，凌颂悻悻闭嘴，扭过身去。

温元初不理他，他也不想理温元初了。

他还不高兴呢。

安静一阵后，温元初犹犹豫豫的声音在背后响起："凌颂，你生气了吗？"

凌颂不出声。

过了一会儿，一根棒棒糖送到了他手边："这个给你，我跟你道歉，但是，明天再吃。"

凌颂立刻把糖抢过去，塞在自己兜里，笑眯眯地回身摆手："我才不是那么小气的人。"

温元初："……"

他没再接腔，继续把床铺整理好。

凌颂："喂，又不理我了啊？"

他一个劲往温元初跟前凑："说话说话说话。"

温元初蹙眉再次提醒他："去洗脸刷牙再来睡觉。"

凌颂皱起一张小脸："我睡不着，我饿了。"

他一直吃零食就没停嘴，但那些东西真不顶饱。

温元初闻言眉头拧得更紧："我之前是怎么劝你的，你信誓旦旦说晚上不会饿肚子，不会麻烦人，现在呢？"

凌颂垂头丧气："……可我真的饿了。"

"下次还敢不敢不吃正餐，把零食当饭吃？"

"不敢了，再不敢了。"

凌颂乖乖受教，认错态度诚恳，半点不介意温元初这个大哥管着他。比起同样爱事事管束他的讨厌鬼摄政王，至少温元初温柔好说话得多，叫他心里舒坦。

温元初懒得再说他，把先前发的他没吃的自热饭翻出来，帮他加热。

凌颂抱着饭盒狼吞虎咽。

风卷残云地吃完东西，他去外头溪边洗漱回来，嘴里嚷嚷着"好冷好冷"，脱掉外套蹬掉鞋袜，直接往被窝里钻。

凌颂在被子里滚了几圈，终于暖和了，开始没话找话："温元初，你在看什么？"

他顺着温元初的视线看出去，既没星星也无月亮，只有一片墨黑夜空，不知道到底有什么好看的。

没听到温元初回答，他又伸手戳温元初："你说话啊。"

"凌颂。"

"什么？"

温元初喊他的名字，却又不说话了，依旧眼睛一眨不眨地望着头顶夜空。

凌颂莫名其妙："不要故作忧郁,有话直说,我最讨厌别人说话说一半。"

过了许久，他听到身边人平静开口："没什么，早点睡吧，明天很早就得起来。"

第31章

凌晨四点半,随着一声哨声响,原本沉寂无声的营地开始有了动静。

陆续有人钻出帐篷,举着手电筒去溪边洗漱。

温元初刷牙洗完脸回来,凌颂还在呼呼大睡。

他凑近过去,轻拍了拍凌颂的脸:"凌颂,起来了。"

凌颂翻了个身,卷着被子继续睡。

沾了冰凉溪水的毛巾盖上脸,凌颂一个激灵,瞬间冻清醒了。

"这才几点,还让不让人活了。"

他嘟嘟囔囔地小声抱怨,温元初只提醒他:"再磨蹭下去,等太阳出来了,这回就白来了。"

凌颂立刻坐直身,三两下把衣裳都穿好。

吃完饼干和面包,上路时刚五点,天还是全黑的。

但所有人都已经兴奋起来,一路说说笑笑、意气风发地朝梅峰最高的那座山头前进。

路上还碰到其他班的同学,汇聚的队伍越来越壮大。

凌颂又想跟人跑,被温元初拦住。

"天黑,别又跑又跳的,不小心摔了。"

凌颂想抗议,温元初拦住他:"走吧,后面这段路不好爬,我带着你走。"

到达山顶时是五点四十,这个季节太阳出得晚一些,他们班来得不算太迟,还能占据到视野比较好的位置。

温元初找了一块大石头,带着凌颂爬上去,扶他坐下。

"别乱动,这里是悬崖边上,掉下去就尸骨无存了。"

凌颂满不在乎,反正他死了还能活,说不定下回睁开眼再醒来,又过了四百年呢。

但见温元初这么关心自己,他还是乖乖听话坐下,没有作妖。

温元初从背包里取出一盒薯片递给他。

凌颂喜出望外:"你这里竟然还藏了吃的?你昨天怎么不告诉我?"

"告诉你让你一天全吃了吗?"

温元初拍开他来扒自己背包的手。

凌颂撇嘴，把薯片拆开，塞了一片进嘴里，不错，烤肉味的。

再塞了一片给温元初。

只等了不到十分钟，人群中传来一阵沸腾。

凌颂抬眼看去，一抹红霞已划破远处漆黑一片的海面，正在缓慢地向四周散开。

在学生们亢奋的喊声欢呼声中，水和天逐渐分开。

红霞浸染整片天际时，一道刺眼光芒骤然穿透红云，其下是摧枯拉朽、汹涌澎湃而至的海浪，其上红色朝阳在光芒万丈中冉冉升起，转瞬跃然云层之上。

凌颂嘎嘣咬下嘴里的薯片，吸了吸鼻子。

他活了两辈子，还是第一回看日出。

身后有人喊："弟弟，温元初！转头。"

他俩同时回头，石头下方不知何时过来的林秋怡举高手机，帮他们以蔚蓝大海和初生的朝阳为背景，拍下了一张合照。

林秋怡对拍下的作品十分满意，冲他们做了个ok的手势，笑嘻嘻地转身跑了。

五分钟后，凌颂的VV里收到她发过来的照片。

凌颂瞧着不满意，连他十分之一的帅气都没拍出来，林秋怡什么烂技术。

他想删掉照片，被温元初拦住："你发我一张。"

凌颂狐疑看他："你要这照片做什么？"

温元初一本正经："难得来这一趟，留个纪念。"

这个理由太冠冕堂皇，凌颂没法拒绝，把照片发了过去。

从山上下来，刚八点，清点人数后，上车回学校。

路上凌颂拿着温元初手机看他拍的那些风景照。

他啧啧称奇："温元初你技术不错啊，真漂亮。"

"嗯，如果用单反拍，会更好看，东西太多了，我没带来。"

凌颂有一点艳羡，温元初这个人，怎么什么都会。

第32章

十二月中。

这回月考总分比上次期中考试少了六十分，但凌颂的总分又提高了二十多，名次也终于进到了年级前一千。

卷子发下，凌颂高兴万分，脸在成绩单上滚来滚去。

温元初摁住他脑袋："全是油墨，起来。"

凌颂兴冲冲地问他："我这个分数，能考什么学校？"

温元初看他一眼，没忍住打击他，实话实说："三百不到，最低的分数线都不达标。"

……算了。

"不用太担心，你现在课还没上完就有两百多分，等进度赶上了，总分过五百不是难事。"

凌颂"哦"了一声，想了想，又问："那温元初，你呢，你这个成绩，肯定能去最好的学校吧，你要去X城吗？"

"再说吧。"

"再说是什么意思？"

温元初不想再继续这个话题："以后再说，还早。"

凌颂懒得问了，趁着老师还没来，偷偷摸摸地打开手机，翻出VV上收到的广告给温元初看："周六新的海洋公园开门，我成绩进步这么多，你功劳最大，我请你去海洋公园玩，去吗？"

凌颂的眼睛晶亮，看着温元初，但分明是他自己想去。

温元初没有揭穿他，轻咳一声，说："好。"

前排的张扬回头："弟弟去海洋公园玩不带上你大哥我吗？"

凌颂不理他。

你算什么大哥。

只有温元初才是我大哥。

他只想跟温元初去玩，才不要带一堆烦人精。

之后那一周，凌颂快乐得像只小鸟一样，每天掰着手指头数日子，一早在网上买好门票。

周六清早,八点不到,他吃完早餐出门,温元初已经在外头等他。

凌超超跟出来:"听说你们要去海洋公园?我也要去。"

不等凌颂拒绝,温元初已点头答应下来。

凌颂不高兴,脸瞬间就拉了下来。

凌超超抢了温元初身边的位置,一边走一边叽叽喳喳地跟他说话。

凌颂落后两步跟在他们身后,对他的小侄子一肚子的不满意。

元初大哥是陪他去玩的,有你个小屁孩什么事?

讨厌。

温元初停住脚步,回头见凌颂在身后碎碎念,冲他扬了扬下巴。

凌颂小跑几步追上去,直勾勾地看着温元初,好似挺委屈。

温元初一时不知该说什么好。

凌超超鄙夷道:"小叔小气鬼。"

"臭小子你说什么呢,找打吧你!"

凌颂抬手作势欲打,凌超超冲他做鬼脸,嘻嘻哈哈地往前跑。

他们坐地铁过去,到海洋公园要一个小时。

上车坐下后,凌超超拿出手机,开始打游戏。

凌颂有点嫌弃他,在温元初耳边小声问:"你干吗答应带他来?他好吵,烦死人了。"

温元初难得想笑,轻勾了勾唇角,说:"他是你侄子,带他出来玩有什么关系?"

凌颂没话说了。

太烦人了。

到海洋公园刚过九点,这里已经人山人海。

进去之前,凌颂在门口的摊位上选了个小猪面具挂脑袋上,笑嘻嘻地往温元初跟前凑:"好玩吗?"

不等温元初回答,凌超超先开口:"蠢死了。"

凌颂不理他。

温元初淡定点头:"挺好。"

凌颂兴高采烈,又选了个卡通猪面具,给温元初戴上。

温元初犹豫再三,把到嘴边的话咽回去,忍着没给摘了。

凌超超赶紧跑了,生怕被凌颂祸害到。

进园之后,凌颂更是玩疯了,见到什么新鲜的都想尝试,精力旺盛得可怕。

跳楼机、过山车、大摆锤……就没有他不敢玩的。

第32章

哪怕在跳楼机上一把鼻涕一把泪，哭着喊"我害怕"，下来之后他又意犹未尽还想玩第二回。

凌超超没上去，去把机器抓拍的凌颂在上头眼泪横飞的照片买下来，举到凌颂面前给他看，被凌颂追着打。

温元初把人拉回来："走了，还有很多好玩的，去玩别的。"

凌颂如鱼得水，快活无比。

疯玩了一早上，中午在园区餐厅吃了快餐，下午他们再去海底隧道里看鱼。

走进海底隧道，凌颂这个"出土文物"大开眼界，脸几乎贴到玻璃墙上，目不转睛地看外边那些游来游去、五彩斑斓的海中生物。

温元初十分无奈地拉着他的胳膊，将他往后拉，提醒他："别贴上去，脏不脏。"

凌颂震惊得说不出话，海底世界原来是这样的。上天入海，这里的人果真无所不能。

从海底隧道出来后，他们又去看海豚海狮表演。

驯兽师正带着海豚跟观众互动，他们坐在第一排，那只憨态可掬的海豚脑袋上顶着一束花，一拱一拱地爬到他们座位前，停在了温元初面前，努力直起身，想把脑门上的花送他。

驯兽师举着话筒笑："我们的海豚公主看上这位小帅哥了，这是送花表心意呢，小帅哥会给这个面子收下吗？"

凌颂："……"

被全场观众盯着，在驯兽师的一再催促中，温元初面色淡定地从那只摇头摆尾的海豚身上接过花束。

海豚扭着屁股转身而去。

温元初将那束花递到凌颂手边，凌颂目不斜视："人家公主给你的，你给我干吗？"

"你不是生气它给我不给你？"

看完海豚表演出来，凌颂和温元初都没再说话。

第33章

　　元旦假期前学校有个文艺演出，要求每个班都要报一个节目，凌颂被同学推出去客串了一个话剧，凌颂不甘心就自己上去演，把温元初也拉下水。

　　温元初无可奈何也跟着他一起演，光是听阵容就很吸引人，等文艺汇演那天，的确效果惊人。

　　演出结束后温元初带着凌颂回到后台。

　　他没有多说，只提醒凌颂："赶紧把衣服换了，去卸妆。"

　　等到凌颂磨磨蹭蹭换完衣服出来，温元初已经把脸洗干净了，又恢复了清清爽爽的大男孩模样，正站外头低头看手机。

　　凌颂小声喊他："温元初。"

　　温元初抬眼，凌颂讪讪地说："你能不能帮我拆一下假发？我扯不下来。"

　　温元初问他："中午想吃什么？"

　　"在外面吃吗？"

　　"嗯，吃完饭下午带你去玩。"

　　凌颂一听顿时又高兴了，一想到接下来还能有三天元旦假期，大叫道："走走，我们去吃烤全羊！"

　　他俩坐地铁去了商圈，挑了间人气十分火爆的餐厅，坐下后温元初点菜，凌颂还在跟人发消息。

　　好几拨同学在约一起出外吃饭玩耍，凌颂一个没应。

　　他问温元初："下午去哪里玩？"

　　温元初把刚上来的鲜榨果汁倒给他："你有什么想法？"

　　"先去看场电影呗，最近好多新片。"

　　温元初："随你。"

　　凌颂兴高采烈地点开购票 app，挑选他想看的片子。

　　最后挑来挑去，他挑中了一部青春片，举高手机到温元初面前给他看："看这个吗？"

　　温元初不动声色地问："为什么要看这个？"

凌颂摇头晃脑："女主角长得漂亮。"

"……你喜欢那就看这个吧，我无所谓。"

"吃东西、吃东西，这羊肉真香。"

一顿饱餐后，他们买上奶茶和爆米花，转战去电影院。

电影开始之后，凌颂才发现影片跟自己想象的完全不一样。好不容易熬到电影结束，他这个老古董还没理解电影到底想说啥。

片尾曲出来，放映厅里的灯光重新亮起，观众陆续起身离开。

最后只剩他们俩，还坐在原位没动。

凌颂慢条斯理地吃着最后几粒爆米花，温元初问他："不走吗？"

凌颂伸了伸懒腰："看累了，这种片子，一点意思没有，浪费时间。"

温元初提醒他："你自己选的。"

温元初站起身："走吧。"

他们去了商场里的游戏厅。

凌颂第一次来这种地方，见什么都觉得好玩，但玩什么都不会，全靠温元初。

温元初手里很快多了一大沓赢回来的游戏票。

凌颂对他崇拜得五体投地。

"你真厉害。"

温元初玩了一个多小时的投篮机。

凌颂从站着看到最后变成了坐旁边地上，一边吃冰激凌一边等他，顺便帮他收机器里出来的游戏票。

一小时后，温元初消耗完最后一枚游戏币，拎起搭在一边的外套往外走，凌颂赶紧起身追上去。

"喂喂，你等等，还没兑换奖品呢。"

"你去兑吧，想要什么你自己选。"

"都是你赢回来的……"

"送你了。"

凌颂撇嘴，他去兑就他去呗。

回去店里，他在前台挑了半天，最后挑中一对护腕。

温元初在店门口等他，凌颂出来，把拿到的奖品扔他怀里："送你了。"

温元初顺手接了，抬眼看向凌颂："……你换了这个？"

凌颂哼道："我知道的，你刚在跟我闹别扭，虽然我不晓得我哪里又得罪了你，这下总该扯平了吧。"

温元初轻抿唇角，说："对不起。"

凌颂瞬间舒坦了，摆摆手："算了，我大度，不跟你计较，走吧走吧。"

温元初松了口气。

走出商场，外头天色已经暗下，城市灯火正璀璨明亮。

这一年的最后一天，街上熙熙攘攘，四处人来人往。

温元初问凌颂："想去海边吗？我们去海边夜市吃晚饭，晚上那边会放烟花。"

凌颂当即点头："好。"

他刚已经在VV上看到了，海边有跨年夜烟花倒计时活动，正琢磨着要跟温元初提，他就先说了。

凌颂高高兴兴地给他哥发消息，说晚上不回去吃饭，和温元初去海边看完烟花再回家。

凌颉忧心忡忡：看完烟花那得零点过后吧？你们两个学生？

凌颂：有什么关系，放心，我不会走丢的。

凌颉：……

从商圈搭地铁去到海滨站下，出去后走十分钟就到了海边夜市。

虽是冬天，这地方却比他们上回来时更热闹些，每间铺面摊子都爆满，外头还有许多等位置的人。

在这里吃完东西再去海边玩，一直等到零点烟花倒计时，是大多数来这儿的人的选择。

凌颂挑了间吃凉面的铺子。

他中午吃得太饱，一个下午又一直在往嘴里塞零食，肚子撑得很，只点了碗海鲜凉面，温元初和他一样，再多叫了几个小菜。

坐下后凌颂啪啪啪地拆筷子，顺嘴说："这里人都过两个年，真有趣，四百年前过年也很热闹的，从小年开始一直持续到上元节之后，将近一个月的时间，每天都可以玩，不用念书，唉，真好。"

其实那会儿已是成朝末年，乱象频生，日子过得并不太平，但京城之地总归要好些，过年的年味也比这个时代浓郁得多。

那时，城楼上也会放烟花，他记得他死的前一年，摄政王还特地让人从江南购置来一批十分好的烟花，那年过年，在宫门城楼上放了一整夜。

那好像是他临死前，为数不多值得回忆的有趣的事情。

……算了，又想几百年前的事情做什么。

凌颂扭头，温元初正在烫碗碟，他的目光落到温元初平静温和的那张脸上。

好似到了今时今日，他才终于真正将温元初和温彻两个人分得清楚明白。

温元初是温元初,温彻是温彻。

他应该再不会把他们混为一谈。

再也不会。

那个讨厌鬼无论是好是坏,和他有多少仇和恨,在凌颂心里的影子都已经很淡很淡了。

在这个地方,他认识的,活生生的,每天和他玩、教他学习的那个人,是温元初。

他们点的面和小菜已经上桌,凌颂撸起袖子,大快朵颐。

吃完晚饭,二人再走去海边。

才八点多,这里已经人山人海。

凌颂拖着温元初一路走走停停,消化一肚子的食物。

海对面的人工岛上灯火辉煌,到零点时,烟花会从那头升起。

凌颂远远瞧着,问温元初:"这里的烟花是不是比四百年的好看得多?"

温元初目视前方,许久才说:"……四百年前是什么样的,我不知道。"

"也是,"凌颂哈哈笑,"我也只在上辈子的梦里见过。"

"温元初,你和别人一起看过烟花吗?"

"看过。"

"和谁啊?"

温元初没再吭声,凌颂等了半天都没等到答案。

"没谁,就一个小浑蛋。"

凌颂拿出手机看了看。

各个群里都在发红包,他挨个进去抢了一遍,很快抢到了一百多块。

夏朗星:凌颂,别光进不出,比葛朗台还抠门,发红包。

林秋怡:弟弟,你现在在哪儿呢?

凌颂:在海边,等着看烟火。

夏朗星:你不觉得你的语气特欠揍吗?发红包,快点。

凌颂:我就抢到你六毛钱,你好意思叫我发?

夏朗星:六毛钱不是钱?口气真大。

群里陷入了诡异的沉默中。

凌颂没再理他们。

温元初去扔完垃圾回来,凌颂凑过去扒拉他的手:"元初,你是我大哥,过年不该给我发压岁钱吗?"

温元初有一点无言:"……还没到春节。"

"那也给我发红包呗,别人都发了。"

温元初:"你一共抢到了多少红包?"

"一百一十八块七毛五。"

但一个没发,一毛不拔。

犹豫之后,温元初默不作声地点开手机,给他发了个两百的红包。

凌颂眉开眼笑:"你真有钱,谢谢哥哥。"

温元初问:"你拿过别人给发的压岁钱吗?除了长辈以外的人。"

凌颂撇嘴:"没有啊。"

其实有的,讨厌鬼给他发过。

可他不想提了。

他也顺嘴问温元初:"你呢?你没给别人发过压岁钱吧?"

"……发过。"

曾经有一年过年,给一个人发过二两银子。

"你给别人发了几百?"

温元初认真想了想,按照购买力来算,二两银子大约是……

"两千块。"

凌颂挥手打人。

"你给别人发两千,给我就发两百?"

温元初张了张嘴,说不出话来。

他沉默了一下,重新拿起手机。

VV对话框里又刷出九条红包记录。

温元初说:"你收吧。"

凌颂挨个点过去,每个两百,不多不少,正好两千。

"你就不能多给点吗?为什么别人的是两千,我的也是两千?"

得寸进尺。

温元初冷了脸:"没有了,我VV里的钱全发你了。"

"不给就不给呗,"凌颂嘟哝,"我也不占你便宜,以后用这笔钱请你吃饭。"

你真好意思说没占便宜……

温元初懒得再跟他计较这事,戴上耳机,闭目养神。

凌颂在他耳边喂喂喂地喊了几声,见他果真不理自己了,也不再自讨没趣,拿起了手机玩游戏。

一个小时后,凌颂头晕眼花,哈欠连天,看看手表才十点不到。

他就地躺下,睡去之前迷迷糊糊地叮嘱他:"到了零点记得叫我。"

第33章

凌颂做了个美梦。

梦里温元初给他发了很多红包,他数钱数到手软,笑得合不拢嘴。

他是被巨大的烟花炸响声伴着人群的欢呼喊声吵醒的,一睁开眼,便见漫天流光溢彩,烟花星海如雨而下。

凌颂愣神一瞬,霍然坐起身。

温元初仰着头,正目不转睛地盯着被斑斓光束点亮的夜空。

凌颂推了他一把,不满抱怨:"你怎么不叫醒我?"

人群中已开始最后一分钟倒计时:"五九、五八、五七……"

温元初提醒他:"看烟花。"

凌颂抬头看去,对岸的岛上不断有花炮冲天而起,在夜空千姿百态、绚烂至极地绽放。

他看了一阵,说:"也没比四百年前的好看多少啊。"

周遭的声音太响,他没有听到,温元初在那个瞬间回了一句:"确实没有。"

最后十秒。

所有的声音汇聚在一起。

"十!九!八……"

凌颂偏头,还想和温元初说些什么,目光落到他被璀璨烟火映亮的侧脸上,愣住。

"三!二!一!"

数千朵烟花同时在墨色夜空盛大绽放至极致。

"新年快乐,温元初。"

"新年快乐,凌颂。"

他们坐地铁回家。

今天因为跨年,最后一班地铁延迟到凌晨两点,这个点了,车上依旧人推人挤。

回到家已经过了一点。

温元初把凌颂送到家门口,提醒他:"很晚了,回房洗洗赶紧睡吧,明天我下午再过来给你上课。"

这人竟然说明天下午才来,气人。

"不用啦,我起得来,还是早上上课吧,马上要期末考了,我想抓紧时间多学点考好点。"

凌颂说得理直气壮。

温元初有一点意外,这小浑蛋竟然头一回主动说要学习,太阳打西边

171

出来了吗?

温元初:"我要睡觉。"

凌颂:"……"

"我十点再过来。"

行吧。

凌颂心说,十点就十点。

"那你一定要准时过来啊。"

"好。"

"你也赶紧回去睡觉吧,明天见。"

第34章

　　元旦假期最后一天，温妈妈热情邀请凌颂去家里吃饭。
　　当天早上一上完课，凌颂就乐颠颠地跟着温元初去了。
　　临进门之前，还没忘了问温元初："你看我头发乱没乱？衣服整齐不整齐？"
　　今天是温妈妈邀请他来，他得留个好印象。
　　温元初根本不知道他小脑袋瓜子里都在想些什么，抬手一摁他肩膀，提醒他："老实点，不许作妖。"
　　胡说八道，他才没有作妖。
　　听到他俩的说话声，温妈妈亲自过来开门，笑容满面地迎接他们。
　　凌颂把刚从自家花园里摘来的花送上，一脸乖巧讨好："祝阿姨新年快乐，越来越美丽。"
　　温妈妈乐不可支，伸手捏他脸："小颂嘴真甜，元初要能学到你的一半，我就不用替他犯愁了。"
　　凌颂迅速捕捉到关键词："阿姨在替元初犯什么愁？能告诉我吗？"
　　温妈妈看一眼自己面无表情的儿子，笑着说："他啊，都快二十了，我担心他这根不开窍的木头讨不到老婆嘛。"
　　凌颂："……"
　　这里人不是二十八结婚都不晚的吗？
　　温元初拉着凌颂进门去，免得他妈在这儿净说些有的没的。
　　温妈妈招呼了他们几句，摆出零食果盆，让凌颂随意，又去厨房忙碌去了。
　　她今天亲自下厨，做了一桌子的菜。
　　凌颂跟上去忙前忙后，殷勤地帮忙添碗碟筷子倒饮料，努力想给长辈留个好印象。
　　之后温妈妈接了个电话，跟温元初说他爸在附近商场里买茶具，让他去帮忙挑。
　　"元初你骑车过去，一会儿坐你爸车一起回来。"
　　凌颂想跟着一块去，被温妈妈拦住："小颂别忙乎了，留下来陪阿姨说说话。"

凌颂依依不舍地目送温元初出门。

温妈妈笑着与他说:"元初眼光好,他爸买那些仿古的家具器具,都要他帮着看,就连那些真古董他也看得准,也不知道是怎么看出来的。"

凌颂闻言有一点意外,温元初竟然懂这些?他还以为只有他这个"出土文物"擅长这个。

稀奇。

没等他多想,温妈妈又拿出手机,笑眯眯地给他看前几天他们文艺汇演,姚娜娜发来的那张照片。

"这张照片拍得真不错,元初小时候我给他买过好多公主裙,特别想让他穿,可他从来不买账,臭小孩,这回当众表演倒是乐意了。"温妈妈一边说一边笑。

温妈妈似乎并未察觉出他的不自在,继续说笑:"过两天我把这张照片洗出来,放相册里去,永久珍藏。"

凌颂下意识地问:"相册?"

温妈妈眨眨眼:"元初的相册,大多是我偷拍的,小颂想不想看?"

那当然想!

温妈妈十分高兴地去把相册取来,和凌颂一起分享。

里头是温元初从小到大的照片,他光着屁股穿开裆裤时的都有。

温妈妈一边翻一边感叹:"元初从小就早熟得厉害,小时候我让他穿开裆裤他还不乐意,跟我闹别扭。他那时候可好玩了,明明人还没有椅子高,但一本正经跟个小老头一样。"

凌颂看着相册里才几个月不到一岁大的温元初,也啧啧称奇,可爱是真可爱,可一点点大的奶娃娃绷着个脸表情格外严肃,连笑都很少笑,温元初怎么这么奇怪。

继续往后翻,后头竟还有他和温元初的合照。

或许该说,是原来的那个凌颂和温元初的合照。

照片里的两个小娃娃最多只有三四岁,身穿幼儿园园服,头戴小黄帽一起坐在秋千上,温元初满脸写着不乐意和冷漠,旁边的凌颂笑得见牙不见眼,双手抱着温元初一只胳膊,往他身上倒。

凌颂盯着这张照片看,温妈妈笑着念叨:"小颂,你小时候真可爱,说话奶声奶气的,又会哭又会笑,还特会撒娇,我真想跟你妈妈换儿子,哪里像元初这小破孩,从小就别扭,明明挺喜欢和你一起玩的,面上还总是表现得冷冰冰不理人，不知道他在想什么，现在倒是长大了，知道怎么跟你好好相处了。"

凌颂不知该说什么好。

……是吗？

他还以为，温元初真的特别讨厌从前的凌颂呢。

可不知道是不是他的心理作用，他看着这张照片，好像并没有什么陌生违和感，甚至照片里那个凌颂，他都觉得像他自己。

为什么会这样？

在凌颂胡思乱想时，温元初和他爸一块回了来。

凌颂收敛心神，赶紧起身和温父打招呼。

温妈妈招呼他们上桌。

这一顿丰盛的午餐吃得宾主尽欢。

吃完饭，温父又拿出刚刚买来的茶具，泡茶给他们喝。

"我一开始就没看中这套，还是元初说这个好，是确确实实仿古式样的，我看了半天，越看越觉得耐看。"

温父十分得意地炫耀。

凌颂拿起一个茶杯仔细看了看，这是一套芙蓉石茶具，乍看起来很一般，但石质细润，上头雕刻的纹路精致非常，杯碟的样式果真跟四百年前流行过的款式一模一样。

温元初……还挺有眼光。

"确实挺好看的，"凌颂看了温元初一眼，说，"温元初很会挑。"

温元初默不作声地喝茶，并不在意他爸和凌颂说了什么。

一点半，他们回去凌家继续上课。

凌颂抱着温妈妈送给他的相册，温妈妈说她还有一本一样的，这本就送他了。

凌颂十分欣喜地收下，高高兴兴地抱在怀里，打算等回去后慢慢翻看。

温元初皱眉，忍了忍，什么都没说。

他妈打定主意要把相册送凌颂，他说了也没用。

回到凌家，一坐下，凌颂就迫不及待地开始翻相册。

温元初摁住他的手，沉声提醒他："别看了，上课。"

"为什么不看？"凌颂抽出相册最上头那张，是刚出生时光着屁股的温元初，在他面前晃，"你妈说你生下来都不哭的，医生还以为你出了什么毛病，把她吓坏了，你看看你这个样子，苦大仇深，跟个小老头一样，你别是转世投胎时没喝孟婆汤吧？"

凌颂话说完，自己先心中一跳。

那不行，温元初要是转世投胎没喝孟婆汤，很大可能就是那个讨厌鬼温彻。

那简直是人间惨剧。

呸呸。

温元初抢下照片，重新塞回去："别胡说八道，什么乱七八糟的。"

他的动作过于迅速，凌颂没有看到，他眼里有一闪而过的少见的慌乱。

凌颂又把相册抢回来，继续往后翻，翻出他俩小时候那张合照。

略一犹豫，他问温元初："我哥说，你从前对我爱答不理的，超超还说我把你的银杏叶标本弄坏了，你把我赶出来，不许我再去你家，你以前真有那么讨厌我啊？"

温元初沉默了一下。

他说："不讨厌，从来不讨厌你。"

凌颂嘿嘿笑："那你觉得我小时候可爱吗？"

他想起来了，为什么会觉得照片里的小凌颂不陌生的原因。

他上辈子小时候也喜欢拽着人的胳膊，他父皇母后、他太子哥哥都被他拽过，这毛病到了这辈子好像也没改，他没少这样对温元初，幸好这人不介意。

温元初拒绝回答："你自己觉着呢？"

"我觉得我还挺可爱的。"凌颂自恋道。

温元初翻开课本："上课吧。"

"你真的不觉得吗？"

"上课。"

被温元初的话堵回来。

之后几个小时，除了上课，谁都没再说多余的话。

第35章

之后两周,因为天气太冷,且临近期末考试,温元初把早上的晨练停了。

非但如此,他还不让凌颂再坐他的车,说路上结冰不仅路滑还冷,载他这么一个大活人麻烦。

凌颂十分委屈郁闷。

不过这会儿他也没心思想太多,每天埋头在题山书海中,拼命学习、学习、再学习。

凌颂怀疑,要是他期末考没考好,温元初会生他的气。

温元初要是嫌弃他成绩差,他和温元初就再也不能做好朋友了。

一个学期过去,凌颂的功课已经赶上了大半。

从零基础的小学一年级开始,能在短短四个多月时间里学到这个程度,某些方面来说,凌颂可能真的是个天才。

当然,温元初这个十分会抓重点的老师更是功不可没。

"期末考总分满分又是六百六,我要是总分能上四百,你给我什么奖励?"

进考场之前,凌颂笑嘻嘻地问温元初,亮晶晶的眼里都是不加掩饰的期待。

温元初看着他,说:"等你考完再说。"

"……为什么要等到考完?"

"现在知道了还有惊喜吗?"

咦?温元初竟然会跟他玩惊喜了?

凌颂顿时就高兴了。

"给哥哥打气,祝哥哥继续蝉联年级第一的宝座。"

温元初:"……好。"

"也给你打气,祝你考上四百分,再前进一百名。"

他挥了挥手,兴高采烈地进了考场。

在考场中坐下,逐渐冷静。他这会儿浑身都是劲,信心十足。

两天考试很快过去。

考完最后一门,一班全体同学在校门口集合,一起参加班级聚会。

地点在学校附近商业中心的一间烤鱼店,班长他们一早订了位置,一整个大包间,一共五桌,还准备了不常见的饮料。

一人倒满一杯,班长站起身,第一个举杯:"一年又过去了,咱们大学生涯已经过去一半,各位再见就是明年了,话也不多说,祝大家伙新一年红红火火,成绩更上一层楼,来来,干杯。"

所有人都站了起来,在一片欢声笑语中,高喊着"新年快乐",一起举杯。

凌颂第一回喝啤酒,小心翼翼地尝了一口,再咂咂嘴,感觉味道有些奇怪,但不难喝。

温元初小声提醒他:"你尝两口就算了,别多喝。"

这么新奇的东西,温元初竟然只让他喝两口,凌颂有些不乐意。

温元初不给他反抗的机会直接抢过他的杯子。

凌颂:"……你怎么这样?"

"你酒喝多了又哭又闹发酒疯,我扛不住。"

"我几时又哭又闹?"

不对,他根本没跟温元初喝过酒吧?

"你说什么呢?我什么时候喝多了跟你又哭又闹的?"

温元初冷着脸说:"你不记得了。"

凌颂"哦"了一声,那是原来的凌颂啊,行吧,也算是他。

温元初夹了两块鱼肚子上的肉进他碗里:"吃东西。"

凌颂顿时又舒坦了。

温元初是为他好,他知道的,他不计较。

第36章

三天后，期末考试成绩出来。

凌颂总分过了四百二，有三门课都及了格，其他的虽依旧没及格，也比预想中好了不少。

凌颂他妈开完家长会回来，一拿到成绩单，凌颂当下兴高采烈跑去温家，讨要温元初许诺的惊喜。

温元初今早出门了一趟，没去给凌颂上课，凌颂过来时，他也才刚回家。

凌颂举起自己的成绩单，献宝一般给温元初看："五百七十二名，我是不是很厉害？"

虽然跟温元初这个年级第一没得比就是了。

温元初点点头："挺不错的。"

凌颂笑嘻嘻地伸手："来！我的惊喜。"

温元初一拍他手心，递了一盒糖过去。

这是他一大清早出门，特地跑去老城区一间手工糖果店买的。

"这间店开了很多年，糖果的味道很纯正，你应该会喜欢。"

凌颂果然很好打发，一盒糖就叫他眉开眼笑："谢谢哥哥，哥哥有心了。"

凌颂喜滋滋地吃着糖，温元初问他："好吃吗？"

凌颂看着他，不经意地想起了上辈子一件微不足道的小事。

摄政王也曾这样送过一盒糖给他，只因他为摄政王不让他吃宫外卖的糖葫芦而生气。

忆起这个，凌颂不免懊恼，他又想起那个讨厌鬼做什么，那人一点都比不上温元初。

"你在想什么？"温元初温声问。

凌颂回神，冲温元初笑了笑："没什么，想起一个人罢了。"

"中午你留这里吃饭，下午我们再一起回去上课，今天开始要上物理了。"

凌颂顿时苦了脸："好难啊，下学期开学之前，根本不可能跟得上正常上课的进度。"

"没关系，慢慢来。"

寒假只有一个月，除去过年那周也就只剩三周时间，要想在那之前让凌颂完全追上现在的课程进度，确实不可能，他当初这么说，本也只是为了鼓励凌颂。

他已经学得很快了。

"你很聪明，不要灰心，慢慢来，开学之前追不上也没关系，我会一直帮你。"

凌颂十分感动。

温元初虽然也会骂他笨，但关键时刻总是夸他的。

他觉着，他可能找不到比温元初对他更温柔耐心的人了，连他爸妈和哥哥都不行。

"温元初。"

温元初安静看向他。

"没事，我就是喊你一句而已。"凌颂嬉皮笑脸地说道。

温元初没跟他计较，剥了颗糖果递给他。

下午他们回凌家继续上课。

温元初帮凌颂把学习计划排得满满当当，由不得他想乱七八糟的东西。

但时不时地，凌颂还是会变着法子逗温元初。

看到林秋怡他们几个在VV上说新年要去庙里玩，凌颂眼珠子一转，问温元初："梅峰那边是不是有个庙？上回去秋游我好像看到了。"

温元初正帮他批改随堂检测的习题，闻言顿住笔，抬眼看向他："你问这个做什么？"

凌颂嘿嘿笑："等大年初一，我去庙里拜拜，也求个符什么的，刚好我那天过生日，别人都说生日当天去庙里拜拜，特别灵验。"

温元初："……你才二十岁。"

准确点说，是到了大年初一那天才满二十周岁。

凌颂两辈子的生日都在正月初一，他来到这个时代第一次过生日，当然得办个大的。

温元初："为什么想去？"

"姚娜娜说那里很灵。"

温元初皱眉："她一肚子歪理，你别理她。"

凌颂托腮笑着说："我觉得挺有道理的啊。"

温元初轻咳一声："不过看在你期末考试考得不错的份上，可以通融一二。"

第36章

"真的？"凌颂瞬间目露惊喜，"真的能通融？"

"嗯，你要去庙里，我陪你一起去。"

凌颂："……你也去？"

"为什么不可以？"

行吧。

温元初不再理他："上课。"

凌颂不死心："喂，温元初，那你想求什么？"

温元初只当作没听到："上课。"

"说说，说说不行吗？"

温元初第三遍提醒他："上课。"

被他的眼风扫过来，凌颂终于老实了，不敢再放肆，闷闷不乐地拿起笔。

但一直到晚上讲课结束，温元初回去了，凌颂还在想这事。

温元初竟然也要去？他去做什么？

凌颂突然收到温元初的 VV 消息

温元初：明天去庙里玩吗？

凌颂：明天就去？我生日还没到呢。

温元初：不一定要生日当天去，大年初一那天去的人太多了，去晚了连门都挤不进去。

凌颂：好，那就明天去，一言为定！

温元初：嗯，早点睡，明早八点出发。

凌颂：晚安。

早上八点。

温元初过来，他们坐公交车去梅峰。

上车之后凌颂一直在打哈欠，温元初看他精神倦怠，眼睛下一片青，问他："昨晚做什么去了？怎么黑眼圈都出来了？"

凌颂笑嘻嘻地伸懒腰："没干啥啊，没睡好而已。"

温元初懒得再说他："那你睡会儿。"

凌颂心情愉悦，很快沉沉睡去。

到梅峰是一个半小时以后，下车后往山上走了十多分钟，就到了那座庙。

今天天气不是特别好，又是工作日，这里门庭冷清，像他们这样的学生，更是一个没有。

但凌颂不管这个。

一走进庙里他就来了精神，乐颠颠地跑去买香，进去大殿叩拜。

温元初跟进去，凌颂虔诚跪在神像前，闭起眼双手合十举着香，嘴里念念有词。

温元初十分无言。

虽然听不清楚这傻小子在碎碎念些什么，但这般认真地跑来，分明就是有什么意图了。

凌颂他正在跟神谈条件。

"朕上辈子好歹一皇帝，跪天跪地但怎样也不用跪你这个小小的神仙，朕今日给你面子，你也得给朕一个面子。"

凌颂长出一口气。

这样就行了吧？

凌颂把他拉出去。

"为什么态度这么蛮横？"

温元初淡淡道："我跟你说笑的，没打算拜。"

"为什么啊？你不信这个？不敬鬼神啊你？"

"为什么要敬？"温元初反问他，"你觉得你拜了他们就会帮你？"

凌颂愣住，他也不知道这些神神鬼鬼的到底是不是真有其事。

"求人不如求己。"温元初说。

凌颂撇嘴："你当然不用求咯，羡慕死了。"

温元初轻眯起眼："你很羡慕我？"

凌颂笑了笑，没接话。

庙中院子里有棵梧桐树，树枝上层层叠叠地挂着人们的许愿牌，凌颂跑过去，花几块钱买了个牌子。

他提笔写完，朝着高处的树杈用力扔上去。

一次成功。

凌颂十分高兴，回头冲温元初得意挥挥手。

"……你在许愿牌上写了什么？"

凌颂随口说："当然是愿望啦。"

温元初走上前，抬手按了按他的脑袋："走吧，去附近转转。"

凌颂贴着他一起往外走："来都来了，你真的不求一求啊？"

"不必。"

"真的不用？"

"不用了。"

走出庙大门，他又忽然想起件事情，问温元初："你的生日是哪天？"

"比你大半岁,七月十五。"

凌颂心里咯噔一下:"公历?"

"农历。"

农历七月十五,鬼节。

上辈子摄政王那个讨厌鬼也是这天的生辰,因而总有人说他是煞鬼降世。

……怎么会这么巧?

温元初不动声色地看向他。

凌颂轻抿唇角,算了,就当温元初真是温彻的转世好了,只要不是他本人就行。

温元初移开目光。

第37章

转眼快到除夕。

腊月二十九那天,下午讲课结束后,温元初说之后几天就不上课了,让凌颂好好过个年。

"晚上我和爸妈要去X城,去我小爷爷家过年,估计初七之后回来。"

凌颂张了张嘴,说不出话来。

"这几天我也不给你布置作业了,你好好玩吧,等我回来再学习。"

"噢。"

这样也还是不开心,但凌颂不想说出来。

"你晚上几点的飞机?"

"九点二十的。"

温元初回家去吃晚饭,收拾行李。

饭桌上爸妈和哥嫂他们商量出行,想趁着过年这几天去附近的温泉度假村短途旅行,问他有没有什么意见,凌颂听得心不在焉,随口说:"随便,爱去哪儿去哪儿。"

第二天一早,凌家全家驱车前往二百多公里外的温泉度假山庄,并且打算在这里过年。

这里的度假村不但有温泉,还有高尔夫场和马场,凌颂来到这个时代第一回看到马,总算起了兴致,去挑了匹温顺的母马,在马场上畅快地跑了两圈。

凌超超举着手机给他拍照,眼里头一次流露出对他的崇拜:"小叔你竟然会骑马,好厉害!"

凌颂得意地扬眉:"你不知道的事情还多着呢。"

凌母在一旁笑,随口感叹,说凌颂小时候学着玩这个就很上道,仿佛天生就会这些。

凌颂心说,是吗?以前的凌颂果然跟他有渊源吧?

"不过元初那孩子比你更擅长这个,有一回,应该是你们十一二岁大的时候,我们和温家人一起过来玩,你非要跟元初比一场,结果冲得太快差点从马上摔了,要不是元初情急之下帮你控制住马接住你,你这小子不定得摔出什么毛病来。后头元初凶了你一顿,你气得再不肯玩这个了,还跟元初闹别扭,你可真是个小心眼。"

凌颂哑然。

竟然还有这种事情?

温元初……为什么什么都会?

而且温元初对以前的他,果然还挺好吧?

他顺手给温元初发了条消息。

凌颂:你也会骑马吗?跟谁学的?

温元初:我爸。

哦,那难怪。

凌颂:有空比一场,我肯定比你厉害。

温元初没理他。

夜晚,吃完饭回去酒店房间,凌颂打开电视机看春晚,泡在大浴缸里一边享受温泉浴,一边玩手机。

各个群里都在发红包,他抢了几个,再一看他爸妈和哥嫂每人给他转了一大笔的压岁钱,顿时看不上那些几毛几块的红包,十分豪爽地在每个群里发了二十块,退出,去骚扰温元初。

凌颂:哥哥,我的压岁钱。

温元初:吃完饭了吗?在做什么?

凌颂:在看春晚。

凌颂:你在做什么啊?

温元初:刚吃完饭,陪堂叔他们打麻将。

凌颂:哇,你竟然还会打麻将,真没看出来。

温元初:会,一直陪我妈打。

想象了一下温元初面无表情打麻将的模样,凌颂乐不可支,可惜不能亲眼看到。

凌颂:你在那边好玩吗?

温元初:还可以。

凌颂:我一个人真无聊,我也想跟你打麻将。

他上辈子小时候经常看他母后跟那些宫妃打马吊牌,无师自通,虽然那玩意跟这里的麻将不一样,但一脉相传,学起来必然不难。

温元初:不跟你打。

凌颂:为什么?

温元初:你输了肯定会耍赖。

凌颂：……你怎么这样啊？

温元初开始给他发红包。

连着发了十个，每个两百，又是两千块。

温元初：压岁钱，给你。

凌颂：怎么又是两千？不能多给点吗？

温元初：加上元旦那两千，一共是四千。

凌颂满意了，没再计较。

后面他俩有一搭没一搭地继续发消息，温元初大概在专心打牌，回得很慢。

凌颂觉得十分无趣，去他爸妈房间，陪他们一起吃夜宵，继续看春晚。

十一点半，温元初的语音电话打进来，凌颂跑去外头阳台上接。

"你可有空了？"

"刚打完牌。"

"赢了吗？"

"赢了二十块。"

"才二十块啊，手气真不好。"

温元初无奈说："打着玩的，又不是赌钱。"

凌颂趴到阳台护栏上，嗅着寒风中隐隐的花香，问他："温元初，那你现在要睡觉了吗？"

"还早。"

凌颂啧啧笑："难得听到一回你说还早，之前每次都是催我早点睡，不许玩手机。"

"今天除夕，可以守夜。"

凌颂不以为然："可这里一点过年的气氛都没有，连花炮都不让放，好没意思。"

"习惯就好，哪里都一样。"

"那你现在在做什么呢？"

"也在看春晚。"

两人东拉西扯地闲聊，很快到了零点，听到房中电视机里传出的倒计时声，凌颂深吸一口气，在倒数到一时，又与温元初说了一句："温元初，新年快乐。"

温元初的回答却是："凌颂，生日快乐。"

凌颂一愣，他都差点忘了这出。

"那我的生日礼物呢？"

第37章

"你回房去就看到了。"

温元初竟然真的给他准备了生日礼物？

凌颂兴冲冲地给他爸妈丢下句"我回去睡觉"，跑回隔壁自己房间去。

果然他刚过去，就有人来按门铃，是酒店的服务生，说是有人给他点了客房服务。

一个点着蜡烛的六寸草莓蛋糕，还有一份包装好的礼物。

凌颂小心翼翼地拆开礼物包装纸，是一个八音盒，水晶玻璃罩里头铺满了花，上头立着一只憨态可掬的卡通小狗，是他的属相。

拧动发条，悠扬的琴声缓缓流淌而出。

是他一直哼的那首。

凌颂听得微微愣神，拿起手机，再次拨通了温元初的语音电话。

"温元初，为什么是这首曲子啊？"

"你自己哼的，我记性好，全给记下来了，挺好听的，所以定做了这个八音盒送你。"

他又尝了一口那草莓蛋糕，香甜绵软，确实好吃。

"温元初，你送我这么大一个蛋糕，大半夜的我一个人哪里吃得完？"

温元初想了想，说："放冰箱里，白天再吃。"

"等到白天就不新鲜了，而且我家里人白天也会给我过生日，肯定还有蛋糕吃。

"温元初，我本来还想请你一起吃我的生日蛋糕呢。"

"你这个人真不给面子，扔下我就跑了。"

凌颂嘟嘟哝哝地抱怨，温元初安静听着，等他说完了，说："明年我肯定陪你过。"

凌颂望向外头依然灯火璀璨的夜色，心里蓦地涌起一股冲动，连呼吸都急促了几分，他冲电话那头的温元初说："我要睡觉了，先这样吧，挂了。"

收了手机，换上外衣，再胡乱收拾了几件衣服进双肩背包里，确认带好了身份证，凌颂不再犹豫，背上包轻手轻脚地走出了酒店房间。

酒店一楼门口有出租车，这个地方打车去机场，只要二十分钟。

他刚已经在手机上看过，还有最后一班凌晨两点的飞机飞X城，而且还有票。

凌颂有一点紧张。

大半夜的一个人坐飞机去X城找温元初，他活了两辈子，还是第一回有这样的胆子。

机场比他想象中更大。

到达机场后，多亏有地勤人员帮忙，凌颂总算登上了飞机。

在飞机上坐下，凌颂紧张的情绪才稍稍平复些，空乘人员笑着提醒他关机，他赶紧拿出手机，发了两条信息出去。

一条给他哥，告诉他自己去X城了，让他们不用担心。

一条发给温元初，让他去机场接自己。

做完这些，再关了机，凌颂终于松了口气，这才有心思打量起他这第一回坐的飞机。

……这么个笨重的大家伙，竟然能飞上天吗？

不过很快他就没心情想这些，飞机加速起飞后，轻微的失重感将他钉在椅子上，凌颂紧张地交握双手，一动不敢动。

虽然心里害怕，但一想到很快就能见到温元初，心头的雀跃依旧占了上风。

温元初一直没睡，看到手机屏幕上凌颂发来的VV消息，甚至来不及惊讶，当下回拨电话，那边已经关机。

他又给凌颉打去电话，刚一接通，就听到凌颉气急败坏的声音："小颂不在房间里，他飞X城去找你了。我刚查了一下，最后一班飞机已经起飞，你去机场接一下他吧，麻烦了，那个浑小子，回来我再跟他算账。"

温元初："……我这就出门，我会照顾好他，麻烦跟叔叔阿姨说一声，不用担心。"

挂断电话，温元初不再多想，赶紧起身换衣服出门。

凌晨四点半，飞机降落在X城机场。

睡了一觉的凌颂迷迷糊糊地醒来，顺着人流走出接机口，一眼看到站在外头的温元初。

那人穿着羽绒服牛仔裤，皱着眉好似不太高兴。

可那一瞬间，他吊了一晚上的心终于沉沉落地，笑嘻嘻地跑过去。

温元初被他撞得后退两步，将人扶稳。

听到凌颂在他耳边笑着说："温元初，我来找你陪我过生日。"

训斥人的话到嘴边忽然就说不出口了，温元初平静下心绪抬手拍了拍他："走吧，先回去。"

第38章

走出机场，一直到坐上出租车，凌颂终于如梦初醒，冲温元初傻笑。

温元初不理他。

凌颂："我来都来了，你怎么板着脸，不高兴啊？"

温元初没好气地说："你路上要是出什么事，我怎么和你父母交代！"

被骂了的凌颂也没生气："好啦，别生气啦。"

温元初拿他没辙："睡会儿吧，回去还要一个多小时，到了我叫你。"

但凌颂睡不着，他这会儿正兴奋，半点睡意没有。

跟温元初说了几句话，他趴在窗边往外看。

天还没亮，四处都有星星点点的灯火。

这里是X城，也是四百年前的上京城。

哪怕沧海桑田、山川变幻，一回到这里，他还是有种莫名的熟悉感。

"在看什么？"身后的温元初问他。

凌颂没有回头，顿了顿，笑着说："看我梦里的家乡。"

"一样吗？"

"不一样，这里比我梦里的那个地方大了不知道多少倍了。"

"别看了，睡吧。"

凌颂转过身，打了个哈欠。

睡眼迷蒙时，他小声嘟哝："说好了，不要再生气了。"

温元初回道："嗯，不生气。"

凌颂心满意足，闭起眼。

回到温元初小爷爷家，还没到六点，天色依然是暗的。

也是独栋的别墅，四处环境很幽静。

进门之前，凌颂终于想起，自己这样贸然跑来，不说温元初爸妈，温元初家其他那些亲戚会怎么看他？

太冲动了……

"紧张？"

夜色昏暗，凌颂看不清楚温元初脸上的表情，但能听出他语气中的揶揄笑意。

这人竟然笑他？真过分。

凌颂低了头，难得有一点赧然，他不好意思承认。

不等凌颂回答，温元初安慰他："不用紧张，昨晚家里人都睡得很晚，这会儿还没起来，碰不上面。"

温元初打开家门，没有开灯，领着凌颂轻手轻脚地上楼。

回房之后，凌颂着实松了口气。

温元初提醒他："还早，先睡一觉吧，别想太多。"

凌颂赶紧点头："好。"

凌颂安心合眼，在睡去之前，小声说："等睡醒了，你要陪我去过生日。"

"好。"

这一觉凌颂睡到近中午才醒。

睁开眼，温元初正坐在旁边沙发上翻杂志。

见到凌颂醒了，温元初提醒他："赶紧起来洗漱，马上吃中午饭了，吃完饭我再带你出去玩。"

凌颂揉着眼睛坐起身，温元初给他拿来毛巾牙刷，把他推进浴室。

慢吞吞地刷牙时，凌颂听到外头有说话声，应该是温元初妈妈。

"小颂起了没？"

温元初："刚起，正在洗漱，一会儿我们就下去。"

"好，不急，还早呢。"

凌颂心有不安，楼下一大家子温家亲戚，他突然不敢出去见人了。

磨磨蹭蹭从浴室出来，问温元初："你家里人好相处吗？他们会不会觉得我不懂礼貌啊？"

温元初十分无奈："你自己跑来的，这会儿又怕什么？"

"谁怕了？"

凌颂不肯承认。

"别担心了，除了我爸妈，只有我小爷爷奶奶和两个堂叔，别家的亲戚都回去了，人不多的，也不会笑你。"

……那还不多啊？

凌颂跟在温元初身后下楼，一楼的客厅里，几位长辈坐在一块喝茶闲聊。

温元初领着凌颂过去，一一为他介绍。

凌颂有一点发愣，呆呆看着面前的一众温家人。

温元初的小爷爷奶奶竟然这么年轻吗？可能最多也就比温元初他爸妈

第38章

大个几岁,而且奶奶还特别漂亮。

那两位堂叔更看着只有二十出头,一位冷冷的,并不怎么在意家里来了客人,一位则笑眯眯地打量着他,还回头跟温妈妈说了几句什么。

……这两位堂叔,长得真好看。

凌颂心说,他可真是第一次知道,这个世上原来还有跟他和温元初一样好看的人。

"小孩,你叫什么名字?"那位一直在笑的漂亮堂叔先开口问他。

凌颂回神,红着脸回答:"凌颂,我叫凌颂。"

"姓凌吗?"帅气堂叔拖长声音,冲他身边另一位堂叔使了个眼色,眼中笑意更浓,"挺好,跟我们家很有缘。"

凌颂有点摸不着头脑。

温妈妈冲他招手:"小颂你过来。"

凌颂赶紧过去坐到她身边。

温妈妈笑着告诉他:"早上你妈妈给我打了电话,既然来了,就在这里多住几天吧,到时候跟我们一起回去,正好让元初带你到处去玩玩。"

凌颂道谢,礼貌又乖巧:"谢谢阿姨,打搅你们了。"

一旁那位帅气堂叔又笑问他:"小颂,我也可以这样喊你的吧?听说你和元初是同班同学?昨晚大半夜特地飞X城来找他的?你这小孩胆子倒是大,就不怕被人贩子卖了啊?"

凌颂噎住。

温元初骗他,说好了他家里人都不会笑他的呢?

温妈妈无奈说:"阿宴,你就别逗他了,你看他脸都红了。"

堂叔笑得更开心了,伸手捏了捏凌颂的脸,偏要继续逗他:"凌家的小孩,脸皮怎么会这么薄?"

凌颂求救的目光转向温元初,温元初没理他。

最后是另一位一直没说话的堂叔帮他解围,将帅气堂叔的手摁了下去。

凌颂终于松了口气,顺嘴嘟哝:"堂叔你长得更好看。"

对方哈哈笑:"别别,叫什么叔啊,叫得怪老的,你叫我宴哥吧。"

……行吧,反正在凌超超那里,他已经长了温元初一辈了,无所谓。

凌颂从善如流,喊起这位名为温宴的堂叔宴哥,毫无心理负担,哄得对方兴高采烈。

温元初默默移开眼。

几位长辈都给凌颂发了压岁钱,凌颂受宠若惊,温元初这才小声提醒他:"都收着吧。"

凌颂收起红包，心中感动。

温家人可真热情好客还大方。

他千里迢迢跑来这里，白吃白喝白拿，怪不好意思的。

还没到开饭的时间，长辈们继续说笑笑地闲聊。

温元初爸爸和他小爷爷还有那位冷面堂叔在说生意场上的事情，温妈妈和小奶奶聊化妆品和首饰，温元初坐一旁默不作声地剥花生，凌颂还在应付那位对他十分感兴趣的帅气堂叔。

"上回元初过来这边，跑遍了全城买点心，说要带回去送给同学，就是要送给你吧？"

凌颂点头："嗯，我听人说国子监附近的蜜饯铺子开了六百年，特地拜托温元初给我买的。"

温宴笑出声："你这小孩怎么这么好玩，你还真相信有开了六百年的店啊？"

"……温元初说是噱头而已，我一开始不知道。"

"行啦，想吃地道老城点心小吃还不容易，留这儿多玩几天，过两天我们带你去。"

凌颂顿时就高兴了，嘴也更甜："谢谢宴哥！"

吃完中午饭，温元初领着凌颂出门，问他要去哪里。

凌颂："去X城宫殿。"

温元初想了想，说："现在太晚了，明早再进去吧，我们先去那儿附近转转。"

凌颂没意见，他也确实想四处看看。

上地铁后，凌颂顺嘴和温元初八卦："你那两位堂叔长得可真好看，不过宴哥和小奶奶长得像，另一位不爱说话的堂叔就一点不像你小奶奶，两位堂叔的性格也完全不一样。"

温元初随口解释："他是我小爷爷小奶奶收养的，所以长得不像。"

原来如此。

半小时后，他们到达目的地。

走出地铁站，不多远就能看到巍峨庄严的宫殿正门，从前的宫廷禁地如今变得车水马龙、人来人往，四周都是林立而起的高楼大厦，尽显繁华都市喧嚣。

四百年，天翻地覆，不变的或许只有那冬日里覆在旧宫瓦檐上的积雪。

凌颂停住脚步，举目四望，有一瞬间的恍惚。

最后他的目光落到前方的宫门城楼上。

史书上说，当年摄政王就是在那里，被包围皇宫的起义军乱箭射杀。他死后，或许也跟自己一样，死无葬身之地了。

凌颂有点不是滋味。

他们两个，不知该说谁比谁更惨一点。

温元初的手搭上他肩膀，轻捏了捏。

凌颂回神，转头冲他笑："这个地方，跟我梦里的一点不一样。"

"走吧，别愣着了，四处去转转。"

凌颂打起精神，举着手机，一边走一边拍，不放过任何一处细节。

温元初跟在身边，没怎么出声，只有凌颂问他时，才回答一两句。

他们在宫殿四周转了一圈，最后回到宫门下，请过路游客帮忙拍了张合照。

凌颂盯着照片看了一阵，突然一转身，拉着温元初的胳膊："温元初，你可不能死啊。"

温元初皱眉。

"呸呸，我乱说的，反正，你肯定能长命百岁，我也能。"

凌颂笑吟吟地仰头瞅着他，鼻尖被冻得微微泛红。

温元初安静回视，片刻后，轻轻点头："好，一定。"

凌颂心头一松，脸上的笑愈加灿烂。

临近傍晚，金色暮霭逐渐覆盖整片天空。

他们走到宫门前的广场上，凌颂倒着往后退了一段，举高手机又拍了张夕阳余晖下的宫殿晚景。

欣赏完自己的作品，他长出一口气，冲温元初说道："我们走吧，明天再来，我肚子饿了。"

温元初问他："过生日，想吃什么？"

凌颂选了炭火锅，这附近就有一家。

既然来了X城，当然要吃最正宗的。

进店里坐下，温元初让凌颂点菜，他去对面的西点店又买了个蛋糕来。

依旧是六寸的草莓蛋糕。

凌颂笑嘻嘻："昨晚那个我就尝了两口，可惜了。"

温元初还挺用心，特地给他订制生日礼物，还安排人准点送上门。

对了，那个八音盒，他得提醒他哥一句，帮他收好了。

温元初认真地点上蜡烛，让一直傻笑的凌颂许个愿。

"一定要许愿吗？"

温元初点头："嗯。"

"好吧。"

凌颂双手合十闭起眼,在心里默念。

火光后温元初的脸更显柔和,凌颂睁开眼看着他笑:"我许好了。"

"好,"温元初轻声说,"吹熄蜡烛,愿望肯定能实现。"

"你不问我许了什么愿啊?"

"不用,说出来就不灵验了。"

凌颂笑着撇嘴,一口气吹灭蜡烛。

温元初将蛋糕收了,提醒他:"先吃火锅。"

吃饱喝足,回程时他们又一次经过宫殿外。

凌颂抬眼看向点了灯的城门楼,心念微动,冲身边人说:"温元初,明天来,我得还你一片银杏叶吧,还有件事,我要跟你说,不过先保密。"

温元初:"好。"

第39章

次日，一大早他们又去了宫殿景点那儿。

大年初二，天气冷昨夜又下了雪，他俩来得早，几乎看不到别的游客。

温元初去买票，凌颂站宫门口哈气，愣愣看着眼前连成一片的白雾。

买完票的温元初回来："你在发呆？"

凌颂回神，笑了笑，说："我紧张。"

"紧张什么？"

凌颂没解释，拿了票先往里跑，嘴里没忘抱怨："朕回宫竟然要花钱买门票，当真岂有此理。"

进去后凌颂熟门熟路地直奔他当年的皇帝寝宫。

兴庆宫还是那个兴庆宫，但没有了层层宫廷禁卫军把守，只剩萧条和冷清。

凌颂一口气跑上殿前石阶最高处，回身看去。

从前仿佛能睥睨天下的地方，如今被远处宫外林立的摩天大楼衬得黯淡无色。

……果然什么都不一样了。

温元初慢他一步走上来，提醒他："别站这里吹冷风，去里头看看。"

凌颂欲言又止，不等他说，温元初已拉住他手腕，带他进门去。

大殿里更加肃冷沉闷，空气里有隐约的霉味。

凌颂安静地四处看，殿中的格局和他那时完全不一样，想也是，他死后，改朝换代，新朝又坐了三百年江山，他当年留下的痕迹，只怕已所剩无几。

唯有后殿榻上那副嵌进桌子里的玉棋盘还在。

周围拉起了隔离线，不能走近看。

当年他每日都要拉着摄政王陪他坐这里下棋，如今却连靠近都不行了。

凌颂站在线外，沉默一阵，举起手机拍了张照片。

兴庆宫很大，前前后后无数间宫室，凌颂没心情再看，走出寝殿后庭，一眼看到那口压着假山石的枯井，还有井边不远处，那株他当年亲手种的银杏树。

冬日大雪后，只剩苍虬陡峭的枯枝被白雪覆盖，竟是连半片黄叶都看不到。

凌颂很失望。

他怎么就忘了，这大冬天的又连着下雪，他要到哪里去找一片完好无损的银杏叶还给温元初？

"……没有银杏叶。"

凌颂冲温元初挤出笑，眼角泛红，好似要哭了一样。

"没有算了，以后再说。"

"我不，我答应了你的。"

温元初越是这么说，凌颂越不甘心。

"算了……"

"不行，我一定要找到，我还不信了。"

甩开温元初的手，凌颂跑去树下，蹲下用力扒拉起地上的积雪。

温元初上前想拉起他，又一次被凌颂甩开。

"你不用管，一边等着。"

温元初看着他，没再说什么，陪他一起蹲下。

"我跟你一起找。"

凌颂执拗不肯走，温元初只能陪他。

半小时后，凌颂双手冻得通红时，从树后方的积雪堆里挖出了一片完好无损、颜色也十分鲜亮的叶子。

"找到了！"

凌颂满面通红，也不知是冻得还是因为兴奋，将手里的叶子塞给他："我找到了，还你，比你捡的那片还好看吧？"

温元初接过，捏在手心里轻轻摩挲，再举高到眼前。

清早的晨光从头顶的枯枝间洒落，在叶片上映出斑驳光影，逐渐融化了上面还沾染的霜雪。

温元初久久凝视，没有移开眼。

他将凌颂给他找来的银杏叶收起，拉着凌颂，去别的宫殿转悠。

凌颂一扫刚来时的闷闷不乐，叽叽喳喳高兴快活无比。

"这里是我小时候住过的寝殿。"

"这里是我以前念书的地方。"

"这里从前是马场，后来怎么又建了座宫殿。"

凌颂一路走，一路嘀嘀咕咕地给温元初介绍，只说是自己做的关于上辈子的梦。

温元初默不作声地听着，有那么一瞬间，他很想接一句，他知道，他

第39章

都知道。

但话到嘴边，始终没有说出口。

凌颂嘻嘻哈哈地放开他："走走，我们走快点，前面还有好玩的，去看看。"

温元初被凌颂拖着走，耳边都是凌颂欢快的笑声，心情一点一点平复。

温元初想，他还是不要说了。

就让凌颂一直快乐开心，就够了。

在宫殿里转了一整天，一直到傍晚临近关门，凌颂才说走。

手机里拍了无数张照片。

走出宫门，他最后回头看向落日下的殿阁飞檐，停了片刻，收回视线。

他好像已经没什么遗憾了。

四百年前的往事早已消弭于历史尘埃中，他是凌颂，是这个时代的凌颂。

以后都只是这个时代的凌颂。

温元初问他："今天想吃什么？"

"烤鸭！"

想吃烤鸭得坐地铁过去，晚上高峰期，地铁上没位置，他俩被挤到角落里，面对面站着，凌颂双手插在温元初的衣兜里，看着他一直傻笑。

亢奋了一整天，到这会儿，他的心思都飘忽着。

凌颂忽然有点心虚。

"温元初，你知道我失忆的事吧？"

"嗯。"

凌颂松了口气，哦，那就好。

温元初轻声说："你变得比失忆之前更优秀。"

凌颂听到这个已经高兴疯了，举着手机进各个同学群发红包，每个群发两百，出手阔绰得叫人咋舌。

连除夕都只发二十块的铁公鸡竟然拔毛了？

凌颂：不用猜，也不用问，朕高兴，尔等草民，跪谢皇恩便是。

吃完饭出来，外头又开始下雪，昏黄路灯映着漫天雪花飞扬，如梦似幻。

凌颂站在街边仰头看了一阵，温元初上前帮他将羽绒服帽子拉起，兜住脑袋。

后头他们两个在雪夜里散步消食，任由雪花落在身上。

回家已经快晚上十一点,凌颂整个人兴奋得不行。

进门后又一次被堂叔叫去聊天。

温宴看他一眼,笑了笑:"这么高兴?"

凌颂有点不好意思:"宴哥看出来了?"

"笑得跟个小朋友一样。"

旁边一直没出声的冷面堂叔将他拉起:"回去睡觉。"

温宴被拉走之前最后捏了一把凌颂的脸蛋,提醒他:"晚上早点睡,明天我们带你们出去玩。"

第40章

次日清早，七点不到，吃完早餐，凌颂和温元初跟着两位堂叔一起，前往东郊的成朝帝陵群。

开车的是那位沉默寡言的温瀛堂叔，温宴坐副驾驶，他们两个小辈坐车后排。

睡得太晚起得太早，凌颂哈欠连天。

但毕竟有长辈在场，他没好意思倒头就睡，一边吃零食，一边和前排的温宴聊天。

温宴问他明年就考研了，想不想来X城，凌颂高兴道："嘿嘿，应该会吧，X城的选择多，而且温元初成绩这么好，不考最好的那所岂不亏了，他来X城我也肯定来。"

"那你想好学什么专业了吗？"

凌颂问："宴哥你们学的什么？"

温宴指指正开车的温瀛，又指指自己："他学金融，我学的珠宝设计。"

这些都太高深了，凌颂抓了抓脑袋，说："我想学考古。"

温元初闻言有些意外地看了他一眼，温宴笑出声："学考古？你竟然想学考古？听说累得很，你能受得了吗？而且那些古代文献一般人读起来够呛的，你能行？"

凌颂得意道："我最擅长的就是古文，文言文每次考试都是满分，阅读古籍毫无障碍。"

"这样……"温宴的语气里似乎多了些深意，又问他，"那你怎么想到学考古的？"

怎么想到的？

当然是突发奇想，因为今天要来祖宗们的皇陵，才想到这事。

昨天去过宫殿后，虽说要跟过去的自己告别，但如果有机会，他还是想知道自己上辈子最后到底埋在了哪里。

虽然很大可能，他是被人扔去乱葬岗了。

但人活着，总得抱有希望不是？

凌颂没有多解释，笑着说："想去探寻一下梦里的故事。"

一个半小时后他们到达目的地。

下车时,温元初小声问凌颂:"怎么想学考古?"

因为心境变了,刚来这个时代那会儿,他害怕看到和从前的自己有关的东西。

但是现在嘛,有了家人朋友,仿佛一切都无所畏惧。

所以摩拳擦掌想去挖自己的坟。

嘿。

东郊这里有一片广袤的东山,成朝历代皇帝的陵墓都在这一带。

除了凌颂这个末代皇帝,所有帝陵都有确定的方位,其中有三座帝陵因为盗洞又或是其他原因进行了开挖,地面建筑一并被复原,还建了一座博物展览馆,供游客参观游玩。

凌颂父皇的陵墓也是其中之一,他先去了那里。

哪怕他父皇母后转世成了他现在的爹妈,他也还是得去尽尽孝。

进去之前凌颂说要买香和纸钱,温元初很无语:"……不让烧,也不让上香。"

凌颂特别失望。

算了,反正他爹妈都转世了,烧纸钱估计也收不到。

温宴笑得直不起腰:"你这小孩怎么这么好玩,还想着给这些老鬼上香烧纸钱呢?"

凌颂打哈哈:"毕竟我也姓凌,我爸说我们说不定是成朝皇室后裔,来拜老祖宗们应该的。

后头进去陵殿,凌颂还是去拜了拜,不让上香烧纸,但话还是得说。

不在意其他游客的目光,在父皇母后的画像和牌位前,凌颂规规矩矩地跪下磕了头。

"父皇、母后,不孝儿回来看你们了,我在四百年后过得很好,还见到了你们和太子哥哥的转世,太子妃嫂嫂和小侄儿也在,大家都很好,你们不用挂心我。

"还有一个人,他虽然跟温彻长得一样,但不是一个人,他叫温元初,他对我很好,特别好。

"等以后我来X城念书了,会常来看你们的,你们一定要保佑我。"

温元初站在他身后,神色复杂地听凌颂小声碎碎念,始终没有出声。

从陵殿里出来,凌颂停住脚步,有一点感慨。

温元初问他:"在想什么?"

凌颂嘿嘿笑:"没什么,就是高兴。"

第40章

两位堂叔坐在陵园门口等他们,买了小食。

凌颂跑过去,温宴把给他们买的鸡蛋灌饼递给他:"里面好玩吗?拜祖宗了?"

被揶揄了的凌颂很不好意思:"宴哥你们怎么不进去?"

温宴摆手,笑眯眯地说:"我们又不用拜祖宗,不需要进去。"

"你叫凌颂?"

那位向来不怎么说话的温瀛堂叔忽然开口问。

凌颂一愣:"啊,是。"

这位堂叔不会今天才知道他叫凌颂吧?

对方微蹙起眉:"哪个颂?"

"……歌颂的颂。"

堂叔问完这句,没再说什么,但好似对他不太满意,凌颂不自觉地有些紧张。

温宴笑着安慰他:"他毛病多,你别理他,走吧,你还要去拜其他帝陵吗?"

凌颂点头如捣蒜:"要的。"

拜过父皇母后不拜老祖宗,那他罪过大了。

下一处开放的景点,是凌颂往上四代的皇帝,依旧只有他和温元初两个人进去。

凌颂心虚地在祖宗面前赔了罪,磕了头,再往下一处。

他甚至有些庆幸,幸好开放了的帝陵只有三座,要不他这个亡国之君要一位一位祖宗地去赔罪,明天他都回不去。

第三座帝陵去年年底才正式开放,这位皇帝是凌颂往上九代的祖宗,是从前成天被太傅抬出来用以教育提点他的盛世明君。

这个地方的人气明显比其他两处景点高多了,到处都是游客。

两位堂叔照旧在陵园外面等。

凌颂问他们:"你们哪儿都不进去,那不是白来了吗?"

温宴不在意地笑:"比起死人,我们对活人比较感兴趣,这次就是陪你们来的。"

……古里古怪的,不去算了。

走远之后凌颂小声跟温元初说:"你那两位堂叔每次看我的眼神,我都觉得凉飕飕的,真奇怪。"

哪怕那位温宴堂叔笑得和蔼可亲,他都时常汗毛倒竖,更别提冷冰冰的另一位。

温元初一言难尽,捏了捏他的手:"别多想,他们就是逗你好玩而已。"

凌颂不服气。

怎么谁都爱逗朕玩?朕有那么好玩吗?

不过当他走进陵殿,叩拜老祖宗时,忽然发现了个问题。

难怪他觉得温宴堂叔的名字好像在哪里听过,分明就跟面前牌位上的那个名字一模一样。

还有温瀛这个名字,似乎是老祖宗早年流落民间时用过的?

这么一想,就连眼前这幅巨大的宫廷画像上的两位,都跟坐在外头的堂叔们越看越像……

凌颂在心里默默念经。

神鬼退散。

就算真是老祖宗们的转世……没关系的,反正这些人都没有记忆,只有他有记忆。

善哉善哉。

陵殿里游客明明很多,但凌颂总觉得,这个地方阴森得厉害。

老祖宗们想必对他这位亡国之君十分不满意。

他没敢在这里多待,磕完头赶紧拉着温元初滚了。

走出陵殿,凌颂整个人都是飘的。

温元初牵住他的手:"你在紧张什么?"

凌颂回神,赶紧摇头:"没啊,我有什么好紧张的。"

……他再不来这里了。

从陵园里出来,看到两位堂叔,凌颂的眼睛都有点不晓得往哪里放。

温宴仿佛没看出他的不自在,看一眼手表说:"快中午了,去吃饭吧,正好我们有个朋友在这附近开私房菜,带你们去尝尝。"

东山的另一边,是当年的皇家别宫,旁边还有许多建了几百年的达官贵人的私宅,大部分都已上交了国家,也有一些归私人所有,温宴说的私房菜,就在其中的一处宅子里。

没有什么比得上美食的诱惑,凌颂已经迅速振作起来,不再想东想西。

更别提他来 X 城好几天,这还是第一次看到完完全全仿古风格建造的宅院,兴致勃勃地参观了一圈,把先前在帝陵里不敢拍的照片都补上了。

后头他们上了桌,一道道盛上来的菜,更有当年的宫廷御膳那味,凌颂吃得很香,温元初给他夹的菜,全是他喜欢的。

温宴笑问他:"小颂,听元初说你怕鬼啊?怕鬼还打算学考古?"

凌颂差点没噎着,幽怨地看温元初一眼,这人怎么连这种糗事都跟堂叔说。

温元初没理他。

凌颂点头，随口回答："早上听导游说，只有成朝末代皇帝的帝陵因为时间太短没建成就亡国了，后来陵墓也塌了，他也没被埋在里头，不知道埋哪里去了。我很好奇，要是以后我能把他的尸骨找到，岂不也能出名？"

温宴笑得意味深长："原来是想挖末代皇帝的坟，你对他很感兴趣啊？"

"那当然，我们同名同姓，缘分。"

"那你觉得他可能会被埋在哪里？"

凌颂撇嘴："不知道，我看史书猜的，他被人谋朝篡位毒死了，说不定被扔乱葬岗了呢，那就找不到了。"

"不可能。"

这回接话的竟然是那位温瀛堂叔。

凌颂一下没转过弯，脱口而出："什么不可能？"

温瀛淡淡道："不可能被扔乱葬岗了，他是皇帝，你说的那位毒死他的摄政王，如果真有谋朝篡位的心，哪怕为了堵悠悠之口，都一定会厚葬他。"

"……可他的陵墓确实是空的。"

温宴笑吟吟地接话："那就得去问那位摄政王了，大概只有他知道小皇帝被藏去哪里了吧。"

温元初默不作声地扒饭，一声不吭。

凌颂眨眨眼。

理是这个理，他虽然嘴上说着自己被扔去乱葬岗了，但从他死到改朝换代，中间还有三个月的时间，他毕竟是皇帝，无论怎么死的、谁杀了他，将他扔去乱葬岗的可能性其实都微乎其微，哪怕改朝换代了，新朝皇帝也不可能这么做。

他只是有怨气而已，才会赌气说自己被扔去了乱葬岗。

而这个怨气他自己心里最清楚，是冲着温彻去的。

凌颂低了头，心里不是滋味，也不想说话了。

温元初又给他夹了一筷子菜，是他喜欢吃的蟹黄豆腐。

凌颂微微愣神，冲他挤出个略微勉强的笑。

对面坐的温宴看向他身边那位，似笑非笑，幽幽一声感慨："所以我就说，成朝最后亡国果然跟温家脱不了干系。"

温瀛平静移开眼，也夹了一筷子菜，堵住他的嘴。

凌颂一脸惊诧。

温宴的目光又转向他，突然蹦出一句："你看过《大成秘史》吗？"

"——喀！"

温宴被他的反应逗得乐不可支："果然你也看过吧，我觉得那本书还挺有意思的。"

凌颂汗颜："宴哥你也看过那书啊？那不都是胡扯？"

"怎么会是胡扯，至少写得挺好，多感人肺腑，说起来我和温瀛也跟两位古人同名，还挺有缘分的。"温宴笑嘻嘻地冲温瀛挤眼睛，温瀛只当没看到。

凌颂嘟哝："但后面都是胡扯啊，永安朝的摄政王谋朝篡位毒死皇帝，作者竟然说他迫不得已，不是胡扯是什么。"

"那倒也未必，"温宴不以为然，"历史这种东西，哪怕是白纸黑字写出来的，都不一定是真的，那些没写出来的部分，谁知道还藏了多少真相在里面。"

可我就是永安帝本人，我就知道那是假的啊，凌颂没法说。

他很郁闷。

温宴继续道："就不说有没有这种事了，光是谋朝篡位就值得商榷，小皇帝到底是不是摄政王毒死的，我看也未必，事情真相，可能也只有那位摄政王本人知道吧。"

同样的话，从前林秋怡也嘻嘻哈哈地跟他说过。

但是凌颂不信。

没有任何人能说服他，那杯毒酒到底是怎么在摄政王眼皮子下，送进了兴庆宫的。

他实在不想再提这桩事，根本没有意义。

反正四百年都已经过去了。

一直没说话的温元初忽然出声："凌颂。"

凌颂看向他。

"……没什么，吃东西吧。"

温元初把菜送进他碗碟里，没再说话。

凌颂看着他，有一点奇怪。

这人今天怎么也古古怪怪的？

第41章

初七那天，凌颂跟着温家人离开 X 城。

走之前，温宴把他叫去，送了他一枚去年他们从国外拍卖会拍回来的、永安朝时的白玉蟠龙玉佩。

凌颂一看，那玉佩竟然是当年摄政王送给他的十九岁生辰礼。

当年他收下这枚玉佩后一直都随身戴着，直到摄政王派来的人给他送毒酒，慌乱之下，他取下了这件贴身之物给小德子，让小德子偷偷从狗道爬出宫，去找他的师父来救驾。

但很显然是来不及的。

他没有等到任何一个救他的人，生生被灌下了那杯毒酒。

没曾想隔着四百多年的时光，这枚玉佩竟又回到了他手中。

玉佩上那些他曾经摸过许多遍的纹路，都跟记忆里的一模一样。

凌颂心情复杂地收下东西，跟温宴道谢。

温宴拍拍他脑袋："以后来 X 城念书，我俩罩着你。"

一旁的温瀛不置可否，面无表情地别开眼。

凌颂笑了笑，再次说："多谢宴哥。"

上飞机后，他拿出那枚玉佩给温元初看。

温元初接过到手里摩挲了一阵，说："这枚玉佩现在的拍卖价，只怕值几千万。"

"多、多少？！"

"古代皇帝用的玉佩，拍个几千万很正常。"

凌颂吓到了。

他现在对这个时代的钱价值几何已经有了深刻认识。

堂叔他们竟然出手就送他几千万的东西？……假的吧？

温元初将玉佩还给他，戴上眼罩，丢出一句："大概你投了他们的眼缘，反正他们有钱，你收好就是。"

凌颂将玉佩小心翼翼放回盒子里，抱着这个烫手山芋，动都不敢再乱动。

后头这个收纳有价值数千万的玉佩的盒子，被他放到家中书柜最上面，再没碰过。

他看到就闹心,不如眼不见为净。

回去之后少不得被爸妈和哥哥轮番上阵地教训,凌颂左耳进右耳出。

被家里人骂几句,又不会少块肉。

新学期开始后,温元初照旧每天晚上来给凌颂补课。

他的成绩也在稳步提高,在下学期的第一次月考,年级排名终于进了前五百。

等到期中考时,又往前进了五十名。

从前的凌颂每回考试也就差不多这个水平了。

凌颂觉得自己是个天才。

这学期快结束时,凌颂突发奇想,坚持要去学游泳。

起因是五一假期时,他们一家去海岛玩,连凌超超那个小鬼都能在海里快活自在地窜,只有凌颂他背个游泳圈,被勒令只能在离海滩不超过两米的地方漂着,凌颂觉得很没面子。

后头学校里的游泳比赛,温元初又大出了一回风头,在女生们山呼海啸的加油声中,拿下了全校第一。

所以他也想学游泳。

不能只有他一个人受欢迎。

温元初没拆穿他这点小心思,但提醒他:"你忘了你当初是怎么失忆的?你爸妈都不答应你学这个。"

凌颂当即反驳:"之前就是因为我不会游泳,才差点淹死,我必须得学,你教我。"

温元初答应了,带他去了游乐场的儿童游泳区,水深还不到凌颂大腿。

"先练憋气。"

"一定要在这里吗?"

"一定。"

无论凌颂怎么抗议,温元初坚持如此。

练就练呗,他自己说要学游泳的,总不好出尔反尔。

凌颂闭起眼,小心翼翼地搭着温元初的手,慢慢没入水中。

他其实很紧张。

在鼻子入水的那个瞬间,心跳几乎提到了嗓子眼。

脑子里蓦然蹦出许许多多杂乱无章的记忆,但抓不住,转瞬就跑了。

撑不过三秒,凌颂破水而出,呸呸两声,被呛到了。

温元初:"……还要学吗?"

第41章

"学！"

凌颂甩了甩湿漉漉的脑袋，越挫越勇，回想着刚才脑子里出现的画面，再一次小心翼翼地沉入水中。

这一回坚持的时间长了些，屏除那些纷乱的杂念后，那种下意识的恐惧也跟着退去。

其实，也没有那么可怕……

一回生二回熟，不到半小时，凌颂已经能在水里吐泡泡、睁眼了，还玩上了瘾。

温元初把他从水里捞起来，将人扶住："先歇一会儿，等下教你怎么保持身体平衡趴在水面上。"

"来来，不歇了，我们继续。"

这回他胆子大了许多，一下沉进水里，足足半分钟，被温元初拖出来。

温元初皱眉提醒他："别逞强，量力而行，不要自以为是。"

"知道了。"凌颂嘻嘻哈哈地受教。

后面他们还是换去了水深一些的成人泳池，凌颂的身高毕竟有一米八，在儿童泳池里实在伸展不开。

温元初扶着凌颂的双手，让他试着脚尖离地在水中漂浮起来。

"别怕，保持身体平衡，按我刚才教你的方法呼吸。"

凌颂倒是不怕，除了刚开始那会儿对着水有点本能的恐惧，学会憋气换气之后仿佛已无所畏惧。

"不许开小差。"温元初板着脸教训他。

凌颂在水中仰起头，冲他笑："你不要这么严肃嘛。"

温元初眉蹙得更紧："你不专心，我不教你了。"

"别别，我专心学就是。"

"那好，等下我试着放开手，你要自己让身体漂起来，不能借我手的力气。"

无论是教念书还是教游泳，温元初对凌颂这个学生，丝毫不带放水的。

"得令！"

凌颂终于认真了点。

温元初慢慢放开他的手，没有了支撑点，他心里又不由得打起鼓。

好在温元初没有走远，就在他身边，随时都能触碰到。

"别紧张，放松身体。"

他在游泳方面大约确实有些天赋，学起来并不吃力。

试了几次，就已经掌握了诀窍，能不借助外力，很好地在水面上浮起凌颂松了口气,也不是很难嘛。

后头他的胆子又渐渐大起来,不再满足于一动不动漂着,没等温元初教,就想试着往前游,被温元初拦住。

"循序渐进。"

凌颂的脚尖落回池底,抹了一把脸上的水,笑他:"温元初,你怎么比我还紧张点啊?"

温元初沉声提醒他:"我是为你好。"

行吧。

温元初不让,他只能继续练习漂着。

温元初就站他身边,目不转睛地盯着他。

过了一会儿,泳池边上过来一小孩,眼巴巴地瞅着落进池中央的皮球。

小孩走到温元初身边,小声央求他:"哥哥,我的球落水了,能不能帮我把球捡回来?"

那小孩才四五岁大,蹲在泳池边上,身边也没个大人,温元初要是不答应,估计打算自己下水了。

温元初没说什么,直接往泳池中央游去,将球拿回来。

小孩眉开眼笑,接过球抱在怀里,跟温元初道谢:"谢谢哥哥。"

温元初轻抿唇角,"嗯"了一声。

小孩抱着球离开后,他回过身,发现原本漂浮在水面的凌颂已经不见了。

温元初瞳孔骤缩,喊了一声"凌颂!",快速四处看去,他的目光已经扫过泳池中每一个人,没有找到凌颂。

温元初沉入水中,慌乱地四处找寻。

没有、没有。

哪里都没有!

直到一条人影蹿上来,猛地扑向他。

凌颂乐得开怀大笑。

"Surprise!"

温元初的脸色却分外难看,水珠沿着他湿了的额发往下淌,流进他冷厉的双眼中,开口时声音都是哑的:"……你在做什么?"

凌颂一愣。

他不就是跟温元初开个玩笑吗?这人怎么反应这么大。

放开搂着他的手,凌颂惴惴道:"……我刚蹲到水下,躲起来,逗你玩的。"

第41章

"你觉得好玩吗？"温元初的声音陡然拔高。

凌颂张了张嘴，说不出话来。

温元初生气了。

这好像还是温元初第一回真正对他生气。

在凌颂愣神时，温元初已经走出泳池上了岸，凌颂心下慌张，赶紧跟上去。

追上温元初，凌颂双手抓住他胳膊，将人拖住："别走，别走了……"

温元初转眼看向他，凌颂一脸哀求，低声认错："我错了，我真的错了，不要生我的气。"

温元初没出声，看着他的目光依旧是冷的。

"我真的错了，我不该跟你开这种玩笑，不该吓你，不该自以为是，对不起。"

凌颂乖乖道歉，虽然他觉得温元初这反应有点过头，但不敢再放肆惹他更生气。

僵持片刻，温元初移开眼，声音冷硬："回家吧。"

回去一路上温元初都没再说过话，凌颂闹了他一阵，见他打定主意不搭理自己，意兴阑珊，也闭了嘴。

温元初把他送到家门口，说了句"晚饭吃快点"，回了自己家。

凌颂站在原地，看着他走进家门，撇嘴。

晚上七点，温元初过来凌家给凌颂上课。

下学期还有一个月就要结束，凌颂这几次月考成绩都稳定在年级三百多名，学习进度是差不多跟上了，但到底比不上别人苦学了十几年的，想再冲一冲。

这次暑假真正能放假的时间只有一个月不到，温元初已经列了详细的计划，准备利用这一个月的时间，帮凌颂巩固知识点。

当然，他现在还没把计划表拿出来，要不这小子一准要噘个嘴抱怨他。

凌颂今天笔直端坐在书桌前等温元初，没敢犯懒，温元初还没来，他自己就已经把学校布置的习题做完了。

温元初坐下，凌颂一脸讨好地把自己的习题册推他面前，给他看："我都做完了，只错了一题，已经对着答案改了。"

温元初看一眼习题册，又看一眼凌颂，脸色比下午的时候缓和了不少："上课吧。"

难得一个晚上凌颂都在乖乖地做个好学生，既没偷懒耍滑，也没走神去开温老师的玩笑，学习效率突飞猛进。

十点半，温元初合上书本，说："今天就到这里。"

他站起身，凌颂赶紧拉住他的手，抬头眼巴巴地看着他："温元初，你还在生我的气啊，都一整天了，你不要这么小气嘛，我都跟你认错了。"

温元初回视他，凌颂冲他笑。

片刻后，温元初伸手，用力捏了捏他的脸："没生你气。"

他是在生自己的气罢了。

凌颂松了一口气，总算把人哄好了。

"真的不生气了哦？"

"嗯。"

"走走，我们去外头吃夜宵，反正明天周日，晚点睡没关系，让我在期末考之前最后放纵一把。"

温元初忍了忍，没有扫他的兴。

走出家门，月色正好，繁星满天。

凌颂压抑了大半天的心情顿时飞扬起来，憋了一下午的话匣子打开，没完没了。

温元初听着他叽叽喳喳的说话声、笑声，不时应和一两句。

那点烦闷终于烟消云散。

他回来的第二百八十一天，今天和他闹得有点不愉快，我可能确实反应过度了。

也不喜欢他小心翼翼对着我的样子，会想起从前那些不好的记忆。

高兴太久了，我都快忘了。

今天真的没法高兴。

第42章

之后这一个月,每周六下午,温元初还是会带凌颂去游泳馆玩两个小时。

凌颂想学,他就教,为了让凌颂学习之余喘口气,放松放松。

凌颂再不敢胡乱开玩笑,每次都学得很认真。

等到期末考时,他的蛙泳已经游得相当不错。

本学年的最后一次期末考,凌颂破天荒地考进了年级前三百名,排名年级二八二。

这下连凌颂家里人都惊讶了,哪怕是失忆之前,凌颂都没考过这个名次。

凌颂难得谦虚,说都是温元初的功劳。

在家人面前,他从来不吝啬对温元初的夸奖。

期末考试结束后,学校给他们放了二十五天假,八月初就要返校,开始痛苦的备考生涯。

温元初终于拿出了他那张计划表,除了早上的晨跑,和每周一次的游泳,这二十五天,每天从早到晚,全部被学习排满。

凌颂抗议无效,只能选择接受。

凌颂十分郁闷地拿过计划表,将七月二十八这天勾出来:"这天是农历七月十五,你生日,你必须得给我放假,让我给你庆祝生日。"

"可以。"温元初痛快答应。

好吧。

凌颂心里终于舒坦了些,温元初这个脑子里只有学习的怪物,总算还有点人性未泯。

不过关于这个,他还没想好要给温元初送什么礼物。

这是温元初十八岁生日,这里人十八岁成年,这个生日一定要过得隆重一点。

凌颂心想,他必得给温元初留给毕生难忘的回忆。

这不是他第一回给人送生日礼,上辈子每年长辈寿辰都必须准备寿礼,做皇帝后碰到那些肱骨大臣的生辰,也得赏赐笼络人心,尤其摄政王那里,每一年的赏赐都是头一份的。

不过现在想想,他也不记得当年都给那个讨厌鬼赏过什么,往往是下头的人将礼单报上来,他随意扫一眼点个头就成了,完全不走心。

给温元初送生日礼,绝不能这样。

但具体要送什么,凌颂想破了脑袋,都还是不满意,于是只能去。问张扬、王子德他们。

他们说包个大红包最实际。

凌颂觉得,这也忒庸俗了点。

问林秋怡、姚娜娜,他们说可以送亲手织的帽子、围巾或手套,要让对方感受到贴心的温暖。

可凌颂第一不会,第二他觉得这两人都是小女生心理,不具备参考性。

等温元初生日那天,早上就出门,先去逛街,中午随便找间餐厅吃饭,下午看电影,然后去吃火锅。

完美。

于是计划就这么定了下来。

之后两个星期,凌颂怀揣着这样的期待,更有了学习的动力。

随堂检测的成绩一回比一回好,连温元初都略显意外,凌颂这个小浑蛋,这是转性了?

他问凌颂,凌颂摆摆手,得意地说:"好好学习,应该的。"

……大约真的转性了吧。

到了二十八号那天,别的同学都在因马上就要高三开学了鬼哭狼嚎时,凌颂兴奋得仿佛中了五百万,一大早八点钟跑去温家门口,给温元初打电话。

"元初弟弟,起床了,哥哥带你出去玩。"

温元初面无表情地拉开家门,外头站着嬉皮笑脸的凌颂。

凌颂抬手冲他比心:"早安,元初弟弟,吃早饭了吗?"

温元初忍了又忍,没跟他计较。

他们并肩出门,坐地铁去商圈。

"你怎么一大早还不高兴?我陪你过生日,你给我个面子好不好?"

温元初沉声问:"元初弟弟又是哪里来的称呼?"

……原来是在意这个啊,早说嘛。

还说不是弟弟呢,别扭又幼稚的小鬼。

凌颂嘿嘿笑:"我梦里多活了一辈子,所以我是哥哥。"

"你觉得合适?"

"有什么不合适的？"凌颂理直气壮。

温元初移开眼，懒得理他。

早上他们去逛商场，凌颂买了两双球鞋，他自己一双，送温元初一双。这辈子的凌颂会用心给人挑选礼物了。

不像从前，送去他府里的，永远是与别人如出一辙的宫廷御赐之物。

凌颂放下心，笑问他："喜欢？"

"嗯，"温元初点头，"喜欢。"

中午他们在商场餐厅吃饭。

凌颂捏着手机打算买下午的电影票，正要问温元初想看什么，温元初搁在桌上的手机屏幕亮了一瞬，班主任马国胜给他发了条消息来，说让他下午回去学校一趟，开个会。

凌颂问："开什么会啊？为什么要你去不要我去？"

温元初简单解释："每年开学前，学校会单独召集年级前三十名，开个小的动员大会。"

那就难怪了。

这些人都是学校的希望，学校重视是应该的。

凌颂有点不高兴，怎么偏偏就挑了温元初生日这天，太不巧了。

但事关学习，他只能让步："那就去呗，两点是吧，吃完饭我陪你一起去，这动员会总不会开好久吧？说不定一下就结束了，等开完再看电影也一样。"

温元初点头："不会太久，应该最多一小时。"

吃完饭再坐车去学校，时间刚好。

路上凌颂难得正儿八经地问起温元初，大学打算学什么。

温元初答："学物理。"

凌颂"啊"了一声，完全没想到会得到一个这样的答案。

"为什么？不枯燥吗？"

温元初："你看过《时间简史》吗？我看到你家书柜里有，我觉得那书有点意思。"

看过当然看过，他刚回家那天就翻过了，那会儿一个字都看不懂，学了物理之后有一次无聊又去翻了翻，虽然依旧似懂非懂，但大概知道了说的是时间、空间那些高深的东西。

"……学这个有什么意思？"

"为什么没意思？"温元初淡淡道，"古人说的转世轮回，其实说的也是时间空间的转换。"

凌颂心里咯噔一下。

要不是温元初神色太平常,他都要以为这人在暗示什么了。

他本人,不就从四百年前到了这里吗?

凌颂心里七上八下,温元初抬手揉了揉他后脑的头发:"我随口说的,别想太多。"

"那你真要学物理啊?"

"再说吧。"

凌颂想一想,以后他们一个学物理,一个学考古,一个探寻古代秘密,一个探索未来世界。

……还挺好?

行吧。

两点之前,到达学校。

开会的地点在学校小树林旁一栋单独的楼里,凌颂没跟着进去,跟温元初说就在外头等他。

他走到小树林后面的湖边,那里有凉椅,可以躺着睡觉。

虽然天气炎热,但躺在树荫下,不时有微风拂过,勉强还能忍受。

凌颂很快昏昏欲睡,半梦半醒时,他觑到前边有人站在湖边上发呆,是个个子小小的女孩。

起初凌颂没有在意。

不过这个点,如果是学生,不是应该在上课吗?

凌颂抬起手,眯着眼睛看一眼手表,两点二十,是该在上课没错啊?

大概是逃课出来的?

凌颂摇头,现在的小孩,真叫人头疼。

他闭上眼,翻过身去,准备睡一觉。

身后忽然传来"咚"一声响。

凌颂眉头一动,回头看去,刚才还站在湖岸边的女孩不见了。

哦,人在水里呢,正艰难挣扎着上下起伏……

凌颂霍然起身,这下瞌睡全无了。

跳湖了?!

他赶紧跑过去,那女孩还在水中浮沉。

凌颂快速四处扫了一眼,没看到别的人影。

"有没有人?!这里有人落水了!有人来救人吗?!"

放声喊了几句,回答他的只有唰唰的风声。

湖里的女孩看起来已经快没力气挣扎了,凌颂有点慌,他虽然学了游

第42章

泳，游得也还不错，但自己到底有几斤几两心里还是清楚的，并不敢贸然下水救人。

可眼睁睁地见死不救，也不是个办法。

最后凌颂蹲下，一手小心翼翼地扶住岸边的一块石墩，另一只手捏着他刚找到的一根树枝，伸过去，焦急地冲湖中的女孩喊："你抓住树枝，我把你拖上来，快点！"

落水的女孩求生的本能占了上风，慌乱中终于捉住了凌颂递过来的树枝。

仿佛扯到了救命的稻草，湖中挣扎的人用力一拉。

凌颂脚踩在岸边湿滑的泥地上，重心不稳，就这么猝不及防地被拖进了水里。

骤然落水，浑浊的湖水从四面八方涌来，那些呼气换气的法子全部忘光。

凌颂被水呛到，辛辣刺激感从口鼻一直蔓延到喉咙深处，五脏六腑都好像灼烧起来。

他本能地挣扎，却挣不开那个将他当作救生圈死命拽着他的女孩，被拖着不停往下沉去。

呛水、窒息，这样的感觉并不陌生，他已经是第二回经历了。

浑浑噩噩间，脑子里那些片段的记忆不断涌进来。

失去意识之前，凌颂恍惚想到，原来从前那个他果真也是他吗？

最后的意识里，他好像听到了温元初过于急促的呼吸和心跳声。

有一只手拉住了他。是温元初。

第43章

凌颂一直没醒。

他的耳边听到许多杂乱无章的声音。

马太傅在朝堂之上颓然摘下头顶乌纱，泣泪与他说："从今往后，微臣再不能为陛下分忧，陛下您请多保重。"

他的师父刑道人目光含着悲悯，一再提醒他："摄政王狼子野心，陛下万不可对他心慈手软。"

小德子哭着跪地哀求："陛下，您跟奴才一起逃吧。"

还有温彻，那个人严肃冷冽，说："陛下从来这般优柔寡断、愚不可及，不若早日退位让贤得好。"

温彻，不，是温元初，几岁大的温元初板着脸，眉头紧蹙："你离我远点，不要来烦我。"

十二岁的温元初帮他拦下疯马，厉声呵斥："不会骑就不要骑，你的命不是你的一个人的，你凭什么不珍惜？"

十五岁的温元初捏着那片被他弄坏的银杏叶标本，手背青筋暴起，极力压制怒意但嗓音冰冷："你走吧，以后再不要来我家，我不想跟你说话，走！"

凌颂恍恍惚惚睁开眼，守在病床边的哥哥嫂嫂凑过来，嫂子目露欣喜："小颂你醒了，感觉还好吗？"

凌颉按床头铃，问他："记得我们是谁吗？"

凌颂点点头。

面前的夫妻二人同时松了口气。

凌颂昏睡了三天。

连医生都说不明白，只是溺水而已，看着也没什么大毛病，怎么就是醒不来。

但凌颂已经是第二回这样了，他们只能耐心等。

凌颉告诉他，爸妈刚回去，换他们在这里守着："还有温元初，他已经不眠不休地守了你三天，今早我强硬将他撵回去休息了。"

听到温元初的名字，凌颂的喉咙滚了滚，没吭声。

第43章

医生来给他做检查，又问了他几个简单的问题，凌颂一一回答了，最后说："哥，嫂子，我好像想起以前的事情了。"

凌颉夫妻俩闻言愈加欣喜："真的都想起来了？"

"嗯，想起来了。"

他确实都想起来了，他就是从前的凌颂，从前的凌颂就是他。

从前的凌颂所思所想所为和他一模一样。

他们是同一个人。

只是前面十七年，他丢了上辈子的记忆而已。

医生说还要做脑部CT，凌颂心里总有种说不清道不明的不安感。

没半个小时，他爸妈听说他醒了，立刻赶回医院，同来的还有温元初。

三人脚步匆匆地走进病房。

温元初黑眼圈浓重，神情紧张，一进来就死死盯着凌颂，要不是病房里还有其他人，他已经冲上去了。

凌颂愣了愣，目光从他脸上掠过。

凌母走上前抱住儿子，哽咽哭泣。

凌颂回神，轻拍她的背："没事了，妈，我没事了。"

儿子醒了且没什么大碍，凌父凌母终于放下心，跟凌颂说了几句话，嫂子将他们先送回家。

凌颉说："你们聊吧，我去找医生问问。"

凌颂倚在床头，垂着眼没说话。

温元初神情焦急地坐在旁边，凌颂安慰道："真的没事了。"

温元初哑声问："为什么要逞强？"

听出他声音里的颤抖，凌颂只得说："……也不能见死不救，我没想到会被拖进水里，那个女孩怎么样了？救上来了吗？"

温元初蹙眉，声音冷硬："没事。"

跳湖的女孩因为不想去工作，被母亲说了几句，一时想不开，还差点连累了凌颂。

凌颂听罢有一点无言，现在的人心理都这么脆弱的吗？被母亲说两句就要死要活，像他上辈子那样每天被摄政王教训，被人架着逼着左右为难，不得寻死个千八百回？

想到摄政王，凌颂心头一跳，昏迷时梦到的那些乱七八糟的记忆又一次出现在脑中，且逐渐变得清晰。

他无意识地抠着身下床单，不敢看温元初的眼睛，犹豫一阵，小声说："我，记起之前的事情了。"

温元初动作一顿，缓和了声音："记起了什么？"
"……都记起来了，上次，上次落水后忘掉的事情，都记起来了。"
"嗯。"
嗯是什么意思？
凌颂的目光落回温元初脸上，温元初没看他，拿了个苹果削了起来。
凌颂有一点失望。
为什么温元初从小到大都对他很冷淡？
那句"你不是他"到底是什么意思？
还有温元初曾经说的"我做的事情，在他眼里看来好似都是错的，他一点都不信我"，这一句，又究竟代表了什么？
那个呼之欲出的答案，凌颂下意识地拒绝，他不敢去想，也不敢问。
他宁愿自欺欺人。
可温元初这副沉默以对的态度，又让他很不舒服。
温元初到底在想什么？
温元初把削好的苹果递给他，凌颂气闷道："我又吃不了，我躺了三天了，医生说只能打营养液喝稀粥，现在不能吃固体食物。"
温元初默不作声地收回手，低声说："抱歉。"
"你跟我道歉做什么。"
凌颂抢过他手里苹果，往垃圾桶里一扔，躺下背过身去。
身后的温元初无声看他片刻，伸手过去，帮凌颂将被子拉好。
凌颂闭起眼，一句话不想再说。

凌颂从医生那里回来，大致提了还要做几样检查："如果检查结果都没什么问题，再观察个三五天就能出院了，还好不会又耽误了学习。"
病房里的两个都没吭声。
凌颂看他俩一眼，察觉到气氛不对，没再说什么。
下午张扬他们几个来医院看凌颂，林秋怡她们也跟着一起来了。
温元初把病房让给他们，去了外面走廊上。
一众同学犹豫再三，你看我、我看你，最后是王子德先开口。
"老大，你怎么又掉湖里去了？"
凌颂翻了个白眼，没好气："我这次是见义勇为、舍己救人好吗？你们这副表情什么意思？"
夏朗星嘲笑他："旱鸭子还想着救人，差点把自己赔进去，你可真厉害，要不是刚好那会儿开完会了，温元初去找你，你今天还能躺这里嚣张？"
凌颂不想理他。

第43章

他知道夏朗星说话不好听，但没恶意，可他就是憋屈，尤其听到说确实是温元初救了他，更加烦闷。

林秋怡推了一下夏朗星胳膊，制止了他更多的胡言乱语，问凌颂："听说你昏迷了三天，现在好了吗？"

"好了，还想起了以前的事情。"

"真的啊？"

这下所有人都惊讶了，围着他你一句我一句地提问。

凌颂心不在焉，有一搭没一搭地应付，最后他郑重声明："我之前那次落水也是意外，你们以后可别乱说了。"

那次温元初把他气得翘了下午的课，躲在湖边偷偷哭。

落水就真的是个意外，一不小心脚踩空了而已。

以前没有记忆的那个他，果然有点蠢。

姚娜娜先出了病房，温元初坐在外头发呆，她过去他身边坐下，随口问："跟凌颂吵架了？你的脸色可真难看，一准是你生气着急又把人给骂了吧？"

女生的语气里带着幸灾乐祸，温元初沉默不言，许久才说："……我骗了他，他好像起疑心了。"

"行啦，有什么大不了的，骗了就好好道歉呗，还能有过不去的事情啊？"

温元初没再接话。

这件事情，恐怕很难过去。

凌颂如果知道他就是那个人，还会理他吗？

……只怕会吓得躲到天边去吧。

他不敢说。

他确实是个懦夫。

入夜，温元初留下来给凌颂守夜。

凌颂犹豫道："我哥留这里就行了，要不你回去吧，明天开学了。"

"你不返校我也不返校。"

温元初丢出这句，说什么都不肯走。

最后是凌颂让步，叮嘱他晚上也要睡觉，别一整夜都干瞪着眼睛，离开了医院。

凌颂已经喝了家里熬好送来的粥，温元初也吃过了晚饭，他去打来热水，给凌颂擦脸。

凌颂受不了这沉闷的气氛，打破了僵局："温元初……你不累吗？"

温元初手上动作没停，嗓音淡淡的："不累。"

凌颂心情复杂，甚至开始怀疑是不是他搞错了。

这个人这么好，这么温柔，他为什么会怀疑他？

帮凌颂擦洗完脸，温元初打开电视机。

他俩都没看，但房间里有电视里的声音，总算不那么尴尬。

凌颂的脑子还有点晕，躺在床上半梦半醒，回忆那些断断续续的过往片段。

温元初坐在旁边另一张床上看手机，心神不定，往往都自动黑屏了才按一下，偶尔抬眼，看到的只有凌颂穿着病号服的瘦削脊背。

九点多，温元初关掉电视，轻声说了一句"早点睡吧"，摁灭了床头灯。

他躺下，怔怔地看着头顶天花板，分明疲惫到了极致，却又睡不着。

凌颂："你几天没睡了？"

"每天都会眯一会儿。"

眯一会儿算什么睡觉。

凌颂想，他昏迷三天，这人只怕三天基本没合过眼。

"温元初……"

"嗯。"

算了。

他还是不敢问，怕听到那个最叫他不能接受的答案。

这样就挺好，凌颂自我安慰，是他多想了，肯定是他多想了。

温元初不会骗他的。

至于温元初说的那些莫名其妙的话，也许只是随口胡诌个理由打发他呢。

帮温元初找到了借口，凌颂心里好受了许多，决定不再想这事。

"你明天真的不去上学了？"

"等你好了一起去，晚几天没关系。"

"哦……"

"凌颂。"

"做什么？"

"以后不要再吓我了。"

凌颂顿时就说不出话了。

他并没有做错事，他只是见义勇为，换了谁都不可能眼睁睁看着人落水无动于衷，但听到温元初用这种近乎恳求的语气说出这样的话，他还是心虚了。

他好像做了什么十恶不赦的事情一样。

"你别这样嘛,我现在不是没事,还把丢了的记忆找回来了,怎么也算因祸得福了吧。

"好嘛,我跟你保证,再没下次了就是。"

温元初的心绪逐渐平静下来,轻拍他的背:"早点睡吧。"

闭上眼睛之前,凌颂最后问:"温元初,你不会骗我的吧?"

"……不骗你,以后再不骗你。"

凌颂心头一松,宽下心,沉沉睡去。

温元初依旧不得成眠。

他回来的第三百二十六天,看到他落水的那一刻,那种恐惧感好像又冒了出来。

哪怕骗他一辈子,我也不想让他知道真相。

他惧怕、讨厌那个我,那杯毒酒是不是我送的并不重要,只要我是那个人,他一定会躲得远远的。

那就做个骗子好了。

第44章

　　凌颂在医院又多住了三天，没什么大毛病，被家里人接回家。

　　他和温元初一起返校的第一天，恰逢整个年级的集体动员大会。

　　校长和教导主任轮番上台演讲，慷慨激昂地激励大家把握住最后一年的时间，争取让成绩更上一层楼。

　　凌颂听得昏昏欲睡，小声问温元初："上回叫你们排名靠前的来单独开会，说了什么？"

　　"考上最好的那两所大学，有现金奖励。"

　　哦，真现实。

　　凌颂撇嘴。

　　他也想考，前几天堂叔还跟他说让他想学考古就考Ｐ大，但是他现在这个成绩吧，考Ｐ大还差得远了。

　　哪怕从前的记忆回来，也不代表他的成绩就能突飞猛进。

　　说来丢人，他以前也就年级三百多名的水平。

　　凌颂很失望地发现，他其实不是天才。

　　能在短时间内学完小学到高中的全部课程，是潜意识里对以前学过的知识有印象而已。

　　同样是人，他和温元初的差距怎么就这么大呢？

　　正胡思乱想间，主席台上的教导主任忽然点了他和温元初的名字。

　　凌颂一愣，就听教导主任毫不吝啬一顿夸奖，极力赞美起他们见义勇为、舍己为人的高尚行为。

　　他俩被请上台，众目睽睽下接过教导主任颁发的奖状。

　　凌颂还从没见过教导主任对他笑得这么和蔼可亲。

　　话筒伸到面前，让他们发言。

　　温元初接过先说，一堆套话说出口，他半点不脸红。

　　凌颂忽然发现，温元初这人，在人前还挺会装的。

　　轮到他自己，凌颂想了想，说："我当时其实没想太多，看到有人落水就去救了，我就是个帮倒忙的，主要还是靠温元初救了我们，温元初他真的很好、很厉害，什么都会，多亏有他，大家向他学习就够了。"

所有人："……"

动员大会结束，学生们继续单调枯燥的学习生活。

每天除了排得满当当的课，还要上晚自习，从七点到九点半，不带叫人喘气的。

周六也得补课一整天，每周只有周日放假。

温元初和凌颂的一对一补课，也只剩下周日这一天。

凌颂十分郁闷，三天没来，落下的试卷和习题能把他埋了，他还都得补上。

他趴到桌子上，动都不想动。

"喂，温元初。"

凌颂侧过头，正想和温元初发发牢骚，却发现温元初手里正在做的习题册，好像跟别人的不大一样，于是凑过去仔细看了看，看不大懂："你这做的是什么？怎么题目这么偏这么难？"

温元初掀起封面给他看，竟然是竞赛题。

"你今年也要参加竞赛啊？"

"嗯，数学、物理都报了名，我想直接保送。"

凌颂很意外："之前不是说想自己考的吗？怎么突然改主意了？"

温元初看他一眼，说："如果确定了保送，之后半年我不用再上课，可以一门心思帮你提高成绩，你不是也说想考Ｐ大？"

凌颂张了张嘴，说不出话来。

他随口这么一提，这人竟然当真了。

就他这成绩，下辈子都没可能考Ｐ大吧。

温元初淡淡道："最后一年努力一点，还是有希望的，考古系分数低，可以冲一冲。"

"……那我也得再冲个一百来分。"

"你要是信我，听我的话，说不定能行。"

凌颂顿时乐了："元初同学，我当然信你了，你说行，那肯定行！"

温元初点头："嗯。"

前座的张扬听到他们说的话，回头问凌颂："小弟，你打算考Ｐ大学考古系啊？"

"你有意见？"

张扬忍着笑："没、没，你加油，你俩一起上Ｐ大，蛮好的。"

凌颂挥手赶苍蝇："知道你看不起我，你等着，我一定'打你脸'。"

"切。"

凌颂燃起斗志，再不唉声叹气了，坐直身撸高袖子，打开习题册。

温元初都说能行，他一定能考上。

他非得叫所有人都大跌眼镜不可！

九月初，温元初参加数学、物理竞赛初赛。

他去年就已经拿过数竞省级一等奖和物竞省级二等奖，学校对他的期望很大，这段时间他白天上课刷竞赛题，晚自习参加学校的竞赛辅导班，水平又提高了不少。

初赛那天是周日，数学物理安排在同一天，一个在上午，一个在下午，地点在另一个区的学校。

凌颂陪着温元初一起过去。

好不容易一天休息，他也没睡懒觉，七点不到就爬起床，和温元初一块出门。

温元初说让他在家休息，凌颂不肯。

"我必须得去，我是你的福星。"

温父叫了司机开车送他们过去，凌颂哈欠连天，一上车就准备补觉。

温元初无奈问："我进去考试，一整天的时间，你准备做什么？"

"找个能睡觉的地方睡觉。"

"……在家睡不好吗？"

八点半，到达考试地点，他们又在门口等了十分钟，考生们开始进入考场。

凌颂帮温元初把考试要用的工具和准考证、身份证都检查了一遍，最后笑嘻嘻地和他说："温元初你加油啊，我可等着你保送之后带我一起飞的。"

温元初提醒他："别到处乱跑，前面街上有座大商场，你去里头玩等我。"

"嗯嗯，知道。"

目送温元初走进考场，凌颂终于也体会了一把为别人考试紧张的味道。

一直到考试铃声响关了校门，门口聚集的送考家长们陆续散了，他才依依不舍地离开。

去商场的路上，凌颂又想起了温元初生日那天的计划……

结果他那些计划全部泡汤，那个生日倒真过得是毕生难忘了。

现在他们更没时间弄些乱七八糟的企划了。

商场里也没什么好逛的，里头有间书吧，凌颂进去，随手挑了本小说，找了个舒服的懒人沙发，坐下一边翻小说一边打瞌睡。

温元初过来时，凌颂将书盖在脸上，已然睡得无知无觉。

凌颂一个激灵醒来，看到坐在身边正看他的温元初，愣了三秒。

赶紧擦了擦嘴角："你考完了？几点了？"

"十二点多了。"

凌颂一看手表，……他竟然睡了这么久？

"你怎么知道我在这儿？"

温元初指了指临街的落地大玻璃窗，他刚从外头过来，一眼就看到了凌颂在这儿呼呼大睡。

呃。

凌颂有点尴尬，他睡得如此不雅，岂不是过路的都看到了？

温元初把他从沙发里拉起来："去吃饭。"

在商场里随便挑了间餐厅进去坐下，温元初点菜，凌颂憋不住地问他早上物理考得怎么样，能不能拿到名次。

温元初喝了一口水，说："应该没什么问题，挺容易的。"

凌颂就喜欢他说这话时自信的语气："如果能拿到前面的名次，那这次你得去参加省队集训吧？你去呗，不用管我了。"

"……你自己好好念书，别放松了。"

"放心放心。"

但温元初对他一万个不放心，不过看凌颂这么高兴，也懒得再说了。

吃完东西离下午考试开始还有一会儿时间，他们又回去那个书吧，凌颂玩手机，温元初坐一旁翻书。

VV里有温宴发来的消息，凌颂顺手点开。

温宴：周末跟元初出去玩了吗？

凌颂：没有，他今天参加竞赛，我陪他一起，在考点外等他。

温宴：你也不嫌无聊，对了，我发现了个好玩的事情。

凌颂：什么？

那头扔了张照片过来，竟然是温家的族谱。

这个凌颂倒是听温元初说过，他们家是少数还有族谱的，甚至可以追溯到几百年前的老祖宗，族谱每十年修一次，这一代由他小爷爷一家负责。

温宴：最近家里修族谱，我顺便把之前的都翻了翻，永安朝的摄政王温彻，也是我家老祖宗，他原来还有个乳名。

温宴又扔过来一张照片。

泛黄的族谱上用毛笔字记载了温彻的姓名、生卒年和人物志。

第一句便写着，温彻，乳名元初。

凌颂愕然。

温宴：元初这小子的名原来是那位摄政王的乳名，你又跟永安帝一个名，你俩还挺有缘的。

后面堂叔又发了些什么信息，凌颂都没再看进去，他愣在那里，遍体生寒、如坠冰窟。

温元初抬眼，看到他这副模样，蹙眉喊他："凌颂？"

凌颂浑浑噩噩地看过去，喉咙滚了滚，话到嘴边，一个字都说不出口。

"……你怎么了？"

温元初疑惑看着他，凌颂倏然回神："没……没什么。"

他低了头，赶紧摁灭手机屏幕。

"时间到了，我送你去考场吧。"

他俩一起走回考场，凌颂一路上都没吭声，温元初察觉出他的异样，欲言又止。

到了学校外，凌颂低着头小声说："到了，你进去吧。"

温元初没动，问他："你到底怎么了？"

"没什么，"凌颂依旧是这三个字，顿了一下，终究没忍住问，"温元初，你的名字，是谁给你取的？"

温元初的眸光一滞，说："我爸。"

"……噢。"

凌颂想，应该是他多心了。

他哥的名字不也和从前一样吗？说不定，只是巧合而已。

强压下心头本能的不安，凌颂抬眼，冲温元初挤出笑，又一次说："你进去吧。"

"你……"

"没事了，你赶紧进去，别磨蹭了。"

将温元初推到进门处，凌颂后退两步，冲他挥手："快、快，进去。"

温元初犹犹豫豫地往里走，几次回头看他。

凌颂突然又怎么了？为什么问他的名字？

……他发现什么了吗？

凌颂心乱如麻，虽然试图安慰自己只是巧合，可他心里七上八下的总不得太平。

他回去书吧继续等温元初。

翻遍了书吧里所有历史类书籍，都找不到丁点相关资料。

用手机上网查，也毫无头绪。

摄政王什么时候多了个乳名，为什么他不知道？

为什么从来没有人告诉过他?

凌颂蹲到地上,头埋在双膝间,又一次试图说服自己。

不要想了,是你这个笨蛋想多了,自己吓自己。

他闭上眼,脑子里挥之不去的,却是温彻看向他,那双总是冰冷无情的眼睛。

元初、元初、温元初……

不会的,一定不会的,凌颂掐着手心。

温元初不会骗他,他不信,肯定只是巧合而已。

肯定。

第45章

　　温元初提前了半小时交卷出来。

　　凌颂坐在考场学校外的花坛边发呆，温元初走到他身边，他都没察觉。

　　"凌颂。"温元初轻声喊他。

　　听到温元初的声音，凌颂的目光动了动，缓缓回神，抬眼看过去。

　　"你、你考完了……"

　　凌颂看一眼手表，离考试结束还有二十多分钟："你怎么就出来了，提前交卷了吗？"

　　"嗯。"

　　温元初没有说，他在考场上一直心不在焉，脑子里反复出现的，都是凌颂站在考场外冲他挥手时，那个仿佛要哭了一般的表情。

　　他静不下心，这一场考得一塌糊涂，干脆提前交卷了。

　　凌颂"哦"了一声，又不说话了。

　　温元初看着他，迟疑问："凌颂，你到底怎么了？"

　　"……没什么，"凌颂站起身，脸上勉强堆出笑，"考完了，我们回去吧。"

　　往前走时温元初忽然扣住了他手腕。

　　凌颂下意识地拧眉。

　　"到底怎么了？"

　　"回去吧，"凌颂没看他，低下声音，"我累了，回去好不好？"

　　温元初放开他，到底没再说什么。

　　没叫家里的司机来接，他们自己坐地铁回去。

　　谁都没再说话，就这么默不作声地并肩坐着。对面的车窗玻璃上，映出两张同样沉闷的脸。

　　凌颂移开目光，不愿再看。

　　进家门之前，温元初又一次喊住凌颂，犹豫问他："晚上，还补课吗？"

　　凌颂垂下脑袋，小声嘟哝："随便。"

　　"我看你昨天写的生物作业错题有不少，帮你总结了一些生物必考的题型，晚上集中跟你讲一下吧，不需要太久的时间，两小时就够了，你回家去先吃饭,我七点钟过来。"

凌颂听得心里不是滋味,拒绝的话到嘴边说不出口,点了头:"好。"

"那晚上见。"

温元初目送凌颂进家门,心中惴惴不安。

……凌颂他到底怎么了?

凌颂回房,翻出了之前温妈妈送给他的那本相册。

他一页一页翻过去,试图在温元初从小到大的照片中找出一些端倪来。

照片里的温元初,大多板着脸,神情严肃。

像那个人,又不像那个人。

之前温妈妈说他从小就这个性,比同龄人早熟。

其他同学也说温元初性格冷淡,不好接近。

连他哥凌颉都说过类似的话。

凌颂一直以为,温元初,他就是这样的,不爱说话的酷男生并不少见,他之前从未起过怀疑。

凌颂不敢再深想。

不可能的,他安慰自己。

温元初虽然不爱说话,但他温柔体贴,会帮人会夸人,跟那个人完全不一样。

……他们绝对不可能是同一人。

凌颂倒进床里,瞪着头顶天花板发呆。

许久之后,他抬起手,一巴掌拍上自己的脸。

不许怀疑温元初,不许。

温元初晚上七点准时过来,带了一本笔记本,是他昨晚上完竞赛辅导班回家后,又花了一个多小时总结出来的考试生物必考题型,全部按照凌颂的思考习惯归纳总结,比外头卖的那些辅导书更适合凌颂。

凌颂拿在手里翻了翻,心情更加复杂。

"你今天要竞赛考试,昨晚回去还熬夜帮我弄这个啊?这又不急,今天或者明天弄不也一样的吗?"

温元初淡淡说:"我是想趁着今晚有时间跟你讲一下,不然又得拖到下周拖过这个月的月考了。"

凌颂顿时就说不出话了:"……谢谢。"

温元初没再说什么。

他拿起笔,一道题一道题,认真和凌颂讲解。

九点之前,温元初果真把该讲的全部讲完。

没再继续，他合上笔记本，说："早点睡吧，明早还要开晨会，我回去了。"

温元初回去后，凌颂平复了下心情，拿起手机再三犹豫之后给温宴发一条信息。

凌颂：宴哥，你能不能把你家族谱上，关于那位摄政王的内容全部拍下来，给我都看看？

温宴：你对他很感兴趣？

凌颂：我好奇，我想学考古嘛，多点知识储备应该的。

温宴：感兴趣直说啊，刚好我之前就拍了。

那边很快发了几张照片过来。

温家历经六百多年，名人辈出，温彻又是其中特别有出息的一个，族谱上关于他的生平记载十分详尽。

大致的内容都与凌颂所知道的，和他来这里后看过的那些史料上的相差无几。

只不过这份温家族谱上多了一些世人所不知道的细节，例如温彻的乳名，再例如温彻死后并未曝尸荒野，是他的忠仆为他收了尸，却没有将他葬入温家祖坟，具体葬在哪里，温家后人也不知道。

凌颂呆愣片刻，心里唏嘘不已。

他又给温宴发了一条信息。

凌颂：为什么其他地方都没有记载过，摄政王还有这个乳名？

温宴：这有什么奇怪的，乳名一般人谁敢喊？只怕根本没有几个人知道，所以没有流传下来呗。

是这样吗？

不过确实，当时所有的人，包括自己这个皇帝，都称呼他摄政王。

他对那人敢怒不敢言，只有心下抱怨时才敢直呼其名。

他从不知道，温彻的乳名是元初。

元初、元初，……这个字究竟是什么意思，他又为什么会有个这样的字？

温元初的消息发了过来。

温元初：还不睡觉吗？我看你房间里灯怎么还是亮的？

凌颂收敛心神，回道：我睡不着。

温元初：睡不着也躺下把灯关了，闭上眼睛不要玩手机，很快就能睡着。

凌颂心里蓦地涌起一股冲动：我去你家吧，等我。

第45章

不等温元初再回消息，他收了手机，兴冲冲地从椅子里跳起来，蹑手蹑脚地出门。

温元初果然在家门口等他。

"你怎么又跑过来了？真睡不着？"

"我过来你不欢迎啊？"凌颂理直气壮。

转天一早，不等温元初叫，五点半一到，凌颂自己就起了床。

下楼时却碰上了温元初爸妈。

看到凌颂从楼梯上下来，温妈妈似乎半点不惊讶，笑眯眯地问他："小颂昨晚在我们家玩吗？怎么这么早就起来了？这还早呢。"

凌颂尴尬得手脚都没处放，讪笑："阿姨，你们也起得这么早啊？"

温妈妈随口说："没办法，你叔叔今天要去出差，赶飞机呢。"

说了几句话，凌颂赶紧告辞，出门时，忽然又鬼使神差地问了温妈妈一句："阿姨，温元初的名字是叔叔给取的吗？"

"你说元初这个名字？哪里啊，他自己取的。"

凌颂愣住："他自己？"

"是啊，元初是在国外出生的，一岁多我们才把他带回国上户口，名字是那会儿才取的，当时我和你叔叔都想不到什么好名字，干脆拿那种识字卡片给他自己挑，结果元初就把他的名字挑出来了。"

温妈妈一边说一边笑："你还别说，他当时那样可好玩儿，一本正经的，完全不像是随手捡了两张卡片，倒像是认认真真在那堆卡片里特地挑出了那两张。我还跟你叔叔说元初这小孩，怕是投胎的时候没喝孟婆汤吧。"

说者无心，听到这话的那个却愕然当场。

好半天，凌颂才找回声音："……真的是他自己特地挑出来的这两个字吗？"

温妈妈笑眯眯地回忆往事，并没有发现凌颂的不对劲，点头说："可不就是，后来他长大了点，有一次我还特地问过他，知不知道他的名字是自己选的，他说知道，还跟我说这两个字挺好。"

凌颂不知道自己是怎么回的家。

他的脑子里一片空白，甚至没有了思考的能力。

温元初说他的名字是他爸给取的，但他妈妈说那两个字，是才一岁大的他自己挑的。

温元初骗他。

六点十五，温元初发来消息说在他家门口等，让他吃完早餐就出门。

凌颂走到窗边朝外看了一眼，温元初果真推着自行车，在他家门口。

他握着手机，下意识地捏紧。

凌颂：我身体不舒服，坐家里的车去学校，你先走吧。

温元初：怎么了？病了吗？

凌颂：没有，就是有点不舒服，不想坐自行车了，你先走吧。

温元初：要实在不舒服，就请假一天吧。

凌颂：不用。

温元初还停在原地，似乎在犹豫。

凌颂闭了闭眼。

他有一瞬间的茫然，然后是夹杂着愤怒的恐惧。

温元初骗他。

如果温元初真是那个人，……他该怎么办？

正欲离去的温元初出似有所觉，抬头朝窗户的方向看过来。

凌颂闪身躲到一侧墙后。

等了片刻，再探头看去，那里已经没人了。

他用力带上了窗户。

第46章

后面凌颂还是没去学校。

出门的时候头晕得厉害,他自己浑浑噩噩没察觉,凌母伸手一摸他额头,吓了一跳:"小颂,你发烧了啊?怎么这么烫?"

于是就他被赶回了房间里,跟学校请假一天。

吃了药,他很快睡过去,再醒来已经是中午。

迷迷糊糊间听到温元初的声音,正与他妈妈问他的状况,凌颂的眼睫颤了颤,没睁开眼。

温元初在凌颂床边坐了一会儿,凌母小声提醒他:"元初你先回去吃饭吧,下午还要上学,别耽误了。"

温元初看一眼缩在被子里,像似依旧毫无知觉的凌颂,犹豫说:"那我下午再过来看凌颂。"

脚步声远去后,凌颂缓缓睁开眼,木然地瞪着头顶天花板,没有出声。

下午他精神稍稍好些,也睡不着了,干脆爬起床刷题。

手机里有温元初发来的 VV 消息,一小时一条,问他有没有好一点。

凌颂握着手机,犹豫再三,没有回复。

一放学,温元初又过来凌家看凌颂。

凌颂在他来之前吃了东西,继续躺床上装睡,不想理他。

温元初没有待太久,帮凌颂掖好被子,又走了。

走之前,他在凌颂床头留了一张便笺。

等温元初离开,凌颂坐起身,没开灯,拿过床头柜上的便笺看了一眼。

"凌颂,快点好起来。"只有这一行字。

凌颂捏着便笺发呆片刻,拿起手机,但不知该跟温元初说什么。

他的心里堵得慌,像被一把生了锈的刀反复划,一阵一阵钝痛。

床头柜上还摆着他生日时温元初送他的那个八音盒,凌颂的目光落过去,伸手拧开发条。

悠扬曲声缓缓流淌而出。

凌颂怔怔听着。

他只是忽然想到,温元初真能把他随口哼过几次的曲子完整记下,再谱出来叫人做成八音盒吗？

他之前压根儿没认真考虑过，这个可能性到底有多少。

他太相信温元初了，所以对他的话从来不怀疑。

温元初会骑马，会写骈文，棋下得比他还好。

他还能准确分辨出古董的真伪，认识真正仿古风格的东西。

这些真的都只是巧合？

许许多多的事情串联在一起，都在指向那个凌颂最不想承认的答案。

他本能地抗拒。

如果温元初真的就是温彻，他该怎么办？

……他不知道。

第二天凌颂高烧不退，只能再请假一天。

温元初依旧在放学之后过来看他。

凌颂的脑子里一团糨糊，不想面对他，干脆继续装睡。

温元初走时，凌颂好似听到了他轻微的叹气声。

凌颂这一病就病了整三天，最后不得不打吊针。

温元初每天来看他，他无一例外在睡觉。

等到了周四，学校月考，凌颂的高烧差不多退了，主动提出去参加考试。

温元初一开始并不知道，进考场后，同一个考场的姚娜娜跟他说刚才好像看到了凌颂，问他凌颂今天是不是来了学校。

温元初起身就往外跑。

凌颂刚在考场中坐下，正削着铅笔，抬头就看到气喘吁吁出现在教室外的温元初。

温元初目光灼灼地看着他，凌颂知道躲不过，不得不起身出去。

"你今天怎么来了学校？"

温元初伸手去探他额头，凌颂躲了一下，更加尴尬。

他垂着眼，小声说："……高烧退了，还有一点低热，干脆就来考试了。"

"能坚持吗？"

"没什么事。"

说了这么几句，离考试开始还有五分钟，凌颂看一眼手表，催促温元初："你赶紧回去考场吧，我也要进去了，马上开考了。"

温元初点点头，递了几颗薄荷糖给凌颂："要是头晕就含一颗这个，提神的，实在坚持不下去也不要强撑，考完后我跟你一起回去。"

凌颂不置可否，接过糖，挥了挥手，进入考场。

试卷发到手中，凌颂依旧心不在焉，脑子里不时浮现起的，都是刚才和他说话时温元初的模样。

好在语文是他的强项，闭着眼睛也不会考砸。

剥了颗薄荷糖进嘴里，他甩了甩脑袋，决定不再胡思乱想。

翻到最后的作文题时，凌颂愣了一下——和过去的自己对话。

他的心思一时间又跑远了，和过去的自己对话……

凌颂提起笔，决定任性一回。

他写了一篇箴文，写给四百年前的那个自己。

当年的他太蠢太笨又太懦弱，才会一败涂地。

到了今时今日，他才终于肯承认，身死国灭，都是他咎由自取。

没有停顿地写完近一千字后，凌颂搁下笔，又开始发呆。

他这篇文用词生僻，还夹杂了许多古体字在其中，只怕阅卷老师都不一定看得懂，分数必然不会高。

不过算了，他这个状态，这次月考本来就不可能考好。

趴到桌子上，凌颂闭上眼。

可他还是很难过。

四百年都过去了，为什么从前的噩梦还是阴魂不散。

……那个人，为什么还是不肯放过他。

考试结束前十分钟，凌颂提前交了卷。

他给温元初发了条消息，说要去医院打针先走了，快步出了学校，坐上家里来接的车离开。

下午场的考试也一样，凌颂在开考前五分钟到学校，考完提前几分钟交卷先走。

为了避开温元初。

温元初停车在凌颂家门口，抬眼望向凌颂房间窗户的方向。

他就算再后知后觉，也该反应过来，这几天凌颂是有意躲着他了。

凌颂妻子带着凌超超回来，看到温元初推着车站在他们家门口，跟他打招呼："元初怎么站这里发呆，不进去吗？"

温元初回神，微微摇头："凌颂身体不舒服，我不打搅他了。"

凌颂不想见他，那就算了。

至少，等月考结束了再说。

凌超超跑过去，仰头问温元初："元初哥哥，你跟我小叔吵架了吧？"

温元初皱眉，说："没有。"

"我看到了，小叔偷偷哭。"

"……他哭了？"

"是啊，躲被子里哭呢，可伤心了。"

凌超超抬起手，拍拍温元初的手臂，"元初哥哥，你不要欺负我小叔啊。"

夜晚，凌颂靠在床头，有一搭没一搭地翻复习资料。

手机上跳出一条新的 VV 消息，他顺手点开，是夏朗星扔了条贴吧链接到群里。

夏朗星：这什么人啊，说话怎么这么难听？有毛病吗？

凌颂点进链接里，是一个才注册的新号，在学校贴吧发帖骂他呢。

帖子一连发了好几个，扬言要让他身败名裂，被学校开除。

群里已经讨论起这个事。

林秋怡：谁的嘴这么臭？

姚娜娜：凌颂，你是不是又得罪了什么人？

凌颂：没有，没得罪过谁，估计是嫉妒温元初的人吧。

他没什么心情，看见满屏幕的污言秽语骂他也没什么感觉。

再随手一刷新，果然有好几个人已经跟发帖的那个争吵了起来。

不过很快，那些帖子就全部删干净了，发帖的那个没再跳出来，应该是被管理员封了。

姚娜娜：温元初动作很快啊，这么迅速就联系学生会的删帖了，他果然靠谱。

林秋怡：我还没闹够呢，让我知道是哪个坏蛋发的帖子，非敲碎他的键盘不可！

夏朗星：喂，凌颂，你没得罪人吧？

凌颂：哦。

随便吧。

再说他现在也没心思想这个事情。

置顶的那个号里有新消息发过来。

温元初：身体好些了吗？

凌颂往上划动屏幕，这几天温元初每天都会给他发好几条消息，提醒他吃药、休息，叮嘱他早睡，关心问候他的身体。

他几乎都没回过。

凌颂盯着温元初的 VV 头像。

依旧是银杏叶标本的照片，是上回他从雪地里翻出来的那一片。

他现在已经不知道什么是真的，什么是假的了。

如果温元初真是那个人，为什么现在的他跟从前的他，差别这么大？

从前对他那么不好，甚至……杀了他。

越是想这些,他心里就越难受,仿佛钻进了牛角尖里,怎么都走不出来。
温元初为什么就不能只是温元初呢?
过了几分钟,那边又发来一条。
温元初:今天碰到超超,他说看到你偷偷哭,是身体不舒服才哭吗?
温元初:不高兴的事情可以跟我说,身体不舒服了也可以告诉我。
温元初:不要哭。
凌颂摁灭手机屏幕,更不想回了。
最后一场考试是生物,在周六下午。
凌颂又一次提前十分钟交卷。
但他没想到,走出考场,会看到已经等在外面的温元初。
看到温元初的那一瞬间,凌颂下意识地后退一步,甚至想要拔腿就跑。
温元初喊住他:"凌颂,回家吗?"
凌颂心尖一颤,停住脚步,低了头,回避他的目光:"哦,回去吧。"
他们默不作声地并肩走出教学楼。
温元初去车棚那边推车,凌颂跟在他身边,始终一声不吭。
凌家的车停在校门外,看到他们出来,司机开车过来。
凌颂去拉车门,被温元初拉住。
"……我载你回去。"
沉默了一下,凌颂尴尬道:"温元初,我不想吹风,我还是坐车吧,你先走吧。"
温元初喉咙里滚出声音:"好。"
他骑车先走了。
凌颂目送他的背影远去,愣愣回想着温元初刚才最后看向他的那个眼神。
……他为什么看起来也那么难过?
夜晚,温元初又来了凌家。
听到脚步声,凌颂立刻关灯爬进被窝里装睡。
他的房门没有锁,温元初轻敲了两下,拧开了把手。
同来的凌母啪的一声重新开了灯。
"这才几点,小颂你怎么就睡了?元初来给你上课了。"
温元初看向床上的凌颂,犹豫说:"阿姨算了,凌颂可能睡了,让他睡吧,过几天再把之前的功课补起来也一样。"
"你别惯他,我看他就是犯懒。"凌母上前去,直接掀凌颂的被子。
凌颂装不下去,尴尬爬起来,小声跟他妈抱怨:"妈,你做什么啊……"

"什么做什么，元初一来就装睡，你都几天没念书了，病也好了还想偷懒，今晚必须上课。"

凌母唠唠叨叨地数落了凌颂一顿，把房间让给他们，去了楼下给他们切水果。

凌颂移开眼睛，没看温元初，坐到书桌前。

温元初在他身边坐下，翻开辅导书，拿起笔。

凌颂心神不定，余光不时扫过温元初。

温元初认真讲课时的神态格外平和，语气温和，没有半点他记忆中那个人的样子。

但他说服不了自己。

九点半，温元初合上书本："今天就到这儿吧，你不舒服，早点睡，落下的功课之后慢慢补，不急一时。"

凌颂垂着眼没吭声。

温元初看着他。

"凌颂，你这几天，你到底怎么了？"

凌颂还是不出声。

温元初伸手过去。

凌颂避开了。

他不肯看温元初，渐渐红了眼眶。

"凌颂……"

凌颂终于哽咽出声。

'你不是他'这句话到底是什么意思？'他'是谁？

'我的命不是我一个人的'又是什么意思？

"你说的'他从来不信你'，又是在说谁？"

"温彻。"

他带着哭腔声音里含糊吐出这个名字："你是不是……温彻？"

第47章

凌颂的目光终于落回温元初的脸上。

那双泛着水光的眼睛里，藏着胆怯的愤怒，又近似于哀求。

他在等一个想听又害怕听到的答案。

他看到温元初神情里的哀伤，欲言又止。

凌颂的眸光一点一点沉下，逐渐被泪水模糊。

温元初看着他，终于哑声开口："凌颂……"

"你说话啊，……你到底是不是？"

"对不起，我骗了你。"

"你是温彻。"

"是。"

温元初只看到凌颂睁着满是错愕的双眼，脸上有眼泪汹涌而下。

凌颂的嘴唇翕动，再发不出声音，身体不停地颤抖，涨得通红的脸上全是滚烫的泪。

仿佛被人掐住了脖子，几近窒息。

"凌颂，你别这样。"温元初颤声道。

他伸手过去。

凌颂反应极大地向后躲开，跌跌撞撞地从椅子摔到了地毯上。

温元初的瞳孔猛然一缩，上前去扶他，被凌颂用力挥开手。

凌颂下意识地往后躲，哽咽哀求："你别过来，我害怕，你别过来，我求你了，我害怕。"

温元初收回手，不敢再动。

他跪蹲在地上，泛红的双眼定定地看着凌颂："凌颂，毒酒不是我叫人送给你的，我没想过要害你，从来没有。"

凌颂却仿佛傻了一般，嘴里重复的只有同样几个字。

"我害怕，你不要过来，我害怕……"

凌颂怕他，温元初一直都知道，但亲耳听到凌颂说出来，那种撕心裂肺的痛感依旧不好受，血腥的味道不断在口腔、喉咙里翻涌。

他不知道该怎么解释，才能让凌颂不这么抗拒他，他把这件事搞砸了，在凌颂亲口问出来时，就已经彻底搞砸了。

"凌颂，……我保证不再骗你，我把我知道的都告诉你好不好？你不要怕，我不会碰你，我就这么跟你说话。"

不管凌颂愿不愿意听，温元初深吸一口气，以尽量平缓的语调开口说。

"毒酒不是我叫人送给你的，是那几位王爷，他们想要造反，想借我的手除掉你，再处置我。你的师父刑道人跟他们勾结，他偷拿了你的调兵符，以救驾的名义去调动了京北大营的兵马。

"你以为你手里的调兵符比不上我的一句话，其实不是，我从来没有限制过你手中的权力，北营兵马兵临城下，城中乱成一片，他们借这个拖住我。

"等我把事情处理完，进宫去见你时，你已经喝下了那杯毒酒。"

温元初艰难地上下滑动喉咙，若非面前这个人是凌颂，他永远不会也不愿再去回忆那一幕。

当时的许多场景都已变得模糊不清，唯有凌颂七窍流血倒在大殿中、紧闭起眼再无生气的模样，这些年反反复复地出现在他的噩梦里，一再地纠缠他。

温元初哑声继续说："兴庆宫，没有你想象中那么滴水不漏。那回你喝醉了，哭着跟我说，我安排给你的那些人像是一直在监视你，让你觉得害怕难受，所以我撤走了一部分人，就因为这个，给了那些居心叵测之人可乘之机。

"都是我的错，我没有护好你。

"我将马太傅从你身边撵走，是因为他过于迂腐，教的那些刻板的为君之道，在那个乱象横生的时代根本不适用，只会给你带来困扰，可我嘴笨，不懂得怎么跟你解释，只会强硬地做我认为对的事情，让你误解。

"你因马太傅的事情伤心，恨我，我不敢再随意动你身边的人，怕更惹你不高兴。你的那个师父，我分明一早就怀疑他居心不轨，但没有确凿证据，一直按捺着没动他，到头来反而害了你。

"我从前一直骂你无能废物，其实我才是最无能的那个，我自以为是做的事情，结果却造成了最坏的后果。

"凌颂，我做过很多错事，可我真的从没想过要害你。

"这辈子前头十几年，你把从前的事情全都忘了。你的记忆回来后，我高兴得几乎要发疯，但是很快我就发现我根本不敢让你知道，我就是你前世最讨厌的那个人。我怕你知道了，再不会理我，会躲得远远的。

"凌颂，对不起。"

第47章

温元初断断续续地把话说完,凌颂始终低垂着脑袋,没有出声。

他或许信温元初说的都是真的,但他本能地觉得害怕,甚至恐惧。

浑浑噩噩的脑子里完全丧失了思考的能力,温元初的声音被屏除在外,变得混沌不清,他给不出任何的回应。

静谧的房间里只有挂钟的指针走动的些微声响。

长久的沉默后,温元初去浴室拿来热毛巾,递给凌颂。

放低了声音,像是怕再吓到他:"很晚了,你去睡觉吧,这些都是从前的事情了,不要再想了。你不要怕,过去的事不会再发生,我跟你保证。

"你现在不想见到我,我就不出现在你眼前。你可以慢慢想,等你想明白了,还有什么你想知道的,我都可以告诉你,从今以后,我都不会再骗你。"

温元初起身离开。

等他的脚步声远去,凌颂才似如梦初醒,爬回床上将自己裹进被子里,一丝缝隙不留。仿佛这样就能回避心里不断冒出来的那些恐惧之意,不至于再害怕得浑身发抖。

将将退下去的低烧,很快又蹿了起来。

温元初走出凌家,独自一人在微凉夜色中站了许久。

凌颂流着泪的那双眼睛,反复在眼前浮现,挥之不去。

他回来的第一年零六天,他知道了,他哭了,他说害怕。

我要怎么做才能让他不再害怕?

对不起。

凌颂昏睡到第二天清早,他妈来敲门叫他起床才发现他还病着。

于是凌颂接着打针吃药,又在床上睡了一整天。

在那些徘徊不去的梦境里,他看到许许多多的人,最后是温彻。

那双冰冷淡漠的双眼,逐渐变得哀伤。

周一清早五点不到,凌颂再次醒来,身上的热度已经退了。

他抬手按在额头上,恍惚间想起之前的事情,还当是自己又做了一场噩梦。

直到他拿起床头柜上的手机,点开看到温元初昨晚发进来的VV消息。

温元初:我听超超说你又发烧了,好好吃药休息,别再难过纠结了。你不想看到我,我保证不出现在你眼前,我跟学校请了假,这一周都不会去学校。

温元初:凌颂,你要快点好起来。

凌颂木愣愣地盯着那几行字。

最后那一句，前几天温元初留给他的便笺上，也是这么写的。

这个人从来就不会说什么特别漂亮的话，可即便是这样朴实的安慰之言，他上辈子也从未跟自己说过。

凌颂下床走去窗边，拉开了一点窗帘朝外看。

对面房间窗帘紧闭，没开灯。

外头还下着雨，灰蒙蒙的一片。

凌颂茫然地动了动眼睫，重新拉上窗帘。

七点十分之前，凌颂准时到校。

出门时他妈还特地问他要不要再请一天假，凌颂下意识地看向隔壁那幢别墅，愣了一秒回神说不用。

温元初果然没来。

一直到晨会和早读都结束，第一节课的上课铃都响了，凌颂身边那张桌子还是空着的。

周一早上第一堂课是英语，凌颂心不在焉，怎么都集中不起精神来。

课间时，王子德打听到消息，温元初确实请了一个星期的假。

他的竞赛初赛成绩出来了。

数学意外地没考好，只拿了省级三等奖。物理倒是考得很不错，分数接近满分，下周末要参加复试。

于是温元初干脆跟学校请假，说这一周要专心准备竞赛复赛。学校对他的期望很大，而且一周时间也耽误不了什么，马国胜特地给他批了假。

王子德、张扬他们几个还在议论纷纷，都好奇得很，怎么温元初这次数学竟然没考好？

凌颂颓然趴到课桌上，没有参与他们的话题。

只有他知道，那天温元初提前了半小时交卷，能考好才怪了。

可饶是这样，他也拿了省级三等奖，远非一般人能比。

温元初说不出现在他眼前，果然就不出现在他眼前了。

凌颂略略松了一口气，心里又莫名有种说不出的失落怅然。

他们的月考成绩也陆续出来。

温元初又是年级第一，凌颂这次却没考好。

各科成绩都比上学期期末退步了，年级总排名更是倒退了一百多名。

这个结果并不出乎他的意料，这几天他一直病着，加上心思飘忽，没考好太正常了。

第二节课的大课间，凌颂被马国胜叫去办公室。

马老师先关心了一番他的身体，凌颂跟他道谢说已经没什么问题。

马国胜点点头："没事就好,但是这次月考,你退步还是有点大的,这几天你病着,我也就不说什么了,之后还得努把力赶上来,放松不得。"

凌颂低下脑袋,小声说:"我知道了。"

马国胜又翻出他的语文卷子,直接翻到最后面的作文,犹豫再三,提醒他:"这篇文章写得确实很不错,几个阅卷老师看了都说你古文造诣十分了得,但就是这个内容,有点太过消极和愤世嫉俗了,考试的时候写这种东西不好,以后在考场上尽量还是别写了。还有就是你自己要调整心态,现在功课多,学习压力大,你要学会放松情绪,不要有消极思想,心情不好多跟家长、老师和同学沟通,这个世上没有过不去的坎的。"

听到这个,一直心情低落的凌颂难得有一点想笑。

马老师这是担心他想不开吗?

估计阅卷老师们也挺为难,最后作文给了他一个上不上下不下的分数。

他说:"我没事的,马老师,这篇作文我就是写得好玩而已,下次不会再写了。"

马国胜放下心,拍了拍他肩膀,鼓励他:"你很聪明,再努力一点,还有机会再往上冲一冲,有不懂的多跟你同桌请教,难得温元初愿意教你,你要把握住机会。"

听到温元初的名字,凌颂愣神了一瞬,说:"……好。"

因为身体不舒服,凌颂今天没上晚自习,下午放学就回了家,在家门口碰到温妈妈。

温妈妈主动过来跟他寒暄,关心询问他的身体。

说了几句话,凌颂犹豫问:"阿姨,温元初他请假,不去上课吗?"

温妈妈笑着说:"是啊,下周要参加竞赛复赛,他报了一个培训班,离家远,干脆这一周都在外面住了。我还是头一回看到他对自己的学习这么上心呢,之前他说想保送,还以为是他随口说说的,看来他是打定主意要走保送了。说起来,我其实更想他去参加考试,我也想体验一回给应考生送考的心情呢。"

温妈妈一边说一边笑:"不过没关系,到时候凌颂你考试,我跟你妈妈一起去给你送考,也是一样的。"

凌颂心里不是滋味,他知道,温元初是为了避开他,才故意去外头上培训班。

温元初越是这样对他让步,他心里那种上不去下不来的憋屈感就越深。

第48章

入夜，凌颂坐在书桌前写作业，心神不定。

学校布置的卷子半天才写完一面。

搁在一旁的手机屏幕亮了一瞬，有新的VV消息进来。

温元初：我在十二中上培训班，住在旁边的酒店里，这周末在这边参加物理竞赛复赛。你一个人也要专心念书，上课认真听，把老师布置的作业都写了，按时休息，不要想太多。

凌颂撇嘴，管得太宽了。

他没有回复，那边又发来一条。

温元初：我听人说你这次月考没考好，应该是上个星期一直生病发烧的原因，不要灰心，成绩有起伏很正常，下回再考好就是，等我比赛完了，我再帮你补课，肯定能赶上去。

凌颂直接摁灭手机屏幕，将手机搁回桌上。

他敛了心思，不再胡思乱想，开始认真刷题。

三个小时后。

凌颂洗完澡爬上床，正准备入睡，VV里又有温元初的新消息进来。

是他拍的一张海上星空夜景图。

温元初：十二中在海市附近，我住的酒店就在海边，刚才出门在海边走了一会儿，今天难得能看到星星，给你也看看。

温元初：好看吗？

凌颂点开大图，盯着那闪烁的星空夜色看了半分钟，没有回复。

温元初：我觉得还挺好看的。

温元初：有一年秋天，你夜里睡不着，爬上望天台说想要看星星，那晚我正好也在宫里留宿，你身边那些人劝不住你，把我叫过去，我上去时你兴致勃勃，指着最亮的那颗星星问我好不好看，可我骂了你，你当时就不笑了，还红了眼睛。

温元初：我只是担心你，怕你着凉，其实我骂完就已经后悔了。

温元初：如果再有机会，我会带你来的。

凌颂愣了愣。

要不是温元初忽然说起，他几乎都快忘了这个事。

那是他刚登基的第一年，亲人惨死让他惊魂不定，整日战战兢兢、如履薄冰，每晚都睡不着觉。

那次他半夜惊醒，看到外面星光明亮，难得起了兴致，想看个究竟，爬上了皇宫最高处的望天台。

后面温彻来了，他原本想要温彻陪他一起看，才开口，那人却劈头盖脸地将他骂了一顿。

那时他才知道，温彻这个人，真的一点都不近人情。

凌颂心中唏嘘，不知道温元初突然又提起往事，究竟有什么意思。

四百年前的星夜，也根本不会再有第二次。

于是凌颂更不想理他，关机躺进被窝里，闭上眼睛，很快沉沉睡去。

只是在梦里，他仿佛又回到了当年。

在那座望天台上，月夜中，他指着那颗最亮的星，问身边的友人好不好看。

那人走上前，与他并肩，一起看了一夜那璀璨星河。

凌颂在早上六点自然醒来。

梦里的场景还清晰印在脑海中，他有一点恍惚。

甚至不知道梦里那个陪他看星星的人，到底是温彻，还是温元初。

昨晚他睡着以后，温元初又给他发了一条消息，跟他说晚安，好梦。

凌颂愣愣地想，他昨晚还确实做了一个不算糟糕的梦。

之后那一周照常上课，所有学生都紧绷着神经，每天在高强度的压力下，不断冲刺题山题海。

只有凌颂身边的课桌始终是空的。

对早已习惯了身边时时有另一个人陪伴的凌颂来说，不免有些不适应。

但他强迫自己去习惯这种不适应。

温元初每天晚上都会给他发信息。

有时是关心他的身体，有时是叮嘱他的学业。

温元初自己要忙着准备竞赛，却还抽空帮他整理了一些必考题型和易错题型，让他多做多练。

更有的时候，温元初会像那晚一样，跟他说以前的事情。

大多都是琐事，很多连凌颂都记不得了的小事，温元初也会跟他说起。

虽然凌颂一次都没有回复过。

周日那天，凌颂跟着他妈去参加了一场婚礼，被他妈抓去做拎包的。

在酒店门口，凌母跟人寒暄时，凌颂百无聊赖地四处看，注意到酒店对面就是第十二中学,忽然就想起了温元初。

这段时间温元初一直在这里参加竞赛培训,复赛的地点也在这里,复赛似乎就是今天。

凌颂看一眼手表,十二点十分。

这个点,温元初早上的考试应该考完了吧,也不知道吃饭了没有。

凌颂接着自嘲一笑,他操心个什么劲。

温元初那样的人,两辈子都那么厉害,哪里需要他多管闲事。

婚礼开始后,凌颂一直埋头吃东西,只在婚礼进行曲响起时,抬头看了一眼。

这年头,男男女女结婚都穿黑西装白婚纱,半点没有四百年前的喜庆。

婚礼一直持续到一点半,宾客逐渐散去。

凌颂跟着他妈也准备走,在他妈妈与主人家告别时,他看到了从酒店大堂另一边的电梯间走出来的温元初。

温元初的目光朝他这边看过来,凌颂本能地想要躲避。

温元初却已经看到他,并朝着他走了过来。

温元初大概有一些意外,和凌颂说话,语速比平常时略快:"凌颂,你怎么在这里?"

凌颂低着头不想看他,闷声说:"我跟我妈来喝喜酒,马上回去了。"

"我住这里,"温元初说,"今天竞赛复赛,上午是笔试,下午还有一场实验操作考试。"

"哦。"凌颂含糊应。

"凌颂,你……"

温元初还想再说什么,那边凌母跟人说完话过来,打断了他们。

凌母见到温元初很是意外:"元初?你怎么在这里啊?"

温元初跟她解释了一遍比赛的事情。

凌母闻言笑着夸他:"难怪这几天都没看到你,原来是来比赛了,小颂要有你一半的本事就好了。"

凌颂心说,他当然比不了,他在上辈子就比不过这个人。

说了几句话,凌颂跟着他妈妈离开,自始至终都没再吭声。

走出酒店大门时,温元初又追上来和他说:"我今天回家了,晚上我能去找你吗?我帮你补课。"

"……我还有四五张卷子没做,明天上课要检查的,晚上我要赶作业,先不补课了。"

温元初没有强求:"那算了,以后再说吧。"

第48章

目送凌颂和他妈妈走出去，温元初心中一叹。

上车后凌母问凌颂："你跟元初吵架了吗？怎么对人家爱搭不理的？"

"没有，没吵架，"

凌颂不想说，也压根儿说不清楚。

"元初对你这么好，辛辛苦苦帮你补课，你可别欺负人家。"

"我哪有啊。"

他从后视镜里看到温元初，那人还站在酒店门口，一直看着他们车子的方向。

孤孤单单的身影看着有些可怜。

凌颂心中气闷。

……明明是个骗子，这副模样好似受委屈的那个是他一样。

连他妈妈都被温元初骗了。

那他的委屈要去跟谁说呢？

夜晚，凌颂写完卷子刚搁下笔，有新的VV消息进来。

温元初：试卷做完了吗，有没有不会的？你拍个照片发给我，我把解题过程写了给你。

他确实有不会的，刚刚数学卷子最后两道大题的最后一小题，都没写出来。

本来打算就这么算了，略一犹豫之后，凌颂还是拍照发了过去。

没几分钟，温元初把条理清晰的解题步骤发回来。

凌颂一看，顿时知道了自己思路到底卡在哪个地方。

他没有对着温元初的答案抄，而是提笔又自己重新做了一遍。

这么多天他第一次给温元初回了消息。

凌颂：谢谢。

温元初：作业写完了去洗个澡，早点睡吧。

凌颂没再回，收拾书包，起身去了浴室。

洗完澡躺上床，一时间没有睡意，凌颂又无聊地拿起手机。

温元初发来一条消息：睡不着吗？我看你房间的床头灯还是亮的。

凌颂抬头看去，房间的窗帘忘记拉上了。

温元初果然站在对面窗边。

赶紧去把窗帘拉拢，再重新爬回床上。

还是不想理那个人。

温元初：复赛成绩今晚就出了，我进了省队，十一月初参加全国决赛，从明天开始我要去省队集训了，在隔壁市。

凌颂心头一松，他本来也不想见这个人，这样最好不过。

至于那点隐隐的失落，则被他刻意忽略了。

安静片刻，在凌颂以为温元初终于放弃，不再烦他时，那边又发来一条。

温元初：凌颂，你还记不记得有一年冬天，我回乡去祭祖，你问我什么时候回来，你说没有我，很多事情你不知道要怎么办。

……好像是有这么回事，凌颂回想了想，有一点无言。

那也是他刚登基的那一年。

温彻虽然凶，但大多数时候他其实很依赖那个人，不管遇到什么事，他都会下意识地跟温彻求助，温彻总能给他解决麻烦。

那人说要走，哪怕只是几天，他都觉得心慌。

但凌颂以为，那时只是他胆子小、怕事，怕有人趁温彻不在害他，并非他舍不得温彻。

温元初：后来我祭完祖回来，发现你拜了那个刑道人为师，那回我又骂了你，我说你蠢笨，轻易就被人哄骗了。你生了气，说你这个皇帝若非这般蠢笨，又怎会被摄政王凌驾在上。

温元初：我说那些话，并非想要控制你，我只是一直觉得，那个刑道人心术不正，怕你被他骗。是我用错了方法，我应该跟你好好说，不该责骂你，伤了你的自尊心。

温元初：我那时候就开始怕你受心术不正的人影响，才会对你乱发脾气。

凌颂没想到他会这么说。

温彻明明只会凶他、骂他、冷冰冰地教训他。

凌颂觉得很憋屈。

他最讨厌的，就是那人骂他蠢笨。

……可他不蠢、不笨吗？

他反驳不了，他的那位师父，如果真是害死他的人，那他岂止是蠢和笨，简直愚不可及。

刑道人原本是他父皇安插在逆王身边的眼线，被逆王收为门客谋士，奉为上宾。那时逆王造反，刑道人为他父皇传递消息，他父皇原本成竹在胸，想要将乱党一网打尽，不承想被身边最亲信的重臣背叛，皇宫禁卫军临阵倒戈，他父皇母后和太子哥哥都死在了那场宫乱中。

他躲在枯井里的那半个月，是刑道人将他保下，一直替他在逆王面前隐瞒，给他送食物。

所以他从未怀疑过他那位师父。

第48章

现在想来，只怕从一开始，他父皇就错信了人。

犹豫再三，凌颂拿起手机，慢慢打字。

凌颂：你既然怀疑他，为什么不跟我说？

温元初：我若是说了，你是会相信我，还是相信他？

凌颂哑然。

他不知道，连马太傅都说，他的师父是个好人，没有他的师父，他早就和他的亲人一样，死在了逆王手中，也等不到温彻带兵来救他。

温元初：算了，都过去了，不要纠结这些了。

凌颂摁灭手机屏幕，关了机。

他将脑袋缩进被子里。

在悄无声息的黑暗中，他想，如果当时温彻真的告诉他，即便没有证据，他或许还是会信的。

他怕温彻，但是在接到那杯毒酒之前，他最信任和依赖的人，始终都是温彻。

也只有温彻。

第49章

周一清早。

一到校,凌颂就看到了校门口张贴的红榜。

温元初果然拿到了物理竞赛省级一等奖,且名次非常靠前,进了省队。

一堆同学围在红榜下议论纷纷,对温元初羡慕又崇拜。

物理竞赛省级一等奖、数学竞赛省级三等奖,再加上之前拿的一个省级一等奖、一个省级二等奖,温元初这个成绩,哪怕他在全国决赛中没有发挥好,也能拿到最好的那几所大学破格录取的资格。

不过想要直接保送,那就必须在决赛中拿到好名次,但没有人会怀疑温元初拿不到。

凌颂心想,对别人来说难于登天的事情,在温元初那里,似乎总能轻易办到,他总是这样的。

后面那一整天,老师和同学都在说这个事情。

张扬还特地拿这事调侃凌颂:"凌颂,你邻居已经一只脚迈进P大了,你还得努把力才成啊。"

凌颂不想理他。

他和温元初现在闹成这样,也无所谓了。

下午放学。

出校门时,凌颂被传达室大爷叫住,说有一个他的包裹到了。

凌颂闻言有一点意外,他就算买东西,快递从来都是寄到家里,什么包裹竟然寄来了学校?

传达室大爷笑眯眯地把包裹递给他。

凌颂接过去,发现寄件人是温元初。

抱着那一小箱东西坐上家里来接的车,凌颂掂了掂箱子,里面一阵窸窸窣窣地响。

略一犹豫后,他拿出钥匙划开胶带拆箱,里面是两包真空包装的棉花糖。

温元初的VV消息进来:快递收到了吗?我现在在隔壁市的学校集训,今天中午刚到的。寄给你的棉花糖是这边的特产,你家里人不让你吃太多零食，我特地给寄去学校了，你尝一尝，还挺好吃的。

凌颂拆开包装，扔了一块糖进嘴里嚼了几下。

味道确实不错，又软又甜，是他喜欢的口味。

温元初：两包棉花糖，你慢慢吃，别一次吃太多了，要是觉得好吃，我再给你寄过去。

凌颂没打算理他。

这人去了省队集训，不好好学习，成天想什么呢？

夜晚，凌颂坐在书桌前，一边吃棉花糖一边写作业。

两包糖很快见了底，学校布置的作业和卷子也都写完了。

凌颂伸舌舔了舔嘴唇上还残留的甜味，长出一口气。

温元初的消息又发进来：作业写完了吗？有不懂的你把题目拍给我。

凌颂拍下物理试卷上一道卡壳的大题，发过去。

没两分钟，那边就把完整的解题过程发了回来。

温元初：我看到你拍的照片，两包棉花糖怎么就都吃完了？晚上吃这么多糖你小心蛀牙。

凌颂翻白眼——糖给我了，你管我怎么吃？

等到他刷完牙洗完脸躺上床，又有新信息进来。

温元初：我不让你吃太多，你是不是不高兴？

温元初：我从前一直管着你，不让你吃冰的东西，不让你吃宫外的点心，你总是不高兴。

温元初：我只是为你身体好，怕你吃多了胃不舒服，也怕宫外的东西不干净，你别不高兴了。

温元初：棉花糖，你要是喜欢我再给你买就是。

凌颂受不了他的聒噪不休，终于回复了一条。

凌颂：不用了，甜得发腻，不好吃。

温元初：那算了，这边还有其他好吃的东西，过两天我再给你寄过去。

十分钟后。

温元初：下周国庆，学校是放三天假吗？集训队这边只放一天，我回去的话坐车要两个小时，你如果还是不想见到我，我干脆就不回去了，免得来回跑。

温元初：凌颂，你怎么看？

你爱回来不回来，关我什么事儿？

凌颂这么想着，但没有回。

他发现温元初就是故意这么说。

这人心可真黑，分明他骗人在先，现在反而摆出一副大度不计较的态度，又装委屈问可不可以回来，好似自己欺负他不让他回来一样。

呸。

温元初：算了，我不回去了，你别担心。

温元初：很晚了，早点睡吧。

凌颂气呼呼地关了手机。

到了国庆放假那天，温元初果然没回来。

对于一众苦熬日子的学生来说，三天的假期有跟没有也差不多。

凌颂他们光是要做的各科试卷加起来，就有八张，放假了也高兴不起来。

假期前最后一天下午的班会，凌颂趴在课桌上，心不在焉。

听讲台上的马国胜唠唠叨叨，叮嘱他们放假不要出去瞎混，别三天时间就把心思玩野了。

凌颂撇嘴。

这么多作业，能野到哪里去？

温元初一点没说错，马太傅这辈子跟上辈子一样迂腐刻板。

他又想起去年这会儿。

那时他刚记起上辈子的事情，又把这辈子的记忆丢了，懵懵懂懂，不知所措，能轻易就适应周遭的一切，半点岔子不出，其实多亏了温元初。

他确实应该感谢温元初。

可温元初不该骗他。

要是温元初那个时候就跟他说他是温彻……

他可能会更加害怕，每天躲家里不敢出门。

但至少那样，他不会傻乎乎地被温元初骗。

那人还不知看了他多久的笑话，现在还有脸在他面前装委屈可怜。

放假三天，凌颂老老实实在家写了三天作业，不但把学校布置的试卷和习题都做了，还完成了温元初另外给他加的任务。

刚放假那天，温元初又给他寄了包裹来。

这次是直接寄到他家里。

除了各样零食，还有温元初给他选的一套参考书。

温元初在其中勾选出了一部分内容，叮嘱凌颂自学。

凌颂抱怨归抱怨，该做的却都做了，再自己比对参考答案，遇上看不懂的就拍照发给温元初。

温元初会把参考答案里省略的步骤写明白发给他。

这样一来，学习效率也并不比温元初当面给他补课差。

凌颂闭起眼睛，仿佛又回到当年。

他藏在那一口暗无天日的枯井里，濒死之时，是那人推开了井口的假山石。

天光泻下，他抬起头，看到那个人头顶着风霜而来，将他拉起，嗓音低缓而坚定，与他说："不要怕。"

凌颂没有回复。

之后一个月，他依旧每天独自一人上学、放学、写作业。

凌颂已经渐渐习惯适应了这样的节奏。

十月的月考，他的年级排名前进了近一百五十名，比上次期末考还靠前些。

拿到成绩单，凌颂轻轻撇嘴。

没有温元初，他也没那么糟糕啊。

他坚决不想承认，这回考试，是温元初帮他押对了数学最后一道大题，所以他的数学成绩比之前提高了十几分。

温元初每天晚上都会发来信息，无论凌颂回不回，他一个人也能自言自语。

凌颂终于知道，这人一旦话痨起来，比谁都啰唆。

他没准是转世投胎时多长了一张嘴。

温元初：这次集训班测试，我又拿了第一，明天就要去 X 城了，要在那边待一个星期，只要能拿到理想名次，就能被保送，等我回去后，会给你制定系统的复习计划，在上学期结束前，至少先进年级前一百名。

凌颂：哦。

被温元初连续信息轰炸了一个月，他偶尔也会回复，虽然大多数时候都有这样寥寥一个两个字。

温元初看得起他，笃定他上学期结束前能考进前一百名，他自己都没这信心。

温元初：我明天就走了，凌颂，你没什么话跟我说吗？

温元初：能不能多说几个字？

……这人怎么还死皮赖脸上了。

凌颂：你加油。

凌颂：拿下金牌，保送成功。

温元初：谢谢。

次日清早，温元初飞去 X 城参加比赛。

凌颂在课堂上一直心神不定，莫名其妙地眼皮子直跳，总觉得有什么事情要发生，不免叫人心烦。

中午，他吃完饭回到教室，拿出习题册正打算再刷一会儿题，教室里忽然有人大叫了一声。

那个男生手里举着手机，一声"我的天啊"，七八个同学围过去看。

再之后，各种惊诧、怀疑、打探的目光纷纷投向了凌颂。

凌颂还没反应过来。

张扬几个人把他拉去教室外，手机塞他手里，是学校贴吧的页面。

凌颂愣住。

发帖人污言秽语，下面各种声音都有，很快盖起了高楼。

不几分钟，再刷新，帖子已经被删除。

班长匆匆跑来，提醒凌颂："马老师叫你去他办公室。"

张扬他们几个一脸担忧，凌颂回过神，冲他们点点头："没事，我去跟老师说。"

教师办公室在楼下一层。

凌颂下楼，却在楼梯转角，碰到了位许久不见的老熟人。

是之前打架事件后，转去别班的姜一鸣。

凌颂装作没看到他，快步下楼去，那姜一鸣忽然笑了一声，吊着眼睛斜视向他。

凌颂停住脚步，目光转过去，只看姜一鸣那恶心的眼神，瞬间就明白了。

"帖子你发的？"

他就说他没再得罪过谁。

这人有毛病吗？一直阴魂不散地纠缠。

姜一鸣得意道："你管是不是我发的，说不定是谁看不过眼，为民除害呢。"

凌颂忍了忍，没再理他，径直下楼。

姜一鸣又冲他喊："活该……"

姜一鸣话没说完，被转过身的凌颂一拳头送上了脸。

第50章

凌颉接到电话赶到学校时，凌颂就站在教师办公室门口，垂着脑袋，一声不吭，不知在想些什么。

凌颉走上前，轻咳一声。

凌颂抬头，眼神倔强："哥，我打人了。"

"为什么打人？"

"他偷拍我的照片，还骂我。"

凌颉轻拍了拍他肩膀，进去了办公室。

姜一鸣那个外强中干、空长个子的在里头哭哭啼啼。

姜一鸣他妈也来了，里面不时传出她尖锐的吵嚷声。

凌颉游刃有余地应对，偶尔夹杂几声马国胜的劝解调和。

凌颂懒得听，盯着前方走廊外秋风中簌簌颤抖的枯枝，心情反而平静下来了。

一小时后，凌颉和马国胜道谢，领着凌颂离开。

坐进车里，凌颂小声嘟哝："哥，怎么今天又是你来了？"

凌颉没好气："你还想要爸妈来？你想气死他们？"

还好凌母没说什么，只是叮嘱打架的事情不能有下一次了，现在要以学业为重。

不过这事儿也不算这样就过去了。

按照学校的意思，凌颂要暂时停课，等处理结果出来再说。

好在学校的校长是凌颉的朋友，凌颉说明天会去跟人谈一谈，看怎么处理能把影响降到最低。

晚上温妈妈还特地登门，凌颂不知道她跟自己爸妈和哥哥他们说了什么，反正长辈那一关应该是过了。

凌颂郁闷地倒进床里，深觉自己十分倒霉。

VV 里有无数条未读消息。

同学好友的关心，凌颂一一回复说没事。

只有温元初发来的，让他不知该说什么好。

温元初：贴吧的事情我知道了，你又跟人打架了吗？有没有吃亏？你爸妈他们有没有骂你？我妈是不是去了你家？你别担心，她会跟你爸妈他们好好说的。

温元初：这个事情没什么大不了的，你别放在心上，反正等我保送过了，就不用去学校了。时间长了，很快就没有人记得这个事情。

温元初：凌颂，你理理我好不好？

凌颂：你烦不烦啊？上辈子怎么没见你话这么多？

过了两分钟，那边直接打来语音电话。

凌颂挂断。

温元初又打来第二次，再挂断。

第三次、第四次。

等到第五次语音电话响起时，凌颂才忍无可忍地点了接通。

"你到底要干吗？"

"凌颂……"

温元初一开口，凌颂骂人的话到嘴边就生生咽了回去。

"凌颂，今天真的跟人打架了吗？你自己有没有受伤？"

凌颂含糊回答："我揍了他两拳，又绊了他一脚，没等他爬起来反击，老师已经来了。"

温元初："那学校现在是怎么说？"

"这两天不让我去上学，说等学校处置，不去就不去，我巴不得不去学校。"

凌颂这么说着，不由得想要是换作上辈子的那个人，在他每回冲动做了什么事惹麻烦之后，总免不得要训斥他。

但是现在，电话那头的温元初安静听他说完，只安慰他："几天不去学校也没什么，你自己在家好好看书写作业就是，我下周就回去了，落下的功课我给你补。"

凌颂心头一松，温元初没有骂他。

他忽然就有些不好意思了。

"……不说了，就这样，我要写作业吧，你好好考试。"

挂断电话之前，仿佛听到了那头温元初的一声轻笑。

凌颂不确定那是不是他的错觉。

第二天，凌颂又去了一趟学校，总算把事情给摆平了。

学校的意思，凌颂还得就打人的事情写一份检讨。

这周只剩最后两天的课，凌颂干脆让他先待家里自学，等到下周风波过去了再回学校。

之后两天晚上温元初都有打电话过来，凌颂每回都要等响个五遍才肯接，用这种方式来表达他对温元初骗他的不满，告诉温元初他还没有原谅他。

温元初倒也不在意，至少凌颂没再对他爱答不理，现在这样已经很好了。

温元初在电话那头说："之前几天去了几所高校参观、开座谈会，明天才是正式的竞赛考试，先笔试，后天实验操作，再过两天成绩应该就能出来。"

凌颂随口应："哦，那你加油。"

"凌颂，等我回去了，你肯见我吗？你是不是还在生我的气？"

凌颂没再吭声，直接挂断了电话。

那边又发信息进来。

温元初：凌颂，你要怎样才肯不生我的气呢？

他越是这么问，凌颂越是心中憋屈。

凌颂：我不需要温彻，我只需要温元初，你要只是温元初，我就不生你的气。

温元初：可我是温元初，也是温彻。

凌颂：我以前没有上辈子记忆时，你嫌弃我，现在我知道你有上辈子记忆了，我嫌弃你。

温元初：没有嫌弃过你，从来没有。

凌颂：骗子。

温元初：是真的，我只是更想等你记起来。

凌颂：要是我一辈子都记不起来呢？

温元初：不会，我知道不会。

鬼才信。

凌颂想，他身边那么多人和上辈子认识的人长一张脸。

他爸妈还有马太傅他们活到四五十岁，也没有上辈子的记忆。

真不知道温元初哪里来的自信，他一定能想起来。

于是又不想理那个骗子了。

太气人了。

周六晚上。

凌颂坐在书桌前，心不在焉地刷题。

温元初那边今天应该已经考完了，也不知道他考得怎么样……

正胡思乱想时,手机屏幕上跳出新消息,是堂叔温宴发来的。

温宴:元初今天竞赛考完了,晚上我们接他出来去外面吃饭,我看他郁闷得很,问也不说,你们吵架了啊?

凌颂:那肯定是你们惹到他了。

温宴:啧,你这小孩怎么回事?他心情不好,我们陪他喝酒,谁想他自己在这儿发疯。

凌颂:那也是你们的错。

温宴:你也不傻嘛,元初怎么还说你傻来着?我看他也一样。

……竟然还当着堂叔的面说他傻。

温宴发了一张照片过来。

温宴:真吵架了?来来跟哥说说,哥帮你们分析。

凌颂:宴哥,要是温瀛堂叔他骗你,你会怎么办?

温宴:那得看骗的是什么,情节严重的我肯定不会放过他,大不了同归于尽。

凌颂:……呃,没那么严重。

温宴:那还好说,别的都是小问题,他要是肯改,再给个机会咯。

温宴:人嘛,要学会豁达一点。

凌颂不知道该怎么说。

凌颂:如果有一个人,你面对他的时候,总是不自觉地紧张、害怕、怕他说你、教训你、看不起你,可一旦遇到事情,你又会第一个想到他,想要他在身边,哪怕别人都说他是坏人,会害了你,你也不愿意相信,这算什么呢?

温宴:你果然还是有点傻。

凌颂:宴哥……

温宴:真有这么个人,首先你肯定不讨厌他,对你来说,他想必是很值得信任的。

凌颂:……

行吧,当他没问过。

关掉手机,熄灭房间里的灯。

凌颂缩进被子里,闭起眼。

那天晚上,凌颂又做了梦。

后半夜,凌颂从梦中醒来,一直干瞪着眼直到天亮。

于是之后那一整天,凌颂都在想这个事情,越想着心里就越不得劲。

入夜,温元初又一次发来信息。

第 50 章

温元初：我已经考完了，今天是自由活动，省队的老师带我们去外面转了一圈，明天就会正式出成绩，之后开高校宣讲会，不过已经有内部消息，我的名次靠前，保送基本没什么问题了。

凌颂盯着那几行字。

他回：你昨晚跟堂叔他们吃饭了。

温元初：嗯。

温元初：凌颂，等我回去了，你肯见我吗？

凌颂犹豫不知该怎么回。

温元初打来语音电话，声音听起来略沙哑："凌颂，你又不理我了吗？"

凌颂有点受不了，这人怎么还学会小心翼翼了呢？

但凡他上辈子能有现在这与人相处的技巧……

"你又跟堂叔一起？"

"没有，今天省队聚餐，现在还在餐厅里吃饭，我在洗手间给你打电话。"

"哦，那你慢慢吃吧，我要写作业了。"

凌颂说完，赶紧把电话挂了。

脑袋抵在桌面上，发了一下呆。

仿佛下定决心一般，他坐起身，重新拿起手机，打开了票务 app。

九点四十的航班飞 X 城。

凌颂用力咬住唇，下单提交。

第51章

买完票,收拾东西进背包,凌颂长出一口气。

既然决定了要去,就不再犹豫。

他叫来凌超超,发了个两百的红包,让这小子去引开长辈,趁机溜出了家门。

在飞机舱里坐定后,给他哥发了条信息告知他去找温元初的事情。

这回却没有让温元初来机场接,而是联系了温宴。

凌颂:宴哥,你知道温元初住在哪间酒店吗?能不能发个地址给我?

温宴:你又要夜奔来X城?你这小孩胆子真大啊,真不怕被人卖了?

凌颂:我已经在飞机上了,马上起飞,你先别跟他说啊。

温宴:还想制造惊喜?行了,乖乖等着,我们去接你。

凌颂想说不用,温宴不给他拒绝的机会。

于是他也不再说了,安心地关了机。

到X城已经近凌晨,下飞机一开机,凌颂的电话立刻打了进来。

凌颂摁下接听,听他哥在电话里骂了他整整五分钟,最后说:"哥,我来都来了,你再帮我请几天假吧,过两天我跟温元初一起回去。"

凌颉气得直接摔了电话。

两位堂叔果然在接机口等他。

看到凌颂出来,温宴笑眯眯地冲他招手。

大半夜的把人折腾来机场,凌颂十分不好意思,赶紧过去跟他们道歉。

温宴一拍他脑袋:"别说这些没用的,走吧,车子在外面。"

上车后,温宴问凌颂是去他们家,还是去温元初住的酒店,两边不在一个区。

凌颂没多犹豫,说:"我想去见温元初。"

驾驶座里的温瀛踩下油门发动车子,从车内后视镜看了他一眼,难得开口问:"你现在准备考研?"

"啊，是。"

凌颂坐直身，一和这位冷面堂叔说话，他就不自觉地紧张。

"不用复习吗？怎么突然又跑来 X 城？"

"……我来找温元初，过两天就回去了。"

温瀛没再说什么，但凌颂本能觉得，堂叔好像对他不太满意。

副驾驶座的温宴回头冲他笑："你别理他，他故意挑你刺呢，你先睡会儿，到了叫你。"

凌颂悄悄松了口气，睡是睡不着了，干脆转头去看窗外灯火辉煌的城市夜景。

车窗上映着他的模糊的脸，脑子里反复模拟见到温元初后要说的话。

激动的心绪一点一点平静下来。

凌晨一点半，车停在酒店门口。

温宴给温元初打了个电话，凌颂下车，和堂叔道谢后，走进酒店。

他坐在大堂沙发里等，没来由地紧张。

温元初的身上还穿着睡衣、跋着拖鞋，几步跑到他面前。

凌颂一直悬着的心终于落地。

温元初去前台开了一个套间。

拿到房卡，他接过凌颂的背包，牵着他走进电梯。

没有问凌颂为什么又突然跑来 X 城，只与他解释："我和别的同学一起住的标间，不方便带你去，给你开了一间房。"

凌颂没吭声，轻轻攥紧了手。

"你先回答我一个问题。"

温元初平复住呼吸，喉咙滚动："好。"

"……那杯毒酒，真的不是你送给我的？"

"不是，真的不是。"

他不错眼地盯着温元初的脸看。

记忆中的脸就是这张脸，哪里都一样，又似乎哪里都不一样。

凌颂怔怔地看着。

"温元初。"

"嗯。"

"……温彻。"

"嗯。"

心里顿时就生出种如释重负之感，凌颂撇嘴："你还真是那个讨厌鬼啊。"

"嗯。"

"为什么变了这么多？"

温元初笑了笑："你讨厌他那样，所以我改了。"

……这还差不多。

凌颂打了个哈欠，骤然放松下来，他很快困得连眼睛都睁不开。

明明还有许多事情想问温元初，算了算了，明天再问也一样。

放松下来后，凌颂难得睡了一个好觉。

一夜无梦。

再醒来已经是十点以后。

温元初在跟人打电话，凌颂眯着眼睛听了一耳朵，应该是他哥。

他没兴趣多听，打了个哈欠，翻过身去还想再睡一会儿。

"醒了就起来吧，我们去吃东西，下午公布成绩，接着是高校宣讲会，之后还有颁奖典礼，你跟我一起去吗？"

凌颂立刻清醒了，睁眼看向他："你考了第几？"

"确切的名次还不知道，下午会公布。"

温元初已经拉开了窗帘，阳光懒洋洋地洒在凌颂半边脸上，在他翘起来的头发间跳跃。

五分钟后，凌颂坐起身："我还没刷牙。"

等到他去浴室冲了个澡，刷完牙洗完脸出来，温元初已经叫了客房服务送来早餐。

"先吃点垫肚子，一会儿去外面吃中午饭。"

凌颂啃着油条，目光不时往温元初身上瞟。

温元初："你看什么？"

凌颂轻咳一声，说："温元初，从前的事情，你还没给我讲明白呢。"

温元初也在吃东西，点点头："嗯，你还想知道什么，我都说。"

"……你是怎么死的？"

温元初捏着筷子的手稍稍顿了顿，轻描淡写道："你不是都在书上看到了？"

"真是被人乱箭射死的啊？"

"嗯。"

那得多痛。

这一句凌颂犹豫再三，始终问不出口："为什么？"

"什么为什么？"

"以你的本事，不至于那么短时间就被起义军打进城吧？"

温元初夹了一块甜糕放到他盘子里："听人说那杯毒酒是以我的名义送的,我很是震惊,一时乱了心神,几乎失了心智。宫中对这个消息都信以为真,叛军又趁机作乱……"

凌颂将嘴里的食物咽下去,温元初起身去给他烧水。

凌颂的目光跟着他转。

所以他死后,温元初经历过怎样的折磨,这辈子前头这些年又是怎么过的……

他不敢想。

在他委屈难受的时候,温元初挨过的痛苦并不比他少一分。

可是这个人,从来就没有抱怨过。

从来没有。

温元初倒水时,凌颂凑上来。

温元初提醒他："我在烧水,你让开点,别烫着了。"

凌颂偏不让。

"你有本事再骂我啊,不骂我就不走开,嘿嘿。"

温元初闭了嘴。

说不动就算了,由着他。

"凌颂,你怎么了?"

凌颂有一点郁闷,垂着眼小声说:"你怎么就不躲呢,就算撒手不干了,也可以躲起来,没必要特地去送死啊……"

"都过去了,没事的。"

他确实可以不去送死,他只是故意选择了这样的方式惩罚自己。

但这个,他永远都不想再告诉凌颂。

"所以你为什么从前不告诉我呢?你不说,我一点不知道,你还总是凶我、骂我。"

温元初看着他,认真说:"怕你不懂,更怕你为难。

"上辈子对你不好,是我的错,但是这辈子,你仔细想想,我骂过你几回?你不能冤枉我。"

凌颂想了想,好像确实是,只有那回骑马差点摔了,和弄坏了标本时,被说了几句,温元初其他时候虽然不怎么理他,确实没凶过他,有的时候被他缠烦了,也会陪他玩的。

"反正你还是觉得他不是我呗。"

"我说了,我只是想要你记起来,你什么都不记得了,我对你好,那对上辈子的你不公平。"

凌颂听得心头一酸:"……我怎么从前就没发现。"

说来说去就因为这人上辈子白长了一张嘴。

真可惜。

笑闹一阵,凌颂想起另外一件很重要的事情。

"那我到底被你埋到哪里去了?"

被凌颂盯着,温元初无奈解释:"我在当时的上京城南面,请人算出来位置,选了一处墓穴,把你葬了进去,我死之后有人给我收了尸,也埋在旁边了。"

"……因为这个,所以我俩转世才没喝孟婆汤吗?我还没问你呢,你怎么就笃定我肯定能想起来?"

温元初默然一瞬,说:"你真的想知道?"

"你说了我想知道的你都说。"

"那个刑道人,你死之后被我捉住,他为了保命,说有打开时空之门的办法,让我们魂归转世。"

凌颂噎住:"这样胡扯你也信?"

温元初说:"只要你能再活过来,什么法子都得试试。当时所有出名的、不出名的和尚道士都被我请来,这个方法也不是那刑道人想出来的,是从你老祖宗那里流传下来的。"

"……老祖宗?"

"嗯,熙和皇帝,死后用过这个方法以图来世,成功没成功或许只有他们自己知道,但这是我唯一的希望,我总得试一试。"

原来竟是这样?

凌颂心思转了几转,猛地想到什么,遽然瞪大双眼:"等、等一下,老祖宗,你堂叔他们……"

温元初沉思片刻,说:"我也不知道,也许吧。"

凌颂:"……"

凌颂深呼吸,决定暂时忽略这个问题。

"那我们具体被埋在南面哪个地方?"

他得把他们上辈子的骨头挖出来,才能向世人证明死鬼的清白。

温元初认真想了想,回答他:"我也不记得了,四百年的时间,环境变化太大,只有个大致的方位,你以后学考古,慢慢去找吧。"

磨蹭到十一点半,温元初领着凌颂出门,去外头吃饭。

下楼时碰到温元初的队友,有两个还跟他们一个学校的,但不同班。

温元初淡定揽着凌颂肩膀,凌颂指指他冲人笑:"我来帮他选学校,

第51章

参考参考。"

出酒店时,温元初收到温宴发来的消息,说下午会来看他领奖,帮他参考学校,晚上带他和凌颂一起去外面吃饭。

温元初把时间安排发过去。

凌颂抱着他胳膊,碎碎念:"堂叔他们也要来吗?宴哥就算了,温瀛堂叔好吓人,难怪我总觉得他不待见我,我在他眼里一准是个把家底都败光了的败家子吧。"

温元初忍着笑,提醒他:"你装不知道就是了。"

凌颂十分郁闷。

再不要有下一个老鬼还魂了,他真的承受不住。

"走吧,去吃饭。"

第52章

  下午一点，正式的成绩短信通知发到了各参赛学生的手机上，在那之前，省队老师已经从组委会那里拿到了最终结果。
  温元初笔试成绩第二、实验操作第一，总成绩排名第一。
  省队老师给他打来电话，让他准备一下，下午的颁奖典礼，他要作为学生代表发言。
  他们还在餐厅吃饭，凌颂比温元初更兴奋："竟然是第一，温元初，你怎么这么厉害，你到底怎么学的啊？"
  温元初看他一眼，说："我两辈子加起来活了四十多年，就算上辈子没学过，这辈子从一开始就占了便宜。"
  凌颂深刻觉得自己被内涵了。
  "……也是，你上辈子比我大五岁，这辈子竟然成了我的同龄人，老天爷真厚待你。"
  温元初没多工夫说这些废话，陆续有电话打进来，是各高校招生组的老师，都想跟他聊聊天。
  凌颂听他游刃有余地应付对方，不禁有些心酸。
  同样是转世，怎么差距就这么大呢。
  他想考个年级前一百名都不容易。
  高校宣讲会地点在竞赛承办学校的大礼堂，晚些时候的颁奖典礼也在这里举行。
  一点四十，温元初和凌颂到达礼堂门口，等了五分钟，接到了开车过来的堂叔他们。
  看到温瀛和温宴从车上下来，凌颂下意识地往温元初身后躲，被温元初攥住胳膊："别紧张。"
  凌颂干笑。
  那两人没察觉他的异样，都在跟温元初说话。
  听说温元初拿了总分第一，温宴十分高兴地把他一顿夸，温瀛鼓励地拍了拍他肩膀。
  不争气的归不争气的。

第52章

争气的也是大大争气的。

离第一场宣讲还有十分钟，礼堂内外到处都是人，除了来参赛的学生和带队老师，还有不少学生家长，甚至有特地从外地赶来的。

各高校的宣传展架一字排开，都是名字响当当的大学，当然，招生要求也各有不同。

凌颂挨个去看了看，拿到金牌的学生才有资格参加最好的那两所大学的自主招生面试，排名在前五十的可以直接保送。

温元初是总分第一，还有其他竞赛奖项在手，不需要他自己去咨询报名，T大和P大已经主动找上门，说可以让他挑专业，甚至有别的学校开出高额奖学金，想要抢生源。

温宴手里翻着学校宣传册，问温元初："真打算学理论物理啊？这么高深的东西，学着不累吗？"

温元初点头："嗯，想学。"

"那决定了去P大？"

"决定了。"

凌颂看完一圈跑回来："温元初，去了P大，带我一起飞啊？"

"我们一起努力。"

宣讲会一直进行到下午四点，之后是颁奖典礼。

温元初几次上台，领奖、做学生代表发言，意气风发。

台下的凌颂一次又一次鼓掌。

他很高兴，不只是因为温元初拿了奖，他发现这个人好像比上辈子开朗多了。

不再冷冰冰的不近人情，不再掩藏他的真实情绪。

这样真好。

入夜，堂叔带他们去附近的餐厅吃晚饭，为温元初庆祝。

下午温元初已经和P大签约，免试保送入P大物理系，尘埃落定。

温元初在和堂叔们说以后的学业规划。

凌颂满脑子都是那些有的没的。

九点，堂叔们将他们送回酒店。

下车时喝醉了的温宴笑眯眯地拍拍凌颂的肩膀，让他最后半年好好学习，争取和温元初一起考进P大，将来学考古，东山的帝陵群还有一些没开始发掘的，以后指望他了。

凌颂听得心里直发毛，默念几声罪过，他可不敢去挖祖宗们的坟，赶紧滚下车。

驾驶座里的温瀛按下车窗，看向凌颂，丢出一句："好好学习。"

"……哦。"

车开走后，凌颂长出一口气。

刚回到房间他的手机铃声响了。

是温妈妈打来的，不能不接。

温元初不情不愿地去接他妈的电话。

温妈妈听他说已经签了学校，十分高兴，又问他是不是要进国家集训队，什么时候能回去。

温元初看一眼还躺在床上的凌颂，和他妈妈说："明天就回去了，不想参加集训队，凌颂想和我考一个学校，我要帮他补课。"

温元初挂断电话时，凌颂已经坐起来，看着他欲言又止。

温元初摸一把他的脸："有话直说。"

"你不去国家集训队吗？要是能参加世界比赛再拿奖，那多牛！"

温元初无所谓地说："那之后半年都得留这里集训，你的考试怎么办？我对拿奖没太大兴趣。"

之后陆续又有别的人打电话、发信息进来，都是来跟他道喜问他选了哪所学校的。

温元初一一回复，手机不离手。

凌颂等了快二十分钟，忍无可忍，把他手机抢过去。

凌颂想帮他直接关机，一个不小心，点开了手机备忘录，瞧见里面密密麻麻的记录，凌颂愣住。

最新一条是昨天晚上记下的。

"他回来的第一年零六十二天，他又来 X 城找我，他不生我的气了。从今天开始再没不高兴的事情。"

凌颂："这什么东西？"

温元初轻咳一声，说："随手记的备忘录。"

"那我能看吗？"

"……你看吧。"

于是凌颂往上翻，说是备忘录其实应该算日记。

有时一天一条甚至两三条，有时几天一条，全部以"他回来的第 xx 天"这个格式开头，以高兴不高兴结尾。

凌颂无言以对。

原来他当初上辈子记忆回来，去学校第一天就被这人给认出来了……

亏他还一直傻乎乎地说自己做梦，这人一准当笑话听。

再翻回后面，他们吵架那几天，温元初写的字格外多。

连续几条，结尾的高兴不高兴都没了，只有重复的"对不起"三个字。

凌颂嘴角的笑敛去，顿时又不是滋味起来。

"你写这些做什么，你傻不傻啊？我以前怎么没发现，你其实有点傻呢。"

温元初把手机拿回去："我不会说好听的话，只会用写的，上辈子吃了这个亏，这辈子尽量改。"

回想起来凌颂曾经喊过他彻哥哥。

当年，凌颂刚做皇帝那会儿，被父母的惨死吓破了胆，时时离不开他，夜里睡觉都要他在身边守着。

小皇帝会小心翼翼地喊那三个字，好似生怕他会离开。

但是后来，他板着脸严厉提醒小皇帝，不能失了身份，不能这么喊他。

那时凌颂脸上的失望和无措，他到现在都记得。

不知道他还记不记得。

第53章

第二天一大早,凌颂在浴室洗漱。

刷牙时有陌生电话打进来,他随手接起,是省队的一个带队老师,也是他们学校的老师。

吴老师开门见山,跟凌颂说起温元初进国家集训队的事情,希望他去劝劝温元初,不要轻易放弃机会。

凌颂回去房间,温元初已经帮他把豆浆油条准备好,筷子拆好。

凌颂在沙发里坐下,顺手接过温元初递来的筷子,戳了戳他手背:"你刚干什么去了?"

"买早餐。"

"骗我,被吴老师叫去谈话了吧?"

温元初皱眉:"他找你了?"

"是啊,他让我劝劝你,不要放弃国家队的集训。"

凌颂看着他,继续说:"还说这是为校为省为国争光的好机会,人要有点责任心,你就这么放弃了,也影响我们学校和省队名声,还拖累下一届比赛的同学。"

温元初一脸不解的表情看凌颂:"他说你就信?进了集训队也不一定能进最终的国家代表队名单,竞争那么激烈我主动放弃,别人高兴还来不及。"

"可你是第一名嘛,竞赛组委会很重视你啊。"

"你还想不想考P大了?"

凌颂撇嘴,想当然是想的,但是他觉得这事有点难,实在考不上,反正X城学校那么多……

温元初一眼看穿他心思,提醒他:"不许退缩,还没到最后,别这个时候就打起退堂鼓。"

"哦,你说了算,我认真学就是。"

闹了一阵,凌颂一边吃东西一边正经和温元初说:"要不你就还是去集训吧,大不了我陪你一起,我不去上课了,反正现在都是复习,听老师讲课我觉得还不如你给我讲效率高,以后我白天自己复习刷题,晚上你给我上课。"

"……你家里人能答应?"

凌颂嘿嘿笑:"你跟他们说,他们肯定答应。"

温元初想了想,说:"我考虑考虑。"

凌颂顿时高兴万分:"那就这么说好了啊,回去你就跟我爸妈说,下周集训队开营,我陪你一起再来X城。"

下午去机场,坐车路过P大校门,凌颂拿起手机顺手拍了张照,发进朋友圈。

"他日这是朕的天下。"

不几分钟,陆续出现数条点赞回复。

"进P大的是温元初,你清醒点。"

"是你疯了还是P大疯了?"

"不要痴人说梦。"

凌颂:"……"

关你们屁事。

再一刷新,还有。

温宴:不错,有志气,你温瀛堂叔说你出息了。

凌颉:不要以为发这种吹牛的东西就能蒙混过关,回来再跟你算账。

凌颂吓得手一抖,赶紧点击删除。

身旁的温元初问他:"怎么删了?"

凌颂笑了笑。

温家的司机去机场接的他们,到家里正好是晚饭时间。

温元初把凌颂送进家门,凌颂借口上厕所先溜回房,躲过了一顿揍。

温元初在凌家父母和凌颉这位兄长面前,说起了凌颂之后的打算。

凌母听完十分担忧:"这能行吗?不去学校上课,能跟得上吗?而且他跟着你去集训,不也打搅你?"

温元初认真说:"凌颂打架的事情闹得全校皆知,影响总归是不好的,凌颂一个人回去学校,若是再遇见姜一鸣,估计心理压力也挺大,反而耽误学习。"

凌颉冷冷道:"他那种厚脸皮的小子会有心理压力?就是故意找借口不想去上学吧?"

凌父也皱眉说:"小颂这么一直麻烦你,你不要太惯着他,他那个成绩,真不去学校,估计得废了。"

"不会,"温元初笃定道,"凌颂学习其实很努力,而且他人聪明,之前只是没把心思花在这上面,我跟他说希望他和我一起考P大,他明知道差得还挺远,也答应了,而且认真在努力,最后半年有我盯着他,不会让他荒废的。"

凌母还是犹豫不决："……那不会影响你的集训成绩吗？集训队学习压力也很重吧？"

"不会，我会把自己的学习和凌颂的学习都安排好，不会有冲突，叔叔阿姨放心。"

温元初这么说，凌家人果然被他说动了。

之前一年，凌颂从小学一年级重学到现在，也多亏了温元初。

温元初盯着凌颂，会帮他提高成绩，他们确实是信的。

"你哥说，到这学期结束，还有两个月的时间，正好到时候集训队也结营了，如果我没进代表队，或者期末考你没考好，下学期你还是回学校。"

回去房间，温元初把和他家长辈谈话的结果告诉凌颂。

凌颂一听他家里人答应了，高兴万分："你竞赛总成绩第一，肯定能进代表队吧，那下学期你不是还得留在 X 城继续集训？我要是期末考能考好，下学期还能跟你在那边吗？"

"可以，但你期末得考进年级前一百名。"

凌颂大手一挥："这没问题，我肯定能考进！"

前两天还觉得这很有问题的那个，仿佛并不是他。

温元初轻勾唇角："好。"

温元初留在了凌家吃晚饭，之后给凌颂补课。

凌颂这段时间心思飘忽不定，成绩起起伏伏，如今再没了偷懒的借口，不得不端正态度，温元初说什么是什么。

凌颂走到书柜前，取出堂叔们从国外拍回来给他的那枚玉佩。

"这个，也是你送我的生辰礼吧？"

温元初点头，这也是凌颂十九岁生辰时，他亲手挂到凌颂腰间的。

"后来我让小德子拿着这玉佩出宫，去找人来救我……"

"小德子找到了刑道人，被他杀了，我捉住刑道人时，你的玉佩已经弄丢了。"

凌颂恍然，原来如此。

但是经历四百年，弄丢了的玉佩流落海外又回来，再次回到他手中。

所有一切，都是冥冥中注定的。

温元初提醒他："玉佩，你好好收着吧。"

凌颂把玉佩放回原处收好，又想到什么："问你个事。"

温元初把他摁坐回书桌前："做题目。"

温元初在凌颂面前蹲下，平视他的双眼，认真说："凌颂，做皇帝很辛苦，你应该比谁都更了解,我这个摄政王也做得不轻松,那个时候已经是王朝末年,就算我们两个齐心协力,都未必能力挽狂澜,那会儿比现在过得苦太多。

"我不想你过那样的日子,这辈子很好,你我都做个无忧无虑的学生,只要好好学习就没有烦恼,这样不好吗?"

凌颂郁闷道:"你说的都对,反正我说不过你。"

"别再想这些了,专心学习吧。"

凌颂不得不打起精神来。

十点半,温元初合上书本,提醒凌颂:"今天就到这儿,赶紧睡觉,明天我陪你回去学校请假,顺便还要麻烦人把以后学校发的试卷给你寄过去。"

在学习这事上,温元初是一点没打算让凌颂轻松。

凌颂趴桌上挥了挥手:"你走,你走。"

"我得回去跟我爸妈说一下带你一起去X城的事,你今晚好好睡吧。"

第54章

次日清早,温元初骑车过来接凌颂一块去学校。

坐上温元初车后座,凌颂拍了拍他,顺口感叹:"温元初,你好帅啊。"

"别乱动,坐稳了。"

他俩一出现在学校,就引来目光无数。

温元初物竞全国第一,保送的红榜已经贴上学校大门的宣传栏,他本来就是学校风云人物,走到哪儿都有人偷看。

姚娜娜:凌颂,听说你不打算上课了,要跟着温元初去X城集训?

凌颂:是真的。

早上凌颉已经给校长打电话说了凌颂请假的事,他俩直接去了教室办公室,当面和班主任说。

马国胜忧心忡忡,再三问凌颂:"真的要回去自学吗?不怕跟不上吗?现在时间宝贵,一天都不能浪费。"

但凌颂已然下定决心,不管马国胜怎么劝,只说压力过大,不想再来学校。

再有温元初在一旁帮腔,终于顺利拿到了请假条。

走出教室办公室,凌颂高兴得恨不能原地蹦三圈,被温元初摁住。

温元初轻咳一声,提醒他:"回家再笑,被马老师看见,他还能信你真有压力?"

凌颂赶紧老实了。

之后凌颂又去找张扬,麻烦他以后每周帮自己寄一次学校发的试卷去X城,送他了一整套游戏高级装备,又被骂了几句才得到张扬的点头。

两天后,凌颂和温元初一起又去了X城。

这次的国家队集训由P大承办,集训地点就在P大校园里,参加集训的学生都安排住进了P大的学生宿舍,除了温元初。

住在校外,堂叔他们在P大附近有套房子,他俩去之前就已经叫人打扫干净,借给他们住。

第54章

集训队正式开营后,他俩的生活也走上了正轨。

每天早上六点五十起床,去Ｐ大校园里晨跑,顺便吃早餐。

八点温元初开始上课,凌颂回家复习功课、刷题。

十二点凌颂去Ｐ大和下了课的温元初一起吃饭,再回去睡午觉,一点半之后继续一个上课一个刷题。

晚餐依旧在学校食堂解决,七点温元初开始给凌颂补课,到十点半结束。

温元初周六也要上课,只有周日有一天休息,也是一整天在家里帮凌颂复习。

每周堂叔他们会带他俩出去打一次牙祭,好让凌颂透口气。

对凌颂来说,这其实没什么。

他上辈子做皇帝,压力比这大得多,每天提心吊胆睡不了一个安稳觉,如今就像温元初说的,只要好好学习,就再没有其他的烦恼。这样的好日子他可以过到天荒地老。

这天中午,凌颂提前了半小时去学校。

他没有特地跟温元初说,在温元初上课的楼外面随便找了个地方坐下等人。

旁边有老人独自喝茶下棋,凌颂闲得无聊,凑过去看。

凌颂这人有个毛病,一看到别人下棋就手痒,见老人半天才落下一子,没忍住开口提醒:"下在这里下在这里,下在这里能把这一片白子都吞了。"

老人抬眼看向他,凌颂反应过来自己打扰了人清静,尴尬笑了笑。

对方倒是不介意,问他:"你会下?坐下陪我来一局。"

"我水平还可以的。"

凌颂一点不谦虚,一屁股坐下,大大方方地执起棋子。

他的棋艺确实不错,只要不和温元初比,上辈子和马太傅下棋也经常能赢。

不到二十分钟,凌颂吃下老人一大片黑子,轻松赢了一局。

老人意犹未尽地喝茶,夸赞他:"现在会下棋的年轻人不多了,你很不错。"

凌颂得意地笑,目光落到老人手中的茶壶和茶杯上,随口说:"这套茶具是仿成朝熙和年间的五彩瓷吗?"

老人有一点意外:"你认得?"

"认得,"凌颂点头,"五彩瓷成朝才开始有,到熙和年间被广泛运用到当时的各样用具器物上,上层社会人人追捧,而且因为熙和皇帝的那位皇后偏爱金色,那一时期的五彩瓷大多以金彩为主,辅以其他颜色点缀,特点鲜明,一看就知道。"

老人闻言更是意外："你还懂这些？"

凌颂心道没有人比他更懂了，笑眯眯地继续说："不过到了成朝末年，因为末代皇帝永安帝不喜这种花里胡哨的五彩瓷，觉得过于庸俗，上行下效，加上社会动荡，那个时候各地官窑、私窑产出的五彩瓷产量就低得多了，所以现在市面上拍出的永安年间的五彩瓷器具，价格会比熙和年间的还高一点，因为量少所以贵。"

老人问他："小孩，你是哪个班的？"

凌颂摆摆手："我不是这个学校的，我同学在这里参加物理竞赛国家队的集训，我等他放学，不过我也打算考这里，嘿嘿，我想学考古。"

老人也笑了："蛮好的，现在的学生，愿意主动进考古系的太少见了，你是个好苗子，要是真考上了，记得来找我。"

凌颂一愣："您是考古系的教授啊？"

老人笑着点头："学考古很累的，你真能坚持吗？"

"包在我身上。"凌颂胸有成竹。

温元初放学出来时，老人已经走了，剩凌颂一个人坐在花坛边晃脚。

和温元初关系最好的那个队员跟他们一起吃过几次饭，和凌颂也很熟，看到凌颂过来，跟他打趣："你不好好学习，高考真能考上这里吗？别因小失大啊。"

凌颂翻白眼："你是嫉妒啊？没有学姐打听你联系方式吧？"

对方哈哈笑："那是啊，听说你们优秀的同学很多，我也想认识一下，你给我介绍介绍呗。"

凌颂本不想理他，但眼珠子一转，想到夏朗星之前求他的事，于是问："确实有一个，人还挺有趣的，想找一个学习好的同学指导学习，你要认识吗？"

温元初疑惑看他一眼，眼神提醒他别捣乱。

凌颂继续问那人："要吗？"

"要！"

于是他拿起手机，直接把这人的 VV 名片推送给了夏朗星。

凌颂：成绩虽然不如温元初，但也只差一点，有些油嘴滑舌，介绍给娜娜秋怡她们不靠谱你在学习上好好向别人请教。

凌颂：哦，对了，他可能以为你是美女。

夏朗星：……

夏朗星：我谢谢你了。

下午下了雪，X城今年的第一场初雪。

凌颂给温元初发消息，说不去学校吃晚饭了，想吃火锅，就在家里吃，他叫了外卖，让温元初下了课赶紧回来。

五点，凌颂写完一张数学试卷，对着答案看了一遍，这卷子难度适中，他第一次数学分数上了135，顿时高兴万分。

做错的、没做出来的题目对着答案看懂了，就重新做一遍，看不懂的，留着等温元初回来给他讲解。

外卖已经把火锅送到，凌颂嘴里哼着歌，忙忙碌碌地去收拾做准备。

顺便打开iPad，追他每天要追的剧，每天看一集，放松精神。

荡气回肠的片头曲响起，凌颂跟着哼。

这剧是林秋怡推荐给他的，说她瞒着她爸妈偷偷看的，又"狗血"又好看。

剧名叫《永安情史》，男主角就是他这位永安帝，据林秋怡说，这是拍成朝末年的影视剧里，唯一一部以永安帝为主角，且形象不那么薄弱没有刻意丑化的。

太不容易了。

虽然凌颂觉得，演他的那个男演员，跟他长得一点不像，还没他好看呢。

演温彻的那个长相比起温彻本人更差得远了。

学校那边这会儿也放了学，林秋怡估计也拿着手机在偷偷追剧，给凌颂发来一堆胡言乱语。

不过但是，他还是得感谢《大成秘史》，虽然内容是夸张了点，至少某些方面来说，也确实没写错。

还是得赶紧把他们的墓找出来。

所以这一切的前提是，他一定要好好学习，考上P大考古系。

温元初回来时，剧情正播到高潮处。

温元初看了两分钟，面无表情地关掉屏幕。

凌颂拍他的手："我还没看完，还不知道摄政王是不是要黑化了，你让我先看完这集。"

"火锅开了，可以吃了，先吃东西。"

凌颂笑嘻嘻地坐到桌前，温元初把烫好的羊肉仔细蘸上酱送到他碗碟里。

凌颂看着他笑。

温元初皱眉:"赶紧吃东西,笑什么。"

"你觉得那部剧好看吗?"

"不知所谓。"

"我倒觉得还挺好玩的。"

第55章

一月初，集训队正式结营。

经过六轮考试选拔，温元初毫无悬念地进入最终的五人国家代表队，下学期要继续回P大集训，暑假参加国际比赛。

结营的第二天，他们回去海城，期末考试快到了。

前面两次月考凌颂没参加，但把张扬寄来的月考卷子都做了，自己估了分，再算了大致的年级排名，确实一直在进步，按照和他哥的约定，这次期末考他得考进前一百名，只要考场上不发挥失常，应该没大问题。

期末考试后，各科成绩陆续出来。

拿到成绩单，凌颂高兴得原地蹦了三圈。

这下连凌颉都无话可说，凌颂的进步有目共睹，只怕他去学校上课，都不一定能考得这么好。

之后这一个月，温元初继续每天给凌颂补课，督促他刷题，针对他的弱项科目进行强化提高，过年期间依旧如此。

除夕那天，温元初爸妈来了凌家，两家人一起吃了一顿年夜饭。

在饭桌上，凌颂收到了温元初妈妈给的大红包，说是给他压岁和过生日的。

吃过饭，凌颂回房数钱。

他俩都拿了四五个红包，两个一把年纪的老鬼，占这便宜还怪不好意思的。

凌颂数完钱，向温元初伸出手，说道："元初你的压岁钱呢？"

温元初在手机上给他转了四千。

凌颂顿时惊讶了："今年怎么是四千了？你捡到钱了吗？"

温元初轻咳一声，说："两千是温元初给你的。"

"那还有两千呢？"

"……你自己想。"

凌颂嘻嘻哈哈地凑到他面前去："我知道了，还有两千是彻哥哥给小皇帝的对吧？"

"嗯。"

凌颂乐不可支:"温元初,你可真有意思,朕甘拜下风。"

温元初抬了抬下巴提醒他:"赶紧收了。"

凌颂心满意足地点了接收,想到一件事,又问他:"温元初,你之前说的,还给别人发过两千红包,也是我吗?什么时候的事?"

"有一年过年,我给了你二两银子压岁钱,你自己收了不认账,不记得了。"温元初无奈说。

还有这事?凌颂仔细想想,好像是有……

那是他刚登基的第一年年节,他向温彻讨压岁钱,温彻就给了,但是他嫌弃温彻给得少,没给他好脸色,从第二年起就再没有了。

这人怎么还这么小心眼呢?

"为什么后面就不给了?"

温元初不想理他:"你是皇帝,该你给我赏赐,你还有脸问我讨压岁钱?"

果真是小气的男人。

"我们出去玩吧,过年也待家里好无聊。"

"你想去哪儿?"

"去海边呗。"

他俩下楼,跟客厅里打牌的长辈们打了声招呼,温元初骑车载着凌颂去海边。

除夕夜海边也很热闹,这两天天气好,不少人拖家带口地出来玩。

温元初停车时,凌颂看到路边有老人在寒风中卖糖葫芦,拉了拉温元初的袖子。

"买糖葫芦。"

最后十串糖葫芦,温元初全都买下,老人不停跟他们道谢。

凌颂嘴里含进一颗山楂,一侧脸颊鼓起一大块,含糊地问温元初:"我之前一直奇怪,上辈子我一辈子没离开过上京城,怎么这辈子会转世在这个南方海边城市,这个也是能选的吗?"

等了片刻,温元初说:"你从前一直说想来南边看看,但那会儿南边已经乱得不成样子了,我不敢放你过来,你一直都惦记这事,后来我才想着,要是能有来世,我们远离上京城,也挺好。"

"你觉得这个地方不好吗?"

凌颂慢吞吞地咽下嘴里的山楂,酸得喉咙都在打战,海风渐渐迷了他的眼。

半天,凌颂恍惚回神,与温元初笑了笑:"温元初,我到底在多少事情上误会了你啊？"

上辈子的桩桩件件，温元初所想的，都是为了他好，可这个人不会说，所以他总是误会、埋怨，往最坏的方面想，错的那个，也不知道是温元初还是他。

"温元初你看那边，有星星。"

凌颂忽然轻喊出声，温元初顺着他手指的方向看去，天边零散地缀着几颗星星，不算明亮，和远处的灯火融作一处。

凌颂笑起来："冬天也能看到星星，真难得，这是老天爷给我送生日礼物吧。"

温元初没吭声，怔怔地看了一阵。

凌颂回头跟他说："你上回拍给我看的照片我其实留着，你说如果再有机会，你会跟我一起看，不是哄我的吧？"

温元初回神，目光转向他："是真的，等到了夏天，找个天气好的日子，我带你去山里露营，看得更清楚一些。"

凌颂高兴了："那一言为定啊，我们租个天文望远镜再去。"

"好。"

接近凌晨，温元初骑车载凌颂回家。

凌颂坐在车后座，眯起眼看远处的海上灯火和天边残星。

"温元初，那个记忆转世的法子，还能不能再用啊？"

温元初闷头往前骑。

凌颂掐了他一把："你怎么不说话了？别不理我。"

"凌颂，做人不能太贪心……"

凌颂一愣。

"我问问都不行啊？"

温元初认真解释："人的好运气总是会用完的，那个法子早就已经失传了，而且那需要天时地利，或许一两百年才有一次机会，我们能碰上，纯属走运，是老天爷可怜我们。"

凌颂有一点失望："这样啊……"

他还以为他能因此长生不老呢。

不过也是，要真有那么简单，人人都用这个法子转世投胎，这个世界早就乱套了。

"所以凌颂，我们或许只有这辈子了，要好好过。"

凌颂说："行了啊你，别说得这么悲观，人本来也就只有一辈子，运气好点，说不定能活到一百一十八呢。"

黑夜中凌颂的笑眼分外亮。

温元初安静看着他,许久,轻轻"嗯"了一声。

他转回身,让凌颂坐稳,放慢车速继续前行。

到家时刚过零点,温元初去把早上买的蛋糕端上来,插上蜡烛点燃。

"凌颂,生日快乐。"

凌颂看着他笑:"你说我这到底算几岁生日啊?"

温元初想了想:"二十岁,上辈子不算了,以后都只算这辈子的。"

"行吧。"

温元初示意他:"许愿。"

凌颂双手合十闭起眼。

他的愿望还跟一年前一样,以后也都一样,平安活到九十九。

许完愿,凌颂睁眼看向温元初:"温元初,你和我一起吹灭蜡烛吧。"

温元初回视他:"好。"

番外一·前世

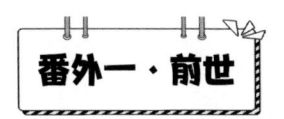

今日这场宫宴气氛明显不正常。

温彻从一进门坐下起就已觉察到了不对,小皇帝不停喝酒不敢看他,其他人面色各异、心怀鬼胎,他不动声色,偶尔闷一口酒,并不多言。

不时有人冲小皇帝使眼色,像是在催促他什么。

小皇帝慌乱避开,始终没有如人所愿。

在凌颂又一次命人斟满酒,举杯想要往嘴里送时,温彻起身上前,夺下他手中杯子。

"陛下醉了,别喝了。"

凌颂抬头,微红的双眼愣愣看着他。

温彻重复:"陛下,别喝了。"

立刻有人站起身,大声呵斥:"摄政王,你好大的胆子,敢对陛下如此不敬!"

温彻漠然扫一眼对方,并未理会那人,轻声示意凌颂身侧宫人:"送陛下回寝殿。"

双方僵持住。

凌颂依旧仰着头,盯着温彻,喉咙里滚出喑哑的笑声:"为什么要回寝殿?朕还想喝。"

"陛下醉了。"

凌颂抬手抹了一把脸:"你叫他们都退下去吧,朕想单独跟你说话。"

"陛下!"有人不忿大喊。

凌颂的目光甚至没有从温彻脸上离开:"好吵,你们都散了吧。"

闹哄哄的大殿逐渐变得冷清,只余灯影幢幢。

殿门缓缓闭合,温彻在凌颂身前单膝跪下,伸手扶住他:"臣送陛下回寝殿。"

凌颂反握住他的手,用力按下,润湿的双眼中隐有水光:"摄政王,你知道今天是要做什么吗?"

不等温彻回答,凌颂兀自说下去。

"他们要朕逼迫你交出兵权,要朕将你拿下。

"你不怕吗?你为什么还能这么镇定?

"你一点不怕是不是?朕根本赢不了你,朕的兴庆宫里都是你的人,他们每时每刻盯着朕、监视朕,朕若是稍有动作,被拿下的那个人一定是朕,是不是?"

"陛下醉了。"温彻依旧是这一句。

"我害怕,……你们都不怕可我害怕,你们为什么都要逼我,为什么啊?"

凌颂带着哭腔的声音微微颤抖,他已经很久没有在人前自称"我"了,自从几年前温彻跟他说不可以之后。

温彻看着他,许多话到嘴边,却无法开口。

凌颂如今脸上的笑越来越少,与他也越来越疏远,这样哭着攥着他的手说害怕,曾经怕的是别人,现在怕的,却是他。

他不知道要怎么做,才能让凌颂不再怕他,真正相信他。

于是始终沉默无言。

凌颂眼中的光渐渐暗淡,哭到最后再无言语,连哽咽声都卡在嗓子里。

温彻自始至终没有回答凌颂问的那句为什么。

他没想逼迫凌颂。

可凌颂不会信。

那天以后,凌颂再未单独召见过他。

时常朝会时,温彻不经意地抬眼,总能看到凌颂高坐在御座之上发呆,无论下面争什么吵什么,都不参与其中,仿佛只是这个朝堂上被高高供起的一尊金尊玉贵的木偶。

许多次,温彻都想说些什么,安慰安慰他,但凌颂不给他机会,他也根本不知该如何开口。

他只能如凌颂所愿,调走了一部分安插在他身边的护卫之人,好让凌颂能稍稍心安一点。

转眼入夏,天气逐渐转暖。

某日群臣议事后,凌颂忽然说起天热了,想去东山的别宫小住一段时日，待秋凉了再回来。

温彻和几位内阁大臣都在场，谁都没先表态。

凌颂看着他们，安静等了片刻，眼中有转瞬即逝的失望，低下声音说："不能去，那就算了吧。"

东山虽然不远，但御驾久未驾临别宫，那处宫殿年久失修，要接驾，少不得要先修缮一番，又是一笔银子得砸下去。

可国库空虚，已经到了捉襟见肘的地步。

这一点，凌颂并非不知道，他只是太郁闷了，这个皇宫，压抑得叫他喘不过气，摄政王不同意他去南边，现在只是想去东山，也是不行的。

所有人都以沉默，无声地拒绝了他的提议。

在落针可闻的阒寂中，温彻忽然开口："陛下想去，那便去。"

凌颂惊讶抬头，温彻依旧是那张面无表情的冷脸："东山不远，去小住一段时日也无妨，多调些禁军护卫便是。"

有内阁辅臣提醒他："别宫久未修缮，只怕没法接驾。"

"那便修，"温彻看着凌颂说，"只将几个主殿修一修，打扫干净，用不了几日时间，别说这点银子都拿不出来，实在不行，各位大人和本王一块自掏腰包凑一凑便是。"

其他人都走了，唯温彻单独留下，时隔数月，再次与凌颂私下说话。

凌颂低着头不看他，不自在地说："摄政王为何说那样的话，朕不去就是了，哪有叫摄政王和诸位大人自掏腰包修缮宫殿的道理。"

"陛下何必与他们客气，他们府上吃的穿的用的，哪样不比陛下好，陛下缩衣节食，省下的开支填充国库，最后倒不知是进了谁的荷包。"

"……是吗？"凌颂终于抬眼，疑惑看向温彻。

可那些人不是这么说的，他们说温家祸乱朝纲，温彻挟天子自立为王，有不臣之心，日后必成祸害。

他想相信温彻，可这样说的人太多，温彻也从来不与他解释，那些桩桩与他这个皇帝、与满朝官员对着干的事情，他究竟意欲何为。

温彻看出了凌颂眼中的迟疑。

他没法说，告诉凌颂他身边所有人都不可信，每个人都在盘算着从他这个傀儡皇帝身上咬下一块肉，只有自己是一心为他好，凌颂会信吗？他只会害怕，会摇摆不定。

前一次，他赶走马太傅，已经让凌颂疏远了他。

他只能慢慢来，一点一点帮他的小皇帝肃清朝纲。

温彻走上前，在凌颂身前半蹲下，平视他的双目："陛下，您肯信臣吗？"

凌颂嘴唇翕动，像被温彻目光中的恳切蛊惑了，慢吞吞地说："……你不要骗朕。"

"不会，保证不会。"

那时凌颂是信了温彻的话的。

温彻说，他就信。

他对那个人，从来就有着本能的信任和依赖。

那天晚上他甚至难得地睡了一个安稳觉，一夜无梦到天亮。

可仅仅三天，温彻就食言了。

被人按到地上，扯起头发强行灌下那杯毒酒时，凌颂除了绝望恐惧之外，更多的还有不甘心。

凌颂死死瞪大眼睛，拼尽全力挤出声音："摄政王……朕要见他……"

面前之人居高临下，目露鄙夷："王爷说了，陛下安心上路吧，他会替您好生收尸的。"

是温彻要毒死他。

凌颂睁大着的眼中滑下眼泪，最终变成了血。

目光中的神采一点一点退去，只余一片灰败，直至死寂。

在生命的最后一刻，他所唯一想到的，那个人还是骗了他。

下辈子、下辈子再也不要见了。

北营兵马包围城池，城中暴乱四起。

温彻一夜一日没睡，一边派兵紧闭城门抵挡城外叛军，一边亲自带人四处镇压平乱，捉拿城中可疑之人扔下狱。

他隐约觉得不对，但疲惫紧绷的神经让他没法停下来仔细思考，他必须尽快平息事端，才能不让之波及宫中的凌颂。

黄昏之时，手下亲兵来报，说在西边的城门口，捉住了欲要里应外合，为城外叛军开城门的刑道人。

这人早半个月已经出京去云游了，为何如今又会突然出现在京中？

温彻尚未来得及问，又有人来报，在刑道人藏身之处，发现了陛下近身内侍的尸身。

一众部下还在等候温彻发号施令，温彻已翻身上马，往皇宫方向纵马疾驰而去。

兴庆宫里尸横遍野。

温彻用力推开大殿门，所有的不安在这一刻化为实质。

小皇帝满面是血，蜷缩在冰冷刺骨的大殿中，已再没有了生气。

温彻浑浑噩噩地走上前，单膝跪地，将颤抖不停的手指贴到凌颂鼻下。

没有，什么都没有。

这个人再不会睁开眼，笑也好、哭也罢，从今以后都不会再有。

他下意识地想要帮凌颂擦干净脸上的血，但是不行，无论他怎么擦，那些已几近凝固的黑血都擦不去。

血没入凌颂凌乱的发间，爬上他的脖颈衣领。

小皇帝爱干净，最讨厌脸上有脏东西，可现在他连帮他擦净脸上的血都做不到。

恍惚间，忆起当年。

他亲手将凌颂从殿后那口枯井中抱起，那时的凌颂全心全意地依赖他、信任他，仅有的笑脸也只给过他。

那时的凌颂还是个活生生的人，会伤心、会害怕、会跟他生闷气、会因为他的责备不高兴。

不像现在，连生息都不再有。

是他亲手将凌颂推开，最终将他逼上了绝路。

大殿里陆续有人进来。

温彻将已死去多时的凌颂打横抱起，回过身，血丝漫布的双眼漠然看向眼前或激动、或兴奋、或惊疑的众生百态。

这些人有朝官、有宗亲、有勋贵，是这些人联起手来，害死了他的凌颂。

他不该犹豫、不该瞻前顾后，他早该将这些人全都料理了，他的凌颂本不会死。

他也是害死凌颂的罪魁祸首。

"温彻逼宫犯上、毒杀陛下，按罪当诛，来人！速将他拿下！"

为首的王爷脸涨得通红，按捺不住激动得几近颤抖的声音，厉声喊人。

数十兵丁持剑而入，长剑出鞘，指向的却是那些犹在叫嚣之人。

温彻冰冷没有丝毫起伏的嗓音丢出三个字:"全杀了。"
他抱着凌颂,一步一步走出大殿。
身后大殿门轰然阖上,将杀戮挡在其后。
天边晚霞映着残阳,如血一般刺痛了温彻的双眼。
他就这么站在兴庆宫前的石阶至高处,怀中人的身体已再无半点温度。
他这一生,也只能到此为止了。

番外二·考研

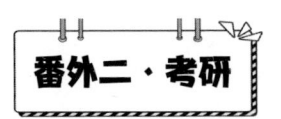

国家队的二期集训在五月中结束,国际比赛要到七月下旬。

在那之前,温元初陪着凌颂先回了海城,参加学校里的第三次模拟考试。

三次模拟考,凌颂的成绩一次比一次好,最后的第三次模拟考试,直接进了年级前二十名。

学校每年考研成功的人数都在二十人左右,凌颂这个成绩,算是终于摸到了P大的边。

当然,他必须保持住这个状态,甚至更进一步,才能十拿九稳。

最后这半个月,凌颂还是没去上学,依然在家中接受温元初一对一的单独辅导,一直到拍毕业照那天,他俩才重新出现在学校里。

凌颂的成绩进步有目共睹,所有同学都很羡慕他,果真人比人气死人。

拍完毕业照,张扬他们私下问凌颂:"温元初真不参加啊?"

凌颂也觉得可惜,于是去问温元初,温元初想了想,反问他:"你觉得呢?"

"什么叫我觉得?你都报名了,就去考呗。"

报名是学校要求报的,虽然温元初已经直接保送了,即便他大半年没上学,但他在给凌颂补课,也就等于他自己一直在复习,去考完全没问题。

温元初其实有点不情愿,他觉得麻烦。

不过去考考也无妨……

凌颂拍拍他胸口:"温元初,这种事情你也要问我的啊?朕承受不了的。"

说是这么说,凌颂满脸是笑,分明十分得意。

"嗯。"

时间一晃而过,很快到了正式考试的那一天。

他俩的考场都在本校,一大早凌颂爬起床,吃完早餐拒绝了他哥开车送他去学校的提议,拎起昨晚准备好的文件袋大步出门。

温元初已经在外头等他,还是那辆自行车,跟平时上学一样。

"东西都拿好了吗?"温元初问。

凌颂一拍自己的文件袋:"都在里面。"

"我看看。"

温元初不放心,将凌颂的文件袋拿过去,考试要用的笔和工具都有,身份证也在……

"准考证呢?"

呃。

凌颂把文件袋抢回去一翻,准考证果然不在里头。

他一拍脑袋,想起他昨晚睡前又把准考证拿出来看了一遍,估计忘记放回去了,赶紧转身往里头跑。

温元初在后面提醒他:"还早,你跑慢点。"

到学校时离开考还有四十分钟,温元初去买来矿泉水,把标签撕了,递给凌颂:"考场上少喝点,实在口渴再喝。"

"知道了,你真的比我爸妈还要操心。"

"走吧,进去了。"

他俩的考场不在同一层楼,温元初将凌颂送到考场门口:"别紧张。"

"我一点不紧张,倒是温元初我看你紧张。"

温元初嘱咐:"考完了别急着走,就在这里等。"

凌颂笑了笑:"你也别紧张啊,上辈子什么大风大浪没见过,这算什么,我肯定能考好的。"

凌颂确实一点不紧张。

第一科是他最拿手的语文,他这门课的成绩后来甚至比温元初还好一点,毕竟是上辈子才高八斗的帝师们教出来的,底子摆在那里。

拿到试卷大致浏览一遍,语文卷的难度比之前几次模拟考试大,凌颂心里高兴,他就希望语文题目出难一些,他才能靠这一科拉分。

铃声一响,凌颂提起笔,信心十足地开始答题。

两天考试转眼过去。

考完最后一门英语,监考老师将卷子收走,凌颂终于长出一口气。

他每门都考得不错,温元初还帮他押中了好几道大题,他刚才考试时答得十分顺手,分数应该不会低。

走出考场，温元初已经等在外面。

没有问凌颂考得怎么样，温元初接过他手中的文件袋，拿出纸巾递给他擦拭额头上的汗。

凌颂看着面前人笑："温元初，没问题吗？"

"没。"

"我也肯定能考上我想去的学校。"凌颂和他一样，信心十足。

走出校门，凌颂去对面的冷饮店买冰激凌，他俩一人一份双球。

"我们晚上去外头吃饭吧，再去看电影。"

凌颂吃着冰激凌和温元初提议，看完电影还可以顺便在外面通个宵。

温元初问道："要估分吗？"

"不用不用，过几天分数就出来了，急什么。"

话虽如此，等他们在火锅店里坐下，班级群里正热闹商量明天的聚餐活动时，有人上传了新鲜出炉的第一手答案，凌颂到底没忍住给点开了，还拿了笔和纸出来，一科一科仔细算起分来。

锅底和菜都已经上了，温元初把烫好的菜送进凌颂碗里，他却没工夫吃，抓耳挠腮地计算分数，嘴里不时念念有词。

温元初问他："大概多少？"

"应该差不多踩线。"

凌颂有一点失望，好像没他想象中的好："我考前应该先去拜拜祖宗的，老祖宗们肯定是嫌弃我没去孝敬他们，所以不保佑我。"

温元初拿过他手中稿纸看了看，问："哪门分数比预想中低？"

"政治，最后两道大题扣分比较多。"

他考试时自我感觉还挺好，但估分没有达到预期。

"这没关系，"温元初安慰他，"今年的分数线应该会比去年低点。"

凌颂心里打鼓："温元初，要是我没考上怎么办？"

"没关系，X城别的学校也有考古系。"

温元初帮他把东西全部收起来："吃东西吧，别想那么多，肯定能考上的。"

凌颂嚼了两口，囫囵咽下，说："算了，我要是考不上，就不念书了，以后去宫殿门口支个摊位给人算命养家糊口。"

温元初没理他，这小子明显又在胡说八道。

之后凌颂提心吊胆了二十天，一直到成绩出来。

查分那天晚上八点整系统开放，凌颂一吃完晚饭就回了房，两个小时度秒如年，好不容易等到八点差五分钟，他打开查分网站，结果发现网站被挤崩溃了，怎么都登不上去。

凌颂尝试了二十分钟，每一次都打不开网站，郁闷得用脸滚键盘。

班级群里有走运登陆成功的已经查到分数，正在互相报分，考得好的喜气洋洋，没到预期的唉声叹气。

有人问凌颂考了多少分，凌颂没好气回了一个二百五。

至于温元初，他不需要查，学校昨晚就已经收到内部消息。

温元初只能安慰他，说刚踩线的分数，也许别人懒得抢吧，把凌颂气得一晚上没理他。

八点二十，网站还是没登上去，温元初拿起手机，帮他拨出了查分电话。

等待电话接通时，凌颂正襟危坐，死死盯着温元初的手机，温元初按了免提，这次倒是很顺利，没有占线也没有等太久，输入准考证号并核对信息后，那边很快响起机械化的语音播报。

温元初挂断电话，凌颂木愣愣地看着他："这么高？"

"是。"

他扑到电脑前，再一刷新，终于能进去了，赶紧输入准考证号和身份证号，页面一点一点加载出来。

这个成绩，应该是稳了。

凌颂终于回神，跳起来一声欢呼。

凌家欢天喜地，凌颂给马国胜打了个电话，马国胜听到他的分数，尤其知道他语文考了不错，连说了三个好。

后头他还是接到了P大招生组的电话，虽然他总分不算特别高，但语文成绩全省第一，用文言文写的作文还拿了满分，P大招生组里有个中文系的教授，看过他那篇作文后，对他很感兴趣，问他想不想去P大中文系。

凌颂实话实说，他想学考古。

他在P大校园里认识的那位考古系教授，那人其实是考古学院的院长，他后来又陪那位老教授下过两回棋，还跟着去考古学院参观过，前几天老教授特地给他打来电话，说他只要上了学校录取分数线，肯定要他。

专业志愿这方面，他肯定不会改的。

对方闻言一阵扼腕。

事情差不多就这么定了。

之后只要等着填报志愿，拿录取通知书就行。

凌颂兴奋得一晚上没睡，半夜拉着温元初出门，去海边吹了半宿的海风。

玩到后半夜，他爬上岸边礁石，在无人的夜色中放声呐喊，温元初站在下面，安静看他。

……上辈子，从来没见凌颂这么开心过。

凌颂终于累到了，盘腿在礁石上坐下，伸手将温元初也拉上来。

温元初问他："真的这么高兴吗？"

凌颂用力点头："特别高兴！"

上辈子凌颂一直被人推着架着，做他不喜欢不愿做的事情，从来没有人真正肯定过他，他潦草短暂的几年皇帝生涯最后落得一败涂地，还背上了一个亡国之君的千古骂名，他虽然嘴上不说，心里必然不好受。

这辈子他终于能选择自己喜欢的，有了机会证明自己存在的价值，所以他开心、高兴。

温元初想，这样很好，只要凌颂能一直这样开开心心，就再好不过。

番外三·上学

七月底,P大的录取通知书寄到学校,温元初骑车载凌颂一起回去拿。

温元初是保送生,他的通知书早十天就到了,之前他一直在英国参加国际物理竞赛,前两天才刚拿了金牌回来,凌颂跟着他一块去国外玩了一趟,一回来就接到学校电话,让他们去领通知书。

这两天陆续来领通知书的学生不少,拿到了也不走,三三两两聚在一起说话,互相交换通知书看。

张扬王子德他们几个考得都不错,比平时最好成绩还好,录取到了理想学校,个个喜气洋洋。

姚娜娜林秋怡她们也来了,林秋怡也考上了,姚娜娜要出国念书,压根儿没参加考试,专程陪林秋怡和夏朗星来学校。至于夏朗星,他走的艺术类,先前就已经过了电影学院的专业考试,考研分数也过了线。

夏朗星十分得意,到处炫耀拉着人拍照,说等他以后做了大明星,现在拍的这些照片都是无价之宝,便宜大家了。

凌颂没理他,一句"你确定要跟我和温元初拍照?被我俩比下去以后你好意思拿这照片给你粉丝看啊",气得夏朗差点跟他绝交。

到了正式报到那天,没让家里人送,凌颂和温元初单独飞去X城,两位堂叔去机场接的他们。

P大附近那套房子依旧给他们住,不过刚上研一,学校要求必须住校。

凌颂的室友都是同班同学,来自大江南北,听到凌颂说他的分数有更好的专业选择却不去,无不对他刮目相看。

刚开学功课没那么紧,凌颂领着他的室友们去X城各大名胜古迹和博物馆转了一圈,他说起古代史头头是道,每天把自己上辈子亲身经历和听来的故事当乐子说给人听,这么潜移默化下来,还真让他的室友们对本专业产生了兴趣,有两个甚至放弃了转专业的打算,决定就在这里扎根。

凌颂毕竟是来自四百年前的出土活文物,很多他知道的东西,哪怕是这个专业里如今最顶尖的学者专家都知之甚少。

他不吝啬教给其他人，用他的话说，现在的年轻人，多学点老祖宗的东西也好，有兴趣学的他很乐意教。

凌颂的这种专业优势，很快就在系里脱颖而出，在第一学期的期中考试中，他不出意料地拿到了全系第一，终于从曾经的学渣逆袭成了真正的学霸。

在高手如云的物理系，温元初的成绩依然稳居前列，更别提他还长得帅。

新生入校没多久，温元初和凌颂就在学校BBS上出了名。

温元初被评为"校草"，至于凌颂……

不知道是哪个缺德的翻出了海城一中学校贴吧里当年评选颜值担当的帖子，转载到P大BBS，得到热烈响应和附和，凌颂颜值担当的称号就这么在大学里传开了，凌颂抗议无效，气得差点要去买黑客黑了学校BBS。

他还因此被温元初的室友狠狠笑了一顿。

那几个人当初跟温元初一起参加竞赛培训时就认识，其中还有被凌颂介绍给夏朗星的那个。

男生见到他，扶墙笑得直不起身："弟弟、颜值担当，哈哈哈哈哈，你的同学真真都是天才，来来，弟弟给哥哥笑一个。"

凌颂在心里把人诛了几百遍。

他知道这人跟夏朗星在网上打得火热，且一直以为夏朗星是电影学院的哪个漂亮妹妹，他本来想要提醒人一句，这下干脆不说了。

这人就是没经受过社会"毒打"。

等他以后就明白了，那漂亮妹妹是假的。

忽略这点不愉快，凌颂的大学生活总体来说十分顺风顺水。

白天他和温元初各忙各的，但晚餐会一起吃，吃完饭一块去图书馆自习，九点半时从图书馆出来，到了周末再一起去校外找好吃的好玩的，或者去找堂叔他们蹭吃蹭喝。

对凌颂来说，这样的日子可比上辈子快活得多，别说做皇帝了，神仙都不换。

凌颂的室友虽然面上对凌颂十分服气，张口闭口都是老大、大佬，但私底下，自从看了BBS上的帖子，其实一个个都自觉扮演起大哥的角色。

一进门，就有人风风火火地冲凌颂喊："老大你牛了，上期那鉴宝节目上那个花瓶真的是真货,现在鉴定结果出来,藏宝人要告那个专家了。"

"我就说吧,"凌颂得意摆摆手,"小意思而已,你们认真学,以后也能有哥这水平。"

温元初问他:"你又做什么了?"

凌颂笑嘻嘻地跟他解释,他们之前看的一个鉴宝节目,有个收藏人拿了个据说是成朝熙和年间的花瓶上去鉴定真伪,节目上一个专家一口咬定那是近代赝品,说了一堆什么花瓶的花纹走势不对,瓶底印章也有问题的理由,反倒是凌颂,隔着屏幕,一眼认定那是真货,当时这几个人还不信。

那期节目最后,花瓶被那个专家直接砸了,收藏人估计不甘心,事后拿着碎片去找了权威机构做了三次鉴定,结果证明那确实是真品,现在人要告节目组和那个专家。

几位室友对凌颂佩服万分,凌颂嘴上说"小意思",但温元初一看他这样,就知道他屁股后面那条无形的尾巴一准又翘了起来,还在不停摇晃,于是也忍不住轻扬嘴角。

"嗯,很厉害。"

凌颂拍拍他肩膀,别人说很厉害就算了,这个跟他一样从四百年前来的老鬼也故意这么说,眼里还带着笑,仿佛在揶揄他。

寝室里其他三人都在议论那鉴宝节目的事情。

下午五点。

下课铃一响,凌颂胡乱把桌上书本装进书包,起身急匆匆地往外走,室友在后面喊:"你急着去哪儿呢?"

凌颂丢下句"有事",第一个出了教室。

温元初果然在外头等他。

今天是平安夜,又是周五,学生们人心浮动,纷纷去校外玩乐约会。凌颂一早预定了晚上吃饭的餐厅位置,买了电影票。

"等多久了?"

"没多久,刚从自习室过来。"

他今天下午没课,室友们中午就离校了,他一个人去自习室待了一下午等凌颂。

凌颂兴高采烈,跟温元初说他课堂上学的东西。

他对自己的专业抱有极高的热情，用现代人的眼光去看从前，角度不一样，看到的东西也大不一样，这让凌颂觉得十分有趣且新鲜。

这种奇妙的感觉，他只能和温元初分享，别的人都不会懂。

快走出学校时，凌颂拿出手机叫车，温元初接到了他室友的电话。

对方上来就是一通颠三倒四、气急败坏的质问，只差没骂娘，最后扔出狠话："你俩别跑，我马上到学校了，凌颂他今天必须给我一个交代！"

温元初："……"

凌颂看着他："怎么了？"

"……他今天下午偷偷去了电影学院，想去见夏朗星，结果一打听，知道了对方是男生，还见到人，吵了一架，他说是你给他们介绍的，你骗他说夏朗星是漂亮女生。"

凌颂额上滴下冷汗。

温元初皱眉："你怎么做这种事？"

凌颂给夏朗星发了一条信息，问他究竟怎么回事。

那边很快回来语音："凌颂抱歉啊，我之前也想跟他说的，但是不知道怎么开口，一直拖着结果就成这样了，他今天招呼不打跑来我们学校，结果就穿帮了，正好撞见我跟人打篮球，上来就把我掀翻了，给了我一拳，我的脸现在还是肿的呢。"

你活该。

夏朗星的声音，低落："我知道装女生欺骗人不对，我跟他道歉了，他已经把我 VV 拉黑了，估计不会再理我，朋友也没得做了，你再帮我跟他当面道个歉吧，唉，我下次再也不敢了。"

凌颂也不想再理他。

他们在校门口等了十分钟，温元初的室友跟霜打的茄子一样，垂头丧气地回来，眼睛还是红的，温元初推他一把，说："去吃晚饭。"

于是两人圣诞晚餐变成了校外大排档的三人撸串。

男生一杯一杯往嘴里倒啤酒，最后被温元初抢下杯子。

凌颂讪讪地跟人道歉："这事是我做得不地道，一开始没跟你说清楚让你误会了，我也是后面才知道你一直以为他是女生，本来想跟你说，呃……总之抱歉。"

"还有夏朗星，他说你把他拉黑了，他让我替他当面再跟你也道个歉。"

男生低着脑袋不吭声。

温元初默不作声地又把酒杯搁回男生面前，再帮他多叫了几瓶。

算了，借酒消愁总比一直憋着好。

大好的平安夜，他俩陪着饱受打击的人喝了三小时的闷酒，订好的大餐没吃上，电影也没看上，九点多，才一左一右扛着醉鬼回去学校。

宿舍楼下正人山人海，不时爆发阵阵喊声和起哄声。

他们三个被堵在外面过不去，听到周围同学议论，凌颂想起之前室友们说的，今天平安夜，他们那栋楼下有一哥们要对隔壁楼的女生表白。

一地的蜡烛摆成心形，男生站在正中间，手捧大束玫瑰，对着人群中被人推出来又惊又喜的女主角表白，整栋宿舍楼寝室的灯光不断变幻，呈现出女生姓名首字母缩写以及"我爱你"的英文，周围一片艳羡声。

凌颂抬头看了一阵，回身与温元初说："这么看着，还真挺浪漫的啊，现在的年轻人可真会玩。"

温元初看着他，眸中带笑："你也羡慕？"

凌颂心念电转，赶紧摆手："朕才没有。"

温元初莞尔一笑。

凌颂看着同行的醉鬼分外嫌弃，赶紧提醒温元初："你把他送回去吧。"

温元初问："晚上还出去吗？"

凌颂看一眼手表，这都快十点了。

醉鬼似乎听懂了他们在说什么，压着温元初肩膀手舞足蹈，嘴里嚷嚷："不行，有福同享有难同当。"

凌颂没好气，冲温元初说："算了，你们寝室另外两个不是说今晚都不回来吗？你把他一个人扔寝室也不是个事，明早我们再出去玩吧。"

凌颂回去寝室，同宿舍的室友都在阳台看下面还没结束的表白戏码。

见到凌颂回来，三人笑嘻嘻地说："不是出去玩了吗？怎么这么早回来？"

凌颂换鞋换衣服，气道："别提，有个朋友喝醉了。"

可惜好好的平安夜就这么毁了。

凌颂洗漱完躺上床一边玩手机，一边跟室友闲吹牛皮，其间温元初发来VV他也没理。

倒是夏朗星又发来条消息，问那谁回学校了没有。

凌颂：回学校了，喝醉了发酒疯，我的平安夜也跟着泡汤了。

夏朗星：对不起啊。

凌颂有心损他几句，看到这几个字瞬间没了兴趣。

他和温元初不过是被殃及池鱼的，而且他也算有点责任，自认倒霉吧。

番外四·寻墓

凌颂念终于找到了他和温元初上辈子的墓。

这事并不容易。

温元初只知道个大概方位,四百年斗转星移,那一带如今是旅游度假胜地,有游乐场有度假村有旅游风景区,还有方圆数百里没有开发过的山林,想要找一个当年被刻意藏起来的墓,无异于大海捞针。

从一开始,凌颂只要一有空,必会拉着温元初去那一带转悠,让他回忆大概的方位,运用自己这辈子所学,逐渐缩小搜寻范围。

最后能找到确切的位置纯属意外。

温元初堂叔家在这边接了一个大型项目,要开发一个度假山庄,但项目选址和温元初说的墓的大概方位还相距甚远,原本这一块不在凌颂的主要搜寻范围内,因为温家接了这个项目,凌颂才跟着堂叔他们一起过来看了看。

这一看,就发现这一带的山林走势和土层都有些不寻常。

凌颂因此上了心,趁着放暑假,和温元初一起,几乎扎根在了这边的山林里。

最后墓终于让他们找到了。

和学校报告时只说偶然发现了疑似成朝末年的贵族墓,学校报给文物部门,政府派了一支专家队伍过来。那位凌颂进校之前就认识的教授也参与其中,因为墓是凌颂发现的,老教授带上了他一起,进行后续的跟踪挖掘。

一开始,专家都以为这只是一座普通的成朝末年贵族墓,可能是侯爵、公爵的墓,墓主人的身份也猜测了几个,直到他们发现了地宫的入口。

探测出来的数据显示这座地宫还不小,一般的贵族墓,绝无可能有这个规模。

除非它是一座帝王陵。

复杂的机关设计让所有专家都束手无策,是温元初说出了打开地宫机关的办法。

没有人知道，为什么温元初这样一个非考古专业的在读大学生，会懂得四百年前神秘地宫的开启方法。

但按照他说的办法，又确确实实在不损坏墓葬结构的前提下，帮助研究队打开了墓穴。

地宫门开启的那天，开挖现场来了大批记者，外界对这一处大型古代墓葬早就有了诸多猜测和争论，答案今日或许就能揭晓。

凌颂跟着他的老师在这里不眠不休地工作了数日，温元初一大早过来，见到他神情恍惚站在人群之外，走上前去。

凌颂深呼吸，闷声说："温元初，我紧张。"

"没事的，没事。"

堂叔他们跟着温元初一起过来看，跟两位堂叔打招呼，有一点窘迫。

温宴笑着冲他抬了抬下巴："这地方风水挺好的啊，听说这里十有八九埋的是成朝末代皇帝，还挺会选位置。"

温瀛看一眼地宫的方向，目光落回凌颂身上，犹豫之后说了一句："其实没必要。"

他的意思凌颂和温元初懂。

关于彼此的来历，他们心照不宣没有点破，老祖宗们的陵寝是被盗墓贼祸害不得不进行抢救性开挖，若非如此，当然还是长眠地下得好。

可他们跟老祖宗不同，凌颂始终认为，他必须让他的墓重见天日，至少要让世人都知道，他不是被温元初毒死的，他要在史书上还温元初一个清白。

那边地宫门已经打开，凌颂和温元初过去，他已提前跟他老师申请过，让温元初随他们一块进去。

第一批进去探路的人很快出来，激动大喊："是帝陵！确实是帝陵！里面东西都保存完好，没什么问题，可以进去！"

所有争议和谜团在这一刻终于尘埃落定。

凌颂也终于亲眼见到了，四百年前他死后，温元初重新为他建造的这座让他长眠的地宫。

短短几个月时间匆忙赶造出来的地宫并不奢靡恢宏，又确确实实是按照帝陵的规制建造，象征凌颂皇帝身份的东西一样不少。

一同进来的一众专家研究员目瞪口呆，这座帝陵里不只有属于成朝末代皇帝的陪葬品，还处处都有另一个人的影子。

地宫依旧维持着当年的原貌，中部有水，水上有岛，岛上种有银杏，终年无光早已枯朽腐烂化成灰渣，而巨大的金丝楠木棺椁就摆放在其间。

他们没有将之打开，也不打算打开，透视仪器很快给了一切谜底的答案。

另一位长眠在此的人，也随即从那些陪葬品中确认了身份。

是当年那位权倾朝野的摄政王。

这个答案出乎所有人的意料，又仿佛就在情理之中。

除了那位摄政王，也再没有第二个人，能把小皇帝藏在这里，一藏就是四百年。

从地宫出来，凌颂在山头黄昏日落下发呆许久。

凌颂抬头，微红的双眼看向他。

"温元初……"

"三个月的时间，这个地宫怎么建出来的？"

他的头发许久没剪，被风吹得快要遮住眼睛。

"有钱就行，那些害你的人被我杀了抄了家，我把抄出来的银子拿来给你建地宫了。"

凌颂愣了愣，然后笑了："你真是……"

地宫的开挖不是一朝一夕的事情，墓的消息传出来，不但在史学界掀起轩然大波，更成了网络上大众津津乐道的话题。

随着陪葬品不断被清理出来，有一样被人戏称为"摄政王的日记小本本"的东西，更是一夜间成为网上热搜。

全都是温彻当年每日随手记下的心情，写在一片一片的银杏叶子上，下葬时这些叶子做了特殊处理，制成书册，四百年都没腐烂，终于重见天日。

凌颂看完这些东西，实在不知道该用什么表情面对。

他就是突然有些后悔了，深觉摄政王的形象在世人眼里从此崩塌了个彻底，连带着小皇帝的一起。

温元初自己却不怎么放在心上，碰到有叶片损毁、字迹不清的，他还让凌颂去跟人说到底写的是什么，好帮助那些研究人员做复原。

凌颂的目的达到了又没达到。

史学界不再一致认定他这个末代皇帝是被摄政王毒死的，也没有就此就给温彻洗刷了罪名,没有确切的证据之前,一切皆有可能。

好在历史教科书上,关于他死因的那一段之后进行了修改,但没再下明确的结论。

趁机蹭热度的倒是不少。

几年前就播出了的那部《永安情史》拍了续集,拍人生第一部戏在里头混了个小配角的夏朗星打电话来跟凌颂吐槽,说编剧导演每天在片场研究摄政王的日记小本本,听说他跟考古一线人员认识,三番两次要求他来打听听有无什么内幕一手消息。

凌颂呵呵笑,三言两语把人打发。

再有就是那满本荒唐言的《大成秘史》,也悄悄地进行了修订。

凌颂看完气得直接摔了键盘。

他还是想给温彻正名。

所以后来他发过多篇论文,考据各种史料,论证他自己的死因。

永安皇帝并非被摄政王毒死,相反是摄政王在事后大开杀戒为他报了仇,这种论点在凌颂锲而不舍的努力下,数年之后终于逐渐在正统史学界占据了上风。

地宫不远处的山包上也有一棵银杏树,凌颂的心思一开始全在地宫上,后面才发现。

于是带着温元初一起去看,这株树少说有几百岁年纪,苍虬葱郁、枝繁叶茂。

凌颂绕着树下转了几圈,问温元初:"这树也是你种的吗?"

"不是。"

他那时不想任何人发现这处地宫,所有劳役都蒙着眼睛进出,更不会留下这样显眼的标志。

"那就是缘分了,"凌颂笑仰起头,看了一阵,目光又转向温元初,"那怎么会想到在棺椁旁边也种上银杏的?"

"……怕你寂寞。"

凌颂仔细想了想,明白了温元初这话里的意思。

或许他们就当真长眠在这里了,所以那些陪葬品中有许许多多他上辈子喜欢的东西,还种了那样一棵树,只为了让他不寂寞。

温元初多好啊,他从前竟半点都没看懂。

番外五·工作日常

博士毕业后,凌颂进入了一个博物馆做文物清理修复工作,兜兜转转终于还是回去了四百年前困了他一辈子的地方。

其实他更想进国家考古队,但考古工作风餐露宿,而且天南海北四处去,甚至一个项目在外头要做上几年,他好不容易重活一辈子,更想过些安定点的日子,思虑再三,还是放弃了。

回去修文物,对他来说一样是有意义的。

温元初留了校,一边教书育人,一边从事他的科研,再不是四百年前那位浑身杀戮气、活得不似个人的摄政王。

凌颂觉得这样很好,温元初一直为他操心,他希望温元初这辈子能顺心如意,一直做他喜欢的事情。

凌颂也逐渐喜欢上了自己的工作,上辈子用过摸过的东西重新过手,花费心思将之修复还原,是一件十分有成就感的事情,他能从中找到无数的乐趣。

偶尔也要加班,有时废寝忘食起来,在单位过夜的日子也不是没有。

温元初发来消息时,凌颂还在工作室里复原一本他老祖宗时期的文献,忙过了头全然忘了已经过了下班的时间。

凌颂:马上要放年假了,我想在放假前做完手头这个。

温元初:我去找你。

温元初过来时已经快七点,游客区早关了门,凌颂去把他从小门接进来,顺嘴说:"搁四百年前,太监宫女才从这儿走,小元子你好大的架子,还要朕亲自来迎接你进宫。"

温元初拿了个路上买的肉包子塞他嘴里,堵住他的聒噪不休。

凌颂把温元初带去自己办公室,这里是从前禁军当值的值房,那时温元初偶尔留宿宫中,他不好去后宫,其他宫殿住着也不合适,就会在这里凑合一晚。

进门时凌颂问他:"这里四百年前也是这样吗?"

温元初站在庭中，抬头看了看逐渐暗下的天，说："不一样。"

凌颂看着他："哪里不一样？"

温元初勾了勾唇角，轻拍他的背："进去吧。"

心境不一样，所以看什么都是不一样的，凌颂进门时就想明白了，于是笑了："你今天下班就过来了吗？你吃饭没？"

当然是没吃的，温元初把带来的外卖放到桌上，拆开筷子递给他："来陪你一起。"

都是凌颂喜欢吃的东西，这会儿闻到饭菜香他才真觉得饿了，坐下大快朵颐。

温元初陪他一起，不时给他夹菜递纸巾。

"今晚能做完吗？"

"不知道，"凌颂喝着汤，头也不抬，"顺利的话应该可以。"

他俩之后都请了年假，准备一起去外头玩，所以凌颂想在出门之前把手头事情先做完，免得玩的时候心里还挂念着，玩也玩不痛快。

吃完饭凌颂又回了隔壁工作室去工作，温元初跟过去，凌颂干活，他坐一旁看自己的书，偶尔凌颂还会与他交流讨论文献中的内容，温元初总能说出有参考性的建议。

每每这个时候凌颂便会感叹，幸好还魂的老鬼不止他一个，要不从前的那些与谁都没法说，得多寂寞。

快十点时，凌颂脱下手套，揉了揉略干涩的眼睛，拿起水杯，抬眼见温元初盯着他，喝了一口茶，他问："你看着我做什么？"

"累了吗？"

"还好。"

温元初站起身："走吧，我们去外头走走，别一直干活了。"

"我活还没干完……"

对上温元初的目光，剩下的话生生咽下，凌颂伸着懒腰站起来："去就去呗。"

他们并肩走出去，外头夜色正好，在这旧宫墙内，不见城市喧嚣，难得安静。

跨过一道拱门就是宫道，交叠的影子在月光下拉长，在这寂静深夜里，时光仿佛与四百年前重合。

凌颂忽然低笑了一声："四百年前彻哥哥可不会有这个闲情逸致，半夜陪朕逛宫殿。"

他又伸手一指前方左边那道拱门："我记得走那里过去就是兴庆宫了。"

"要去看看吗？"

"不去了，我都去过无数次了。"

来这里工作半年，他隔山差五就会去兴庆宫一趟，照料后院那株银杏，虽然那银杏树根本不需要他照看也能长得很好。

温元初随意点头："那就往前走吧。"

凌颂又笑了笑："你还记得这里的路啊？"

"记得。"

即使这辈子又过了二十好几年，四百年前的事情依旧历历在目，那些惨痛的过往温元初不愿再回忆，但一些细枝末节的记忆，始终深刻在脑子里。

曾经有无数次，他夜半留宿宫中却无睡意，在这一条宫道上来来回回地走，漫无目的，但不敢去打扰在另一边的寝殿里，其实同样不能成眠的凌颂。

"那往前走是去哪儿？"凌颂故意问。

"走到底往左边，再过两个门，是望天台。"温元初道。

凌颂就知道他想去那里，笑着撇嘴："四百年前是望天台，现在被周围的摩天大楼一围，就一点气势也没了，而且，还不知道有没有锁门能不能上去。"

"去看看吧。"温元初坚持。

望天台不对外开放，但每年都会检修，他们今天运气不错，这里这两天刚检修过还没锁门，于是两人沿着木质的楼梯一路走上去，听着脚踩在木板上的吱呀声和着心跳的声音，连凌颂也逐渐生出了期待。

走至望天台最高处，果然有月色和星光，以及远处依稀可见的霓虹闪烁。

凌颂仰头看了一阵，偏头又看向身旁温元初盯着远方星空同样专注的侧脸。

心里最后一丝遗憾也终于没了。

四百年前的星夜确实不会有第二次，可那时想要一起看星星的人还在

306

身边。

山川变换、日月更迭，站在他身边的人始终还是温元初。

"温彻。"

温元初转头。

凌颂看着他笑，眼里映着灯光和星火。

他很少这样一本正经喊自己上辈子的名字，温元初也轻轻喊了他一声："凌颂。"

凌颂笑着点头："看星星啊。"

十一点时，他们从望天台下来。

深夜更寂静，月光也黯淡了，没有点灯的宫道看不清来去的路，温元初想打开手机电筒，被凌颂制止："就这样呗，凭感觉走。"

他在黑暗中听到身边凌颂的低声笑，又收起了手机。

"这么暗的地方就适合玩捉迷藏。"凌颂忽然说。

温元初皱眉："你几岁了？"

"你来追我吧。"

凌颂话说完先朝前跑去，转瞬消失在前方宫道的拱门之后。

宫道上再无那个人的影子，温元初心下莫名一慌快步追上去，跨过拱门，还是没看到凌颂的身影，左边没有、右边也没有，温元初大声喊："凌颂！你出来！凌颂！"

连他自己都没察觉，他的声音在微微颤抖。

凌颂爱玩爱闹，平日里没少这样和他开玩笑，但是，在这个特殊的地方，突然消失不见的凌颂却让温元初心底已经淡去许久的恐惧重新冒了头。

他又一次喊："凌颂你出来！别玩了！"

往前跑去，路过又一处拱门时，身侧伸出只手来，用力攥住了他。

"哈哈，你输了。"

温元初猛地转身，回扣住凌颂手腕，力道大得几乎要捏碎他的腕骨，凌颂吓了一跳，抬眼对上温元初红了的双目，稍一怔："你怎么了？"

温元初死死盯着他，哑声问："好玩吗？"

"不就是捉迷藏嘛，我跟你闹着玩的，你反应怎么这么大，"凌颂声音低下去，略微心虚，"你松开，我手疼。"

温元初掐着他手的力道加重再慢慢变小，最后终于像泄了气一般放开他，转开眼，压下声音说："别玩了，回去吧，你工作还没做完。"

凌颂暗自松了口气，总算恢复正常了。

回去之后凌颂继续工作，让温元初不用陪他先去睡觉，温元初没肯，继续坐在一边看书。

凌颂话到嘴边想想还是算了，温元初愿意陪他熬就熬着吧，温元初高兴就好。

凌晨两点，凌颂摘下手套，长出一口气："终于做完了。"

温元初起身："走吧，去睡觉吧。"

凌颂把工作台收拾了，伸着懒腰肚子咕咕叫："我饿了。"

温元初看他一眼："想吃东西？"

凌颂用力点头。

他办公室里还有泡面，温元初拿了两盒，用热水泡开，凌颂站在一边看他干活，小声问："先前的事情，你是不是生气了？"

"没有。"

明明就有。

凌颂轻哼："生气就直说呗，我们谁跟谁啊，说好了不再把事情憋在肚子里的。"

温元初捏着叉子的手微微一顿，转眼看向他。

凌颂被他的目光盯着，愣了一下："干吗？"

"下不为例。"

"什么啊？"

"别再突然消失不见，"温元初收回视线，掀开泡面盖子，把泡好的面搅拌开，缓和了声音，"开玩笑也不行。"

凌颂自知理亏，没再争辩，乖乖答应他："好嘛，我再不开这种玩笑了，你别一直板着脸啊。"

温元初轻勾了一下唇角："吃东西吧。"

总算是笑了，凌颂放下心，坐下开始风卷残云地"扫荡"面碗。

温元初看他吃得快，又把自己碗里的分了一半给他。

凌颂抬头问他："你不吃吗？"

"你吃吧，我之前吃饱了。"温元初温声说。

凌颂也差不多吃饱了，放慢了吃东西的速度，一边和温元初闲聊天：

"温元初,其实我今天特别高兴。"

"嗯,"温元初应他,"高兴什么?"

"大半夜加班有人陪,还有,四百年前的遗憾也弥补了。"凌颂笑着说。

沉默了一下,温元初点点头,倒了杯热水递过去:"喝口水吧,太咸了一会儿睡不着觉的。"

"温元初,你高兴吗?"凌颂坚持问他。

温元初看着凌颂在灯下始终明亮的笑眼,终于说:"高兴的。"

当然是高兴的。

-完-